Rosie M. Clark
Traubensommer

TINTE
&
FEDER

Das Buch

Die New Yorker Galeristin Nora fliegt zur Hochzeit ihrer Schwester heim nach Andalusien. Übermüdet von dem langen Flug und verärgert, dass ihr Freund Ryan die Reise in letzter Minute abgesagt hat, kippt sie beim Umsteigen in Madrid versehentlich ihren Kaffee über den Laptop eines jungen Mannes, Bartolomé. Seitdem gehen ihr seine sanfte Stimme und die blauen Augen nicht mehr aus dem Kopf.

Die Vorbereitungen verlaufen turbulent und Nora freut sich, Trauzeugin zu sein. Aber als sie herausfindet, dass Bartolomé der Besitzer des Weinguts ist, auf dem Valentina ihre Hochzeit feiert, gerät ihr Herz ins Stolpern. Als dann auch Ryan unangemeldet auftaucht, ist das Gefühlschaos bei Nora endgültig komplett. Warum ist es so verdammt schwer, zu wissen, wer der Richtige ist?

Die Autorin

Rosie M. Clark entführt ihre Leser in ihren berührenden Romanen immer wieder auf die Sonneninsel Mallorca. Die Liebe zu den Buchten, den Menschen, der salzigen Luft und ihre Leidenschaft für das Schreiben inspirieren sie zu zauberhaften Geschichten über sympathische Protagonistinnen und attraktive Helden, die das Glück auf ihrer Lieblingsinsel suchen. Rosie M. Clark lebt gemeinsam mit ihrem Mann und ihrem aufgeweckten Beagle im Südosten Mallorcas.

Weitere Informationen rund um Rosie M. Clark gibt es unter www.rosiemclark.de.

Rosie M. Clark

Trauben sommer

Roman

TINTE & FEDER

Deutsche Erstveröffentlichung bei
Tinte & Feder, Amazon Media EU S.à r.l.
38, avenue John F. Kennedy, L-1855 Luxembourg
Januar 2023
Copyright © der deutschsprachigen Ausgabe 2023
By Rosie M. Clark

Umschlaggestaltung: zero-media.net, München
Umschlagmotiv: © Burazin/Getty Images; © Marina Rich/Shutterstock;
© Paladin12/Shutterstock; © virtu studio/Shutterstock;
© Kovaleva_Ka/Shutterstock
Lektorat: Ute Köhler
Lektorat und Korrektorat: Rotkel Textwerkstatt
Gedruckt durch:
Amazon Distribution GmbH, Amazonstraße 1, 04347 Leipzig /
Canon Deutschland Business Services GmbH, Ferdinand-Jühlke-Straße 7,
99095 Erfurt /
CPI books GmbH, Birkstraße 10, 25917 Leck

ISBN: 978-2-49671-278-0
e-ISBN: 978-2-49671-277-3

www.tinte-feder.de

KAPITEL 1

Der nackte Beton war angenehm kühl, als Nora auf dem Boden kniete und die Brechstange ansetzte. Sie schob ihren Rock noch ein Stückchen höher, damit er nicht an dem groben Holz hängen blieb. Dann sprang mit einem Ruck das Sperrholz, und der Deckel der Kiste löste sich. Unter einer Lage Holzwolle erschien das erste Bild, darunter das zweite und schließlich das dritte und letzte.

Die leuchtenden Pink- und Grüntöne strahlten durch die Luftpolsterfolie, als Nora aufstand, ihren Rock glatt strich und ein Bild nach dem anderen vorsichtig aus der soliden Verpackung nahm. Die Kunstwerke waren auf der längsten Seite beinahe zwei Meter lang und auf einen hochwertigen Keilrahmen gespannt. Malcolm Schwarz nannte sich der junge Künstler, der eigentlich Fernando Álvarez hieß, aus Mexiko kam und vornehmlich abstrakte Gesichter in Neonfarben malte, die wie eine moderne Interpretation von Dalí wirkten. Nora hatte ihn im Internet entdeckt und einen Kommissionsvertrag für zehn seiner Werke ausgehandelt.

Fernando war ein Newcomer, ein Gesicht ohne Namen in der Kunstwelt. Er war einer von vielen, die Nora in den letzten Jahren durch die Galerie geschleift hatte, in der Hoffnung, er würde erstens den Durchbruch schaffen und ihr zweitens treu bleiben, sobald sich ein Erfolg einstellte. Meistens war es so, dass andere Galerien die Künstler umwarben, sobald sich ihre Bilder verkauften. Und diese Galerien waren mit deutlich mehr Marketingbudget und damit mehr Möglichkeiten ausgestattet.

Zu lange hatte sich Nora auf Dylan verlassen, einen durchaus erfolgreichen jungen Künstler aus L.A., dessen Werke sie exklusiv vertrieben und mit dem sie irgendwann auch das Bett geteilt hatte. Lange Zeit hatte Dylan für gute Umsätze gesorgt, war in einige hochwertige Sammlungen aufgenommen und über die Ländergrenzen hinaus bekannt geworden. Nora war in ihn verknallt gewesen und hatte sich weitaus mehr vorstellen können als das, was sie mit ihm zugelassen hatte – bis Dylan irgendwann eine Kunststudentin aus Paris kennengelernt hatte und mit ihr nach Europa abgehauen war, samt seiner Werke.

Seither lief die Galerie mehr schlecht als recht, verschaffte Nora schlaflose Nächte und wechselhafte Stimmung. All ihre Hoffnung lag auf der kommenden Ausstellung mit Malcolm Schwarz, der schon bei dem einen oder anderen Kunden Interesse geweckt hatte.

Nora lehnte seine drei übersendeten Bilder an die hohen Backsteinwände und betrachtete sie aus einiger Distanz. Sie waren ausdrucksstark, gewagt und genau das, was sie sich erhofft hatte. Malcolm – oder Fernando – benutzte verschiedene Techniken übereinander, mischte feine Linien mit Flächen und Verläufen, und man wurde förmlich in die Werke hineingezogen. Sie waren perfekt.

Zufrieden wischte sich Nora die Haare aus dem Gesicht, als ihr Blick auf die Wanduhr über dem Eingang fiel. »Verdammt!«, stieß sie aus und ging hektisch in das hinten gelegene Badezimmer. Sie war mit Ryan zum Abendessen verabredet, in einem schicken Restaurant am Rande von Brooklyn. Dabei hatte sie seit Ankunft der neuen Werke nicht nur die Zeit vergessen, sondern musste auch noch aussehen wie ein gerupftes Huhn, das aus einem Stapel Holzwolle gestiegen war. Hastig prüfte sie ihr Erscheinungsbild im Spiegel, richtete die aus der Form geratenen dunklen Haare und frischte ihr Make-up auf.

Es war zu spät, um noch einmal nach Hause zu fahren, und sie musste sich beeilen, um Ryan nicht allzu lange warten zu lassen.

Schnell schlüpfte sie in ihre hohen schwarzen Notfall-Schuhe, die sie unter dem Metalltresen aufbewahrte, griff nach der Handtasche und trat auf den Ausgang zu. Sie zog den metallenen Rollladen herunter und schloss nahe am Boden ab. Dann trat sie auf die dunkle Straße und hielt Ausschau nach einem Taxi.

Als gerade ein gelber Wagen vor ihr stehen blieb, hörte Nora eine zerbrechliche Stimme hinter sich.

»Junge Frau, wie geht es Ihnen?«

Nora erschrak und drehte sich um. Dann hielt sie sich die Hand vor die Brust und lachte erleichtert auf. »Mister Kaulewski, Sie haben mich aber erschreckt. Mir geht es gut, und Ihnen?«

Mister Kaulewski, der Vermieter der Galerie, blinzelte ihr lächelnd zu und nickte, während er seinen gebückten dünnen Körper auf einen Gehstock stützte. Unter dem Arm trug er eine braune Papiertüte vom Supermarkt um die Ecke, die für seine schwindenden Kräfte viel zu voll wirkte.

Der Taxifahrer hupte und sah Nora ungeduldig an. Sie blickte auf die Uhr. Wenn sie jetzt sofort losfuhr, wäre sie in zehn Minuten am Restaurant und würde es rechtzeitig schaffen. Ryan wartete nicht gern. Genau genommen hasste er es, denn es war eine Art Kontrollverlust und entsprach nicht seinem Hang zur Optimierung. Andererseits musste sich Mister Kaulewski jetzt mit seinem Einkauf drei Stockwerke die Treppen hinaufquälen, nur weil er Nora das Erdgeschoss viel zu günstig vermietet hatte.

Sie sah durch die Fensterscheibe des Taxis und schüttelte den Kopf. Der Taxifahrer trat umgehend auf das Gaspedal und verschwand.

»O nein, ihr Taxi«, sagte Mister Kaulewski und winkte dem Auto hinterher, doch es war bereits vom Abendverkehr verschluckt worden.

»Tja, da kann man nichts machen«, erwiderte Nora und hob unschuldig die Schultern. »Kommen Sie, ich helfe Ihnen mit dem Einkauf.« Sie nahm ihrem warmherzigen Vermieter die schwere Papiertüte ab und bot ihren Arm an.

»Ach«, machte er überrascht, hakte sich dann jedoch bei Nora ein, und gemeinsam gingen sie zurück, auf den Haupteingang des Gebäudes neben der Galerie zu.

»Die Taxifahrer sind auch nicht mehr das, was sie mal waren«, sagte er verständnislos. »Wissen Sie, früher, als ich in dieses Land gekommen bin, da war es noch ein Privileg, Menschen durch die Stadt zu geleiten. New York war ein magischer Ort der Veränderung. Ich hatte selbst einmal ein Taxi. Das war der Grundstein für meine spätere Werkstatt.«

Nora hörte Mister Kaulewski gern zu, wenn er von dem New York der Vierzigerjahre erzählte. Er wusste so viel über diese Stadt wie kein anderer, den sie kannte. Er lebte und atmete New York mit jeder Faser seines in die Jahre gekommenen Körpers, außerdem hatte Nora ihm viel zu verdanken. Ihre Galerie befand sich in einer Seitenstraße in South Williamsburg, einer der hippsten Gegenden gegenüber der Lower Eastside. Sie hatte die alten Räumlichkeiten von Mister Kaulewskis ehemaliger Autowerkstatt, die seit den Achtzigern mehr oder weniger leer gestanden hatte, zufällig gefunden und mehr als günstig angemietet. Ihm war es wichtiger gewesen, einem jungen Menschen eine Chance zu geben, als mit dem Laden Gewinn zu machen, hatte er gesagt. Eine einzigartige Gelegenheit, für die Nora ihm unendlich dankbar war. Die Galerie war ihr Traum, ihre Leidenschaft und ihr einziges teures Laster, denn so günstig der Mietpreis auch war, mit jedem neuen Künstler musste sie in Vorleistung gehen, ohne zu wissen, ob sich ein Erfolg abzeichnete. Und das war es, was ihr aktuell Kopfschmerzen bereitete.

Nachdem Nora ihren Vermieter sicher in seine Wohnung gebracht und seine Einkäufe verstaut hatte, nahm sie das nächstbeste Taxi, fuhr mit etwas Verspätung über die Williamsburg Bridge und schrieb dabei eine Nachricht an Ryan.

Nora:
Sorry, bin unterwegs! Mister Kaulewski brauchte …

Sie überlegte einen kurzen Moment. Dann löschte sie die letzten Worte und tippte erneut.

Nora:
Sorry, bin unterwegs! Gib mir fünf Minuten. Liebe dich

Ryan sah in Noras Vermieter nicht den netten und warmherzigen Mann, den Nora kannte und als Menschen schätzte. Er sah in ihm eine in absehbarer Zeit aufkommende Investmentchance und Nora vermied es, mit ihm darüber zu reden.

Kurz darauf kam von Ryan ein Daumen nach oben zurück. Er beschränkte sich gern auf das Wesentliche, was Nora manchmal verunsicherte. Hin und wieder kam sie sich vor wie eine Arbeitskollegin oder eine Bekannte aus dem Fitnessstudio, nicht wie seine feste Freundin. Dabei waren sie nun schon seit über einem Jahr ein Paar und wohnten sogar seit einem halben Jahr zusammen.

Doch es war nun einmal Ryan. Er war anders als andere. Und genau deswegen war sie damals seinem Charme verfallen, als sie sich auf einer Vernissage kennengelernt hatten. Er war gut gekleidet, gepflegt, attraktiv gewesen. Für Nora eher Kategorie Kunde als Traummann. Doch mit seiner offenen und ungewöhnlichen Art hatte er sie für sich eingenommen. Und nachdem er nach der Veranstaltung mit einer Flasche Wein und einer recht ansehnlichen Bleistiftzeichnung von Noras Gesicht auf einer Serviette vor der Galerie auf sie gewartet hatte, war eins zum anderen gekommen.

Einige Dates später hatten sie geknutscht. Dann waren sie im Bett gelandet und vier Monate später hatte er eine Wohnung in Williamsburg gekauft, um ihr näher zu sein. Nora war bei ihm eingezogen und alles lief eigentlich gut, doch gerade in letzter Zeit waren sie öfter wegen vermeintlicher Kleinigkeiten aneinandergeraten, wobei Nora bei ihren Auseinandersetzungen meist den Kürzeren zog.

Ein Grund mehr, warum sie froh über die anstehende Auszeit war. Ihre Schwester Valentina heiratete in der kommenden Woche, und Nora und Ryan würden zwei Wochen lang in Noras Heimat Andalusien verbringen. Sie würden gut essen und trinken, Zeit mit Valentinas und Noras Eltern verbringen und sich nach einer arbeitsreichen und turbulenten Zeit wieder etwas näherkommen. Nora freute sich aufrichtig darauf, nicht nur um des Glückes ihrer Schwester wegen, sondern auch wegen der wertvollen gemeinsamen Zeit mit Ryan.

Vor der Gramercy Tavern an der Park Avenue, Ecke Zwanzigste, setzte das Taxi Nora ab. Sie bezahlte, sprang aus dem Wagen und eilte in das edle Restaurant, in dem Ryan Stammgast war. Noch ehe einer der Kellner sie nach einer Reservierung fragen konnte, hatte sie ihn an einem der hinten gelegenen Tische ausgemacht.

Er sah gut aus, trug den taubenblauen Anzug, den er sich heute Morgen aus dem Schrank gegriffen hatte, hatte die kurzen blonden Haare zur Seite gekämmt und stand auf, als er Nora entdeckte.

»Es tut mir furchtbar leid«, sagte sie, küsste ihn und ließ sich atemlos auf einem Stuhl nieder.

»Hi«, sagte er, legte den Kopf schief und hob die Hand, um den bereits herannahenden Kellner zu sich zu rufen. »Bringen Sie meiner Freundin bitte einen trockenen Weißwein. Außerdem wären wir dann mit dem Essen so weit«, sagte er, als der schwarz gekleidete Mann mit schmalem Oberlippenbart vor ihrem Tisch stehen blieb.

»Du hast schon bestellt?«, fragte Nora wenig überrascht.

Ryan nickte und griff nach ihrer Hand. »Du hast doch Hunger, oder?«

»Einen Bärenhunger«, erwiderte Nora und grinste. Eigentlich mochte sie es, durch die Speisekarten der Restaurants zu blättern, neue Gerichte zu entdecken und einfach etwas länger zu stöbern als notwendig. Doch Ryan liebte es, Nora mit einer Auswahl zu überraschen, und meistens traf er ihren Geschmack ziemlich gut.

»Wie war dein Tag?«, fragte sie und nahm dankbar das Weinglas entgegen, das der freundliche Kellner vor ihr abstellte.

»Beschissen«, sagte Ryan ohne Umschweife. »Avens hat den Kellerman-Deal gründlich versaut und mein Name steht mit auf dem Papier. Ich habe das verdammte Projekt in die Wege geleitet. Am liebsten hätte ich …« Er unterbrach sich und grinste. »Hab ich aber nicht.«

Nora lachte und sie ließen ihre Gläser klirrend aneinanderstoßen.

»Gut, dass es in deinem Fitnessstudio Boxsäcke gibt«, sagte sie kichernd und nippte an dem fruchtigen Wein, der weniger trocken war als erwartet.

»O ja«, sagte Ryan und sah Nora mit seinen durchdringenden blauen Augen an. Er schmunzelte. »Wie war dein Tag?«

»Nicht annähernd so emotional«, erwiderte Nora. »Obwohl ich eben noch drei wundervolle neue Werke von diesem

11

mexikanischen Künstler reinbekommen habe. Er hat Potenzial. Vielleicht sogar mehr, als ich anfangs dachte.«

Sie plauderten eine Weile über den neuen Künstler, über die Kollegen aus der Finanzberatung, in der Ryan arbeitete, und die Einzelheiten des Kellerman-Deals, der ihm offenbar sehr wichtig war. Dann lenkte Nora das Thema auf die bevorstehende Hochzeit ihrer Schwester und die Reise nach Andalusien.

»Du kannst dir nicht vorstellen, wie sehr ich mich auf meine verrückte Familie freue«, sagte Nora. »Es ist jetzt schon wieder ein Jahr her, dass ich die drei gesehen habe. Und ich bin so gespannt, wie du sie findest.« Nora spürte, wie ihre Wangen vor Aufregung glühten, wenn sie an die kommende Reise dachte. Sie liebte New York und lebte gern hier. Doch jedes Mal, wenn sie in ihr Heimatdorf in Andalusien reiste, spürte sie diese tiefe Verbundenheit zu der Gegend, zur Sprache und zu den Menschen. Es war anders – und es würde schön sein, diese Magie bald mit Ryan gemeinsam zu erleben.

Er lächelte Nora halbherzig an, als der Kellner plötzlich mit einer Flasche Champagner auf ihren Tisch zutrat und das Etikett präsentierte.

»Hast du den bestellt?«, fragte Nora verdutzt und Ryan nickte dem Kellner stumm zu.

»Ich wollte noch etwas mit dir besprechen«, sagte er, stellte die beiden Champagnergläser, die der Kellner ihm reichte, auf dem Tisch ab und griff nach Noras Hand.

Ryan leckte sich die Lippen und schmunzelte. Sein Ausdruck lag irgendwo zwischen Freude, Unsicherheit und schlechtem Gewissen. Nora fragte sich, was er vorhatte, und rückte unruhig auf ihrem Stuhl hin und her.

»Du weißt, ich liebe dich«, begann er ungewohnt zaghaft. »Seit dem Moment, als du mir mit deinem süßen spanischen Akzent gesagt hast, ich hätte keinerlei Ahnung von Kunst.«

Sie lächelten sich an und Noras Herz klopfte bis unter ihren Hals. Er würde doch nicht etwa …

»Mir gefällt es, wie es ist. Aber du kennst mich – ich will mehr«, erklärte er augenzwinkernd und zog etwas aus seinem Jackett.

Nora hielt den Atem an und schlug sich die freie Hand vor den Mund, als sie die kleine Samtschatulle entdeckte. »Ryan …«, hauchte sie. »O mein Gott.« Nora schnappte nach Luft. Ihr wurde heiß und kalt und alles gleichzeitig.

»Ich möchte, dass du das hier als Versprechen ansiehst. Als Versprechen auf eine wundervolle Zukunft.« Langsam klappte er die Schachtel auf. »Und als Versprechen dafür, dass wir diese Andalusien-Reise bald nachholen werden.«

Ryan drehte die winzige Schatulle zu Nora.

Sie blinzelte mehrfach und plötzlich fiel all die Anspannung in ihr zusammen wie ein Kartenhaus.

»Ohrringe«, sagte sie irritiert, sah auf die Schatulle, dann zu Ryan und wieder auf die Schatulle.

Er nickte. »Es tut mir wirklich leid, Babe, aber ich werde nicht mit auf die Hochzeit kommen können«, sagte er und legte den Kopf schief. »Der Kellerman-Deal. Ich muss das selbst in die Hand nehmen. Es ist verdammt wichtig, weißt du? Für mich … für uns.«

Noras Brustkorb hob und senkte sich immer schneller.

Sie starrte auf die Schatulle mit den Silberohrringen, die gleich für mehrere geplatzte Erwartungen standen. Sie sah Ryan in die Augen.

»Warte, du fliegst morgen nicht mit mir nach Almería? Habe ich das richtig verstanden?«

»Babe, ich …«

Nora ließ ihn gar nicht erst ausreden, sondern klappte wortlos die Schatulle zu, stand auf und ging.

KAPITEL 2

Der Koffer füllte sich zusehends und Nora warf weitere Shirts, Röcke und Jeans hinein, nur um sie im nächsten Moment kopfschüttelnd wieder herauszunehmen, ordentlich zusammenzulegen und noch einmal richtig zu verstauen.

Sie kniete auf dem Boden der lichtdurchfluteten Loft-Wohnung und spürte immer wieder einen Luftzug hinter sich, wenn Ryan an ihr vorbeilief. Er stieg in seine Anzughose, verschwand dann in der offenen Küche, nur um kurz darauf kauend aufzutauchen, seine Krawatte zu suchen und passende Schuhe auszuwählen.

»Nora …«, sagte er immer wieder, doch sie schüttelte bloß den Kopf oder unterbrach ihn mit einem »Nicht jetzt«.

»Es ging nicht anders, bitte versteh doch«, sagte Ryan, als er fertig angezogen vor ihr stand. Seine eleganten braunen Schuhe glänzten und sein Anzug roch nach Lavendel und Moschus.

»Es ist nicht einmal *dein* Projekt, Ryan«, platzte es jetzt aus Nora heraus. »Es geht anders, und das weißt du.«

Er sah kauend auf seine Armbanduhr. »Ich muss los.« Dann griff er nach seiner Aktentasche neben dem Bett und sah zu Nora herunter. »Wir sehen uns in zwei Wochen, okay? Und melde dich, wenn du angekommen bist. Ich werde deiner Schwester schreiben, dass es mir leidtut.«

»Okay«, hauchte Nora und ließ sich auf ihren Koffer sinken. Das hatte sie sich alles anders vorgestellt. Sie liebte Ryan, wenn auch auf eine andere Art, als sie bisher geliebt hatte. Doch sie war davon ausgegangen, dass es besser, erwachsener war als die Male zuvor.

»Hey, komm her«, sagte Ryan und ging neben ihr in die Hocke. Dann zog er sie sanft, aber bestimmt zu sich.

Nora sträubte sich erst, ließ seine Annäherung aber schließlich zu. Aufrichtig sahen sie sich in die Augen. »Ich bin sauer«, sagte Nora leise.

»Bist du nicht«, erwiderte Ryan und zwinkerte ihr grinsend zu.

»O doch«, sagte Nora lächelnd. »Und jetzt lauf. Sonst kommst du zu spät zu deinem Meeting.«

Ryan nickte und stand auf. Als er die Wohnungstür öffnete, drehte er sich noch einmal zu Nora herum. »Wenn du wiederkommst, machen wir uns ein schönes Wochenende, okay? Nur du und ich.«

Nora nickte matt.

»Und hey, die Ohrringe … die waren nur ein kleiner Vorgeschmack, wenn du weißt, was ich meine …« Dann verschwand er aus der Tür.

Nora sah ihm entgeistert nach. Hatte er das nur gesagt, um ihre Stimmung zu besänftigen? Oder meinte er, was sie dachte, das er meinte? Schwer atmend vergrub sie ihren Kopf in dem Koffer und klappte vorsichtig den Deckel zu. Ja, genau dort wollte sie bleiben und alles um sich herum vergessen. Und dabei freute sie sich so unglaublich auf die Hochzeit ihrer Schwester, auf ihre Eltern, auf zu Hause.

Warum machte es Ryan ihnen beiden immer so verdammt schwer?

* * *

Mit einem Ruck hievte Nora ihren Koffer über die Türschwelle der Galerie. Die ganzen vier Blocks hatte sie ihre Klamotten geschleppt, nur um die zwölf Dollar für das Taxi zu sparen. Erschöpft ließ sie den Koffer hinter dem Tresen verschwinden und schaltete die Kaffeemaschine ein.

Anders als es ihr Lebensstil vermuten ließ, war Nora mit der bevorstehenden Europareise an ihre letzten Reserven gegangen und musste nach ihrer Rückkehr unbedingt wieder ein paar Bilder verkaufen, um den Rest des Jahres zu überstehen. Sie wollte nicht von Ryan abhängig sein und hatte auch darauf bestanden, in der Wohnung Miete zu zahlen. Doch momentan wurde alles etwas viel.

Nora fächelte sich Luft unter ihre dünne Bluse, riss alle Fenster auf und schaltete den alten Standventilator an. Der Sommer in New York war heiß und stickig, und trotz der hohen Räume sammelte sich täglich die Wärme des Tages in den Backsteinmauern und blieb die ganze Nacht.

Gerade als sie sich einen Kaffee machte, klopfte es an der halb offenen Metalltür.

»Guten Morgen«, sagte Mister Kaulewski fröhlich und hinkte mithilfe seines Gehstocks auf Nora zu.

»Guten Morgen, wie geht es Ihnen?«

»Danke, gut. Die verdammte Hitze macht mir etwas zu schaffen, aber die verdammte Kälte im Winter ist noch schlimmer. Ja, ich liebe diese Stadt«, sagte er und lachte.

Nora schmunzelte. Er nahm das Leben, wie es kam, und nahm sich selbst nicht allzu ernst.

»Das habe ich Ihnen mitgebracht«, sagte er und streckte Nora eine Papiertüte hin.

Sie nahm die Tüte entgegen und lugte neugierig hinein. »Oh, vielen Dank«, rief sie überrascht, als sie den duftenden Frühstücksbagel entdeckte.

»Mit Ei und Sesam. Den mögen Sie doch am liebsten.«

»Womit habe ich das denn verdient?«, fragte sie und drückte auf den Knopf für einen zweiten Kaffee.

»Für Ihre Hilfe gestern. Ich wusste, Sie hatten es eilig.«

»Das wäre wirklich nicht nötig gewesen«, erwiderte Nora, gerührt von der Geste. »Setzen Sie sich. Ihr Kaffee läuft schon.«

»Oh, danke. Das wiederum wäre auch nicht nötig gewesen.« Er grinste. Sein rundes, faltiges Gesicht war von einem grauen Bartschatten und einem grauen Haarkranz eingefasst. Er war der netteste Mensch, den Nora kannte, und sie beide waren über die letzten Jahre so etwas wie Freunde geworden. Während er sie beim Vornamen nannte, hatte er sich nie offiziell mit Walter vorgestellt, also war es bei *Mister Kaulewski* geblieben, was Nora manchmal noch schmunzeln ließ. Er trug immer ein Lächeln im Gesicht und leistete ihr hin und wieder Gesellschaft in der Galerie, denn allzu viel Laufkundschaft fand nicht in die Räumlichkeiten und somit war sie die meiste Zeit allein.

Nora biss herzhaft in den Bagel, nickte Mister Kaulewski fröhlich zu und begann, die gestern ausgepackten Bilder in das Schaufenster zu hängen. Während ihr netter Vermieter von einem neuen Hotelkomplex auf der Lee Avenue erzählte, befestigte Nora Haken an den Bildern und zog sie mithilfe der vorinstallierten Drähte, die von der Decke hingen, auf Sichthöhe. Fernando hatte bereits aussagekräftige und farbechte Fotos in seinem Atelier gemacht und Nora zur Onlinepräsentation gesendet. So würde sie während ihrer zweiwöchigen Abwesenheit hoffentlich einige Anfragen einsammeln können, bis der Rest der Bilder eintraf und die Ausstellung beginnen konnte.

»Ist denn alles in Ordnung mit Ihnen, Nora? Sie wirken heute etwas … niedergeschlagen.«

Nora ließ sich auf den Barhocker neben ihm sinken und nippte an ihrem Kaffee. Dann erzählte sie von dem letzten Abend und von Ryans Versuch, ihren Frust über seine Absage mit Ohrringen abzumildern. Vielleicht war es das, was Nora am meisten nervte. Sie hatte sich sogar gefragt, ob Ryan schon früher beschlossen hatte, in New York zu bleiben, und lediglich den letzten Abend vor der Abreise für die Bekanntgabe gewählt hatte, damit er ihrem Unmut nicht länger als nötig ausgesetzt war.

»Ohrringe, hm?«, fragte Mister Kaulewski mit in Falten gelegter Stirn. »Und, hatten Sie vielleicht etwas *anderes* … erwartet?«

Nora spürte eine leichte Röte in ihrem Gesicht aufsteigen. Sah sie wirklich so verzweifelt aus, dass man in ihr lesen konnte wie in einem offenen Buch?

»Ja«, gab sie nickend zu. »Aber ich weiß nicht einmal, ob es das Richtige gewesen wäre …«

Mister Kaulewski sah sie mitfühlend an. »Das sogenannte *Richtige* ist meistens schwer greifbar. Man muss es fühlen, um zu wissen, dass es existiert. Und das kann man nur mit dem Herzen.« Er klopfte sich mit dem Zeigefinger auf seinen Brustkorb. »Wenn es sich dort drinnen anfühlt wie eine Horde galoppierender Wildpferde – dann ist es vermutlich das Richtige.« Er trank seinen letzten Schluck Kaffee und drückte sich auf die dünnen Beine. »Oder *der* Richtige«, fügte er lächelnd hinzu und klopfte liebevoll auf Noras Unterarm.

Nora stand auf und wollte ihn zum Ausgang begleiten, doch er winkte ab. »Trinken Sie in Ruhe Ihren Kaffee. Bis nach oben schaffe ich es noch«, sagte er mit diesem Augenzwinkern, das vor einer halben Ewigkeit vermutlich viele Frauenherzen hatte höherschlagen lassen.

Nora nickte ihm lächelnd nach.

»Ich wünsche Ihnen eine gute Reise und eine noch bessere Zeit in Ihrer Heimat.« Er stützte sich auf seinen Gehstock und sah Nora mit schwerem Blick an. »Familie ist eines der wenigen Dinge im Leben, das wir uns nicht aussuchen können«, sagte er nachdenklich. »Und dennoch ist sie das Wichtigste von allen.« Dann drehte er sich um und verschwand aus der Galerie.

Nora sah ihm beinahe melancholisch nach. Was meinte er damit? Meinte er, die Familie stünde über Ryan? Oder war es eine Art Anspielung, dass Nora im allerweitesten Sinne ein Teil seiner Familie war? Mister Kaulewski hatte niemanden mehr, das wusste Nora. Die Familie war damals in seiner alten Heimat Polen zurückgeblieben, als er nach Amerika gekommen war. Und seine Frau war bereits vor vielen Jahren gestorben.

Doch er hatte recht. Nora würde die Hochzeit ihrer Schwester in vollen Zügen genießen und sich nicht von der kleinen Unstimmigkeit mit Ryan herunterziehen lassen.

Als Nora am Nachmittag die Galerie hinter sich zuschloss und sich auf den Weg zum Flughafen machte, dachte sie immer noch über die Worte ihres Vermieters nach. Sie lächelte in sich hinein und nahm sich vor, Mister Kaulewski zum Essen einzuladen, sobald sie wieder zurück war.

Ryan hatte sich seit dem Morgen nicht mehr gemeldet; er saß vermutlich in wahnsinnig wichtigen Meetings mit noch wichtigeren Kunden und löste komplexe Finanzprobleme. Wenn er sich doch genauso gut in Noras Gefühlswelt auskennen würde …

KAPITEL 3

Über Nora wölbte sich das imposante geschwungene Dach des Madrider Flughafens, doch sie war viel zu müde, um es zu bewundern. Stattdessen lief sie auf der Suche nach ihrem Anschlussflug wie ein Zombie durch das Terminal und wartete ungeduldig darauf, dass der viel zu heiße Coffee to go endlich trinkbar wurde.

Nora konnte ihre Augen kaum mehr aufhalten, denn nach einer mehrstündigen Verspätung in New York war der Flieger auch noch von einem Unwetter ins nächste geraten. Sie hatte kein Auge zugetan und brauchte dringend diesen Schuss Koffein, um noch bis nach Almería zu kommen. Noras Zunge war von dem ersten Trinkversuch bereits verbrannt und die Stelle pochte nachhaltig. Zu allem Überfluss hatte sie dann noch die falsche Abbiegung im Transfer-Terminal genommen und war draußen in der Ankunftshalle gelandet. Nachdem sie nun erneut eine Sicherheitskontrolle über sich hatte ergehen lassen, konnte sie es nicht abwarten, endlich zu Hause anzukommen, vorzugsweise auf direktem Weg in ihr altes Kinderzimmer mit dem weichen bequemen Doppelstockbett.

»Na endlich«, flüsterte Nora, als sie das Display mit der Aufschrift »Almería« am rechtsgelegenen Gate entdeckte. Sie verließ den Fahrsteig und steuerte auf den Schalter zu.

Gerade noch rechtzeitig, dachte sie erleichtert, als sie die Warteschlange für die Ticketkontrolle sah. Das Boarding würde offenbar jede Sekunde beginnen. Nora schlängelte sich an einigen herumstehenden Menschen vorbei, als sie einen lauten Schrei vernahm.

»Achtung!«, rief eine Frau hinter ihr.

Nora drehte sich ruckartig um. Die Dame zeigte vor sich auf den Boden, doch es war zu spät. Nora spürte bereits das bis zu einem Betonpfeiler gespannte Handyladekabel an ihrem Knöchel. Ihr linker Fuß verharrte in der Luft, während sich der Rest ihres Körpers weiterhin vorwärts schob. Sie ruderte mit dem freien Arm, verlor jedoch kurz darauf das Gleichgewicht. Gleichzeitig löste sich der Kaffeebecher aus ihrer anderen Hand und flog in hohem Bogen durch die Luft. Verschiedene Szenarien liefen binnen Sekundenbruchteilen in Noras Kopf ab: Sie fiel, stützte sich gekonnt ab und fing den Becher. Sie fiel, rollte sich ab wie eine Judokämpferin, und der Becher landete neben ihr. Sie fiel, landete auf ihrem weichen Bett, und ihre Mutter reichte ihr den dampfenden Kaffee.

Doch als Nora schließlich hart am Boden aufschlug und schmerzhaft das Gesicht verzog, landete der Becher geräuschvoll auf dem Laptop eines auf dem Boden sitzenden Mannes und entleerte sich darüber.

Es zischte, der Mann sprang ruckartig auf, und der Laptop fiel scheppernd auf die Fliesen. Als Nora ihren Blick auf den Computer senkte, stieg Qualm aus dem Plastikgehäuse auf und das Display färbte sich schwarz.

»Ist Ihnen ... Geht es Ihnen gut?«, fragte der entgeistert blickende Mann in melodischem Spanisch, bevor er seine Hand ausstreckte und Nora anbot, ihr aufzuhelfen.

Nora wusste gar nicht, was sie tun sollte, und entschied sich, noch einen Moment lang auf dem kühlen Boden zu verharren. Erstaunt betrachtete sie den immer noch qualmenden Laptop. Erst einige Momente später griff sie nach der starken Hand, die sie nach oben zog und zum Stehen brachte.

Sie blickte in ein Paar interessierter dunkler Augen, die sie neugierig musterten, statt sich dem rauchenden Laptop zu widmen. Der Mann war etwa in Noras Alter, vielleicht ein paar Jahre älter, groß gewachsen, und sein volles Haar war haselnussbraun. Zwischen seinem gepflegten Dreitagebart entstand ein zaghaftes Lächeln.

Nora spürte, wie sich ihr Puls beschleunigte. Sie blinzelte hektisch, dann riss sie sich aus der Schockstarre und deutete auf den Laptop. »Ja, ich bin okay«, antwortete sie erst auf Englisch, dann wiederholte sie es auf Spanisch und blieb dabei. »Aber der Computer …« Erst jetzt entdeckte sie den großen Kaffeefleck auf dem Oberschenkel des Mannes. »Und Ihre Hose … Haben Sie sich verbrannt?«

Mittlerweile hatte sich eine kleine Menschentraube um den Schauplatz gebildet. Die Mutter des handyladenden Jungen stand mit offenem Mund da, während ihr Sohn grinsend den qualmenden Laptop mit seinem Smartphone filmte.

Das gut aussehende Unfallopfer sah an sich hinunter, dann zu seinem Laptop und schließlich zu Nora, die gar nicht bemerkt hatte, dass sie vor Aufregung auf ihre Hand biss. Skurrilerweise lächelte er sie an, statt wild tobend über diese Dummheit zu schimpfen und Schadenersatz zu fordern.

Schließlich lachte er sogar.

Seine Reaktion überraschte Nora so sehr, dass sie ebenfalls erst schmunzeln und dann lachen musste.

Die neugierigen Passanten sahen sie beide an wie Geistesgestörte, bis die ersten irgendwann das Interesse verloren und sich lieber dem Boarding widmeten.

»Das war also das Zeichen, auf das ich seit zehn Jahren warte«, sagte der Mann plötzlich.

»Zeichen?«

Er nickte. »Das Zeichen, das mir sagt: Besorge dir endlich einen neuen Laptop.« Dann sah er an sich hinunter. »Und vermutlich eine neue Hose«, fügte er schmunzelnd hinzu.

Nora lachte kurz auf. »Es tut mir unglaublich leid«, sagte sie und sah ihn betroffen an. »Ich werde das bezahlen. Also meine Versicherung … hoffentlich …«

»Machen Sie sich keine Sorgen. Die Daten sind alle gesichert und normalerweise müsste ich Ihnen dankbar sein. Wie viel Zeit meines Lebens mich diese alte Kiste allein beim Hoch- und Runterfahren gekostet hat …« Er winkte ab.

»Nein, wirklich«, sagte Nora schnell und kramte eine Visitenkarte aus ihrer Handtasche, auf der »Art Garage Brooklyn« und ihre Telefonnummer standen. »Ich heiße Nora«, erklärte sie und deutete auf die Karte. »Bitte schicken Sie mir die Rechnung des neuen Computers und ich reiche sie bei meiner Versicherung ein. Dann lohnen sich die Beiträge wenigstens mal.«

»Okay«, sagte er sanft und reichte ihr nochmals die Hand, die er ihr schon einmal hingestreckt hatte. »Ich heiße Bartolomé.«

Einige Sekunden verstrichen, in denen sie sich musterten. Eine innere Unruhe durchfuhr Nora, doch sie hielt seinem sanftmütigen Blick stand.

»Passagiere des Fluges IB8923 – bitte zum Einstieg bereit machen …«, ertönte eine Durchsage über die Lautsprecher, während sich der Wartebereich nach und nach leerte.

»Okay«, sagte Bartolomé schließlich und kaute auf seiner Unterlippe.

»Okay«, wiederholte Nora und verzog abwartend den Mund.

»Dann wollen wir mal, oder? Sie sind doch auch auf dem Flug nach Almería?«

Nora nickte.

Bartolomé bückte sich nach dem mittlerweile nicht mehr qualmenden Laptop, hob ihn an und ließ ihn so, wie er war, in den Mülleimer neben der Betonsäule fallen.

»Das ist jetzt schon der interessanteste Flug, den ich je hatte«, sagte er lächelnd, während er sich wieder Nora zuwendete.

Nora spürte, wie ihre Wangen rot und heiß wurden, und sie wandte schnell den Blick von ihm ab.

»Na dann«, sagte sie, grinste verlegen und drehte sich in Richtung des Boarding-Schalters. Wenn er jetzt auch noch neben ihr sitzen würde, dachte Nora, bräuchte sie nach der Landung einen Whiskey oder etwas ähnlich Starkes. Den ganzen Weg über vom Schalter über die Gangway bis in den Flieger hinein spürte sie Bartolomés Anwesenheit hinter sich. Ab und zu drehte sie sich verlegen um und wusste nicht, ob sie sich wünschte, neben ihm zu sitzen oder lieber mit dem Sperrgepäck in den Frachtraum geleitet zu werden.

Doch als sich Nora schließlich auf ihrem Mittelsitz im hinteren Bereich des Fliegers niederließ, verstaute Bartolomé gerade seine Umhängetasche einige Reihen weiter vorne. Er nickte ihr noch einmal freundlich zu, bevor er sich ebenfalls setzte.

Als Nora sich endlich in ihren Sitz sinken ließ, überkam sie die volle Schlagkraft ihrer Müdigkeit. Gerade sah sie noch durch die Kopfstützen, wie Bartolomé einem Jungen die Bedienung der Klimaanlage über dem Sitz zeigte, als ihre Augenlider ungewollt den Weg zueinanderfanden und sie in einen kurzen, aber tiefen Schlaf fiel.

Als sie aufwachte, setzte der Flieger gerade zur Landung an. Links des Flughafens erstreckte sich das glitzernde Mittelmeer, und ein wohliges Gefühl breitete sich in Noras Brust aus.

Zu Hause.

Es war einfach immer wieder schön, hier anzukommen und zu wissen, dass sie bald ihre Familie in die Arme schließen würde. Jetzt sogar noch mehr, da ihre Schwester Valentina wieder in der Heimat wohnte.

Nach einer sanften Landung und einer kurzen Wartezeit auf dem Rollfeld erloschen die Anschnallzeichen, und ein aufgeregtes Gewusel entstand in dem schmalen Gang. Nora erkannte, dass sich Bartolomé, genau wie sie selbst, Zeit mit dem Aufstehen ließ und erst in das über dem Sitz liegende Ablagefach griff, als sich die Reihen vor ihm leerten. Dann drehte er sich zu Nora um.

»Gute Weiterreise«, sagte er und verharrte einen Moment unschlüssig wirkend, ehe er durch den Gang verschwand.

Nora lächelte ihm zaghaft nach, bevor sie ebenfalls ihre Sachen griff und sich zum Ausgang bewegte. Sie erwischte sich bei dem Gedanken, ein Gespräch mit ihm anzufangen, sollten sie sich noch einmal bei der Gepäckausgabe begegnen. Doch die Idee verflüchtigte sich von selbst, denn Bartolomé war nicht am Gepäckband zu sehen. Vermutlich war er nur für einen Kurztrip in der Gegend. Eventuell sogar geschäftlich. Und hoffentlich brauchte er dazu nicht seinen Laptop, der immer noch in dem Mülleimer am Madrider Flughafen lag.

Nora schüttelte den Kopf über sich selbst und den peinlichen Unfall. Mit einem Lächeln trat sie an das Gepäckband, schaltete ihr Handy ein und sofort fing es an zu vibrieren.

Valentina:
Bist du schon gelandet? Ich kann es kaum erwarten, dich zu sehen :-)

Nora tippte eine kurze Antwort, doch Valentina war offline. Vermutlich ging sie in Hochzeitsvorbereitungen unter.

Außerdem kam eine Nachricht von Ryan. Die Zeilen wirkten etwas angespannt, möglicherweise wegen seines Projektes. Und dennoch meinte Nora, den Anflug eines schlechten Gewissens zwischen den Zeilen lesen zu können. Ebenso gut konnte das aber auch Einbildung sein.

Wenige Minuten später fuhr Noras Koffer über das Band. Stöhnend hievte sie das Ungetüm herunter und lief auf den Ausgang des Gepäckbereichs zu. Die Ankunftshalle war angenehm kühl, doch die Helligkeit, die durch die Fenster strahlte, ließ die sommerliche Wärme erahnen. Nora krempelte die Ärmel ihrer Bluse nach oben, ging weiter durch die Halle und kaufte an einem Kiosk einen Kaffee. Dann trat sie hinaus in die Sonne – diesmal sorgsam Ausschau haltend nach irgendwelchen Stolperfallen. Die warme Luft roch nach Sommer, Meer und zwei unglaublich schönen Wochen. Umständlich klemmte sie sich den Kaffeebecher an die Brust, griff in ihre Handtasche und setzte ihre Sonnenbrille auf. Dann ging sie ein paar Schritte weiter zum Taxistand und reihte sich in die lange Warteschlange ein. Kein einziges Taxi stand an der Straße, was absolut untypisch war. So würde es noch eine halbe Ewigkeit dauern, bis sie zu Hause wäre.

Bei dem Anblick eines jungen Mannes vor ihr, dessen Laptop aus der Tasche hervorlugte, musste sie erneut an die skurrile Begegnung in Madrid denken. Als sie merkte, wie sie sich unbewusst nach Bartolomé umsah und dabei sogar die Warteschlange aus dem Blick verlor, schüttelte sie lachend den Kopf. Was tat sie hier bloß? Nervös zog sie ihr Handy aus der Tasche, warf einen kurzen Blick auf das Display und verstaute es wieder, als keine Neuigkeiten aufploppten.

Plötzlich ergriff eine junge Frau ein paar Meter weiter vorne das Wort und wandte sich an ihre Mitstreiter. »Die Taxigewerkschaft streikt«, rief sie so laut, dass alle die Köpfe nach ihr reckten. »Hier fährt heute kein einziges Taxi mehr.«

Ein Raunen ging durch die Menge.

»Aber dort vorne gibt es Ersatzbusse. Der nächste fährt in drei Minuten.«

Wie vom Blitz getroffen schossen einige der eben noch geduldig wartenden Menschen nach vorne auf die Bushaltestelle zu. Vermutlich gingen sie davon aus, dass die Ersatzbusse dem großen Andrang nicht gewachsen waren, und wollten sich einen der vorderen Plätze sichern.

Nora überlegte kurz, dann griff sie ebenfalls nach ihrem Gepäck und ging los. Doch schon im nächsten Moment zuckte sie heftig unter einem lauten Hupen zusammen und ließ vor Schreck ihren frischen Kaffee fallen, der sich platschend auf dem Boden ergoss.

»Mist!«, stieß sie aus und blickte wütend neben sich. Ein blauer Kombi kam auf dem Taxistreifen zum Stehen.

»O Gott, das tut mir leid!«, rief Valentina durch die heruntergekurbelte Fensterscheibe und verzog schuldbewusst das Gesicht, bevor sie die Hand vor den Mund schlug und losprustete.

Nora sah ihre Schwester verdutzt an. Gerade noch wütend, konnte sie nun ihr Glück kaum fassen. Aufgeregt stieg sie durch die Kaffeepfütze, lief um das Auto herum, riss die Fahrertür auf und umarmte ihre Schwester so lange und heftig, dass ihr die Sonnenbrille von der Nase rutschte.

»Was machst du denn hier? Ich hatte doch gesagt, ich nehme ein Taxi.«

Valentina zog Nora noch einmal zu sich und küsste sie schmatzend auf die Wange. »Ich habe im Radio von diesem Streik gehört und bin sofort losgefahren.« Sie grinste. »Gerade rechtzeitig, wie mir scheint.«

In dem Moment fuhr ein Bus an Valentinas Auto vorbei und hielt an der Haltestelle einige Meter weiter, vor der nun ein dichtes Gedränge entstand.

»Verdammt gut siehst du aus, Schwesterherz«, sagte Valentina fröhlich, stieg aus dem Wagen und half Nora mit dem Koffer. »Und ich wollte dich wirklich nicht erschrecken. O Mann …«

»Ist schon okay«, sagte Nora und winkte ab. Sie war viel zu glücklich über das unverhofft frühe Wiedersehen und würde auch noch eine weitere Stunde ohne Koffein durchhalten. Immerhin gab es diesmal keine weiteren Sachschäden.

»Habt ihr nur einen Koffer dabei?«, fragte Valentina verwundert. »Und wo ist Ryan überhaupt? Ich freue mich schon so sehr, ihn kennenzulernen.«

Nora schluckte. Dann entschied sie sich dafür, es kurz zu machen. »Er ist nicht mitgekommen«, sagte sie leise und senkte den Blick.

»O nein«, entfuhr es Valentina, sie schlug die Hand vor den Mund. »Ist denn … alles in Ordnung?« Sie trat auf Nora zu und strich ihr sanft mit der Hand über die Wange.

»Ja, ich … denke schon. Komm, wir fahren los und ich erzähle dir alles in Ruhe, okay?«

Valentina nickte. Dann verstauten sie das Gepäck, stiegen in den Wagen und fuhren los. »Die armen Leute«, stellte sie fest, als sie an der Menschentraube vorbeifuhren, die sich gerade in den Bus drängte.

Nora nickte abwesend, während sie einen flüchtigen Blick aus dem Fenster warf. Plötzlich blieb sie an einem Gesicht hängen, das aus der Menge herausstach. Ein Ziehen fuhr durch ihre Magengegend. Ruckartig drehte sie sich um und sah Bartolomé durch die Heckscheibe. Im Gegensatz zu dem Rest der hektischen Meute wirkte er völlig entspannt und schien keine Eile zu haben. Nora schluckte, als ihr bewusst wurde, dass er die ganze Zeit vor ihr in der Schlange gewartet haben musste und keiner dem anderen aufgefallen war.

»Was ist los?«, fragte Valentina. »Ist etwas passiert?«

Nora zögerte. In diesem Moment fiel ihr auf, dass sie dem Unbekannten lediglich ihre Visitenkarte gegeben hatte, sie jedoch keinerlei Kontaktdaten von ihm besaß. Erst als er hinter der nächsten Kurve verschwand, drehte sie sich laut ausatmend wieder nach vorne. »Nein, alles okay«, erwiderte sie schmunzelnd. »Und jetzt erzähl du erst mal, wie es mit den Vorbereitungen läuft.«

Während Valentina sich zunächst sträubte und erfahren wollte, was mit Ryan passiert war, erwischte sich Nora immer wieder bei der Frage, an welcher Haltestelle Bartolomé wohl aussteigen würde.

KAPITEL 4

Bartolomé öffnete quietschend die Eingangstür des alten Steinhauses und ließ erschöpft seine Umhängetasche neben sich auf den Boden gleiten. Was für eine anstrengende Reise nach Madrid. Die vielen Termine mit den Getränkelieferanten, die alle irgendwo im Umland saßen, die warmen Nächte und dann noch die anstrengende Heimreise, die mit einem Taxistreik und einer langen Busfahrt geendet hatte.

Doch er wollte sich nicht beschweren. Sein Vater hatte ihn schließlich gewarnt, das bestehende Geschäft in die heutige moderne Welt zu überführen, würde harte Arbeit werden. Und dieser Aufgabe wollte er sich stellen. Schließlich hatte er viele Pläne mitgebracht, und die ersten Schritte waren gemacht.

Jetzt brauchte Bartolomé allerdings erst einmal einen starken Kaffee und eine heiße Dusche, ehe er sich dem Tagesgeschäft widmete und seinen Rundgang über das Anwesen antrat.

Er griff in die Hosentasche, um seinen Schlüsselbund auf der Kommode abzulegen, als er gleichzeitig die Visitenkarte hervorzog, die er seit dem kleinen Unfall in Madrid schon mehrfach betrachtet hatte.

Ein Lächeln breitete sich auf Bartolomés Lippen aus, während er das feine Büttenpapier betastete, auf dem »Art Garage Brooklyn« stand.

»Nora«, flüsterte er nachdenklich. Was für eine interessante Begegnung. Und was für eine interessante Frau.

Bartolomé ging durch den Flur, betrat die Wohnküche und schaltete die Kaffeemaschine ein. Dann befüllte er einen Siebträger mit Kaffeepulver und spannte ihn in die glänzende Maschine.

Nora war Spanierin und mit ziemlich hoher Wahrscheinlichkeit aus Andalusien, genau wie er. Man konnte es an ihrem feinen Akzent hören. Doch offenbar hatte sie ihre Heimat verlassen, um ihr Glück in New York zu suchen. Vermutlich war sie momentan bloß bei ihrer Familie zu Besuch, um eine kurze Sommerpause einzulegen. Und möglicherweise war sie es tatsächlich in diesem alten blauen Kombi gewesen, den er an der Bushaltestelle im Augenwinkel wahrgenommen hatte. Oder auch nicht. All das hätte er herausfinden können, hätte er nicht bei der Verabschiedung im Flieger wie ein Idiot dagestanden, sondern sie auf einen Kaffee eingeladen. Schließlich hatte sich ihrer eine Stunde zuvor über seinem Laptop ergossen.

Bartolomé musste lachen. Es war ein filmreifer Sturz gewesen, das musste er zugeben. Und Nora hatte ziemlich süß dabei ausgesehen. Wieder schmunzelte er. Und dann hatte Bartolomé auch noch übertrieben cool seinen Laptop direkt im Mülleimer entsorgt, obwohl er natürlich kein vollständiges Back-up seiner Daten besaß und einige Listen und Dokumente manuell wiederherstellen musste. Komplett idiotisch. Doch die bis dahin noch unbekannte hübsche Frau aus New York hatte ihm die Gedanken vernebelt und er hatte nichts dagegen tun können.

Immerhin hatte er ihre Nummer. Auch wenn er sie vermutlich nie in Anspruch nehmen würde. Der neue Laptop war ohnehin überfällig gewesen und was sollte er sagen … Sie lebte in New York. Was sollte das also?

Gedankenverloren ging Bartolomé nach oben, duschte heiß und zog sich um. Dann goss er sich einen heißen schwarzen Kaffee auf und setzte sich auf die Veranda. Es war so verdammt schön hier oben in den Bergen. Der Blick über das Tal, die schier endlosen Weinfelder bis hin zum entfernten Meer, das sanft in der Sonne glitzerte.

Früher hatte hier am Rande des Grundstücks der Leiter des Anwesens mit seiner Familie gelebt. Bartolomé konnte sich noch daran erinnern, wie er als kleiner Junge mit den anderen Kindern gespielt hatte, wie sie durch die Felder geflitzt waren und unendlich viel Wissen intuitiv und spielerisch in sich aufgesogen hatten. Und heute lebte er selbst in dem alten Haus, war für viele Hektar Wein, Produktionsstätten, Mitarbeiter und ein Restaurant verantwortlich. Manchmal wurde ihm selbst noch etwas komisch, wenn er an all die Verantwortung dachte, die seine Eltern ihm anvertraut hatten. Doch es war die richtige Entscheidung gewesen, in die Heimat zurückzukehren und den Familienbetrieb weiterzuführen. Und er war seinen Eltern unendlich dankbar für diese Chance, seinem Leben eine andere Richtung zu geben, wieder mehr bei sich und der Natur zu sein, die er so sehr liebte, und gleichzeitig die Möglichkeit zu haben, etwas Neues und Aufregendes zu machen.

Natürlich hätte er weiter in Madrid bleiben oder nach London, New York oder sonst wohin gehen können – schon damals nach seinem Betriebswirtschaftsstudium hatten ihm alle Türen offen gestanden. Doch hier war sein Zuhause. Und er hatte es immer vermisst.

Als Bartolomé den letzten Schluck Kaffee nahm und in die Ferne sah, stellte er sich vor, was Nora wohl gerade machte, wo sie war. Ein wohliges und zugleich aufregendes Gefühl strömte durch seine Brust.

»Verdammt«, flüsterte er und schüttelte grinsend den Kopf. Und plötzlich war er sich doch nicht mehr so sicher, ob er sie nicht doch anrufen oder ihr zumindest schreiben sollte.

Immerhin hatte er in der kommenden Woche genug zu tun, um auf andere Gedanken zu kommen und der Kontaktaufnahme etwas Zeit zu geben. Er richtete seine erste große Veranstaltung auf dem Anwesen aus. Ein Geschäftszweig, der seinem Vater nie zugesagt hatte. Doch Bartolomés Vision hatte ihn schließlich überzeugt und nach einer gewissen Übergangszeit würde er in naher Zukunft die gesamten Geschäfte übernehmen. Also hatte sein Vater zugesagt, auch wenn Bartolomé wusste, dass seine Mutter vermutlich einen gewissen Einfluss auf ihn genommen hatte, um seiner Entscheidungsfindung den entsprechenden Ausschlag zu geben.

Die erste Veranstaltung sollte also perfekt werden. Und danach … wer wusste das schon. Vielleicht würde Bartolomé den Versicherungsfall für den Laptop doch noch eröffnen. Allerdings bei einem Ausflug in die Berge oder zumindest bei einem Abendessen am Strand.

Lächelnd lief er wenig später rüber zum Haupthaus, um sich an die Arbeit zu machen. Dabei musste er immer wieder an Noras hübsches Gesicht denken, das ihm einfach nicht aus dem Kopf gehen wollte. Ja, er würde sich definitiv bei ihr melden, entschied er auf halber Strecke. Allerdings erst nach der Hochzeit.

KAPITEL 5

»Ich kann dir gar nicht sagen, wie aufgeregt ich bin«, sagte Valentina, als sie den Wagen in die Einfahrt lenkte. »In nicht einmal einer Woche werde ich heiraten, Nora. Wer hätte das noch vor einem Jahr gedacht?«

Nora legte ihre Hand auf Valentinas Oberschenkel und sah nach rechts zur Gärtnerei, die ihre Schwester nun gemeinsam mit ihren Eltern führte. Der Eingangsbereich sah sehr gepflegt aus und neben dem alten Schild »Jardinería Navarro« hing nun zusätzlich ein türkisfarbenes mit weißen Kräuterdarstellungen und einem geschwungenen »K«. Es stand für »Käthes Kräuter«, die neue Sparte der Gärtnerei, und Nora war schon gespannt zu erfahren, wie es Valentina in ihrer Rolle ging. Seit dem Herzanfall ihres Vaters und den finanziellen Schwierigkeiten ihrer Eltern hatte Valentina die Gärtnerei weitestgehend übernommen und in eine moderne, erfolgreiche Richtung geführt.

»Du wirst eine heiße Braut sein«, stellte Nora fest, als sie ihre Schwester betrachtete. »Warst du eigentlich schon immer«, fügte sie augenzwinkernd hinzu.

Valentina lachte. »Aber es ist noch so viel zu tun. Ich bin bisher zu fast nichts gekommen. Zumindest fühlt es sich so an.« Sie schüttelte den Kopf und sah Nora aufgeregt an.

»Das kriegen wir schon hin«, beschwichtigte Nora sie. »Und wenn du Hilfe brauchst, bin ich ja jetzt da.«

Valentina stellte den Wagen vor dem Haus ihrer Eltern am Ende der Auffahrt ab.

Das alte Haus wirkte unverändert und setzte Hunderte schöner Erinnerungen in Nora frei. Der Duft nach Lavendel, die große Steineiche, deren Blätter vor ihrem alten Kinderzimmer im Wind raschelten, die vielen heißen Sommer, in denen Nora und ihre Schwester sich mit Wasserschläuchen aus der Gärtnerei nass gespritzt hatten, und all die Momente, in denen Noras Eltern für sie und ihre Schwester da gewesen waren.

Dann spürte Nora Valentinas festen Blick auf sich.

»Da ist noch etwas, das ich dich fragen wollte«, sagte sie sanft.

Nora schluckte.

Valentina sah auf einmal so ernst aus und ihr Ausdruck passte so überhaupt nicht zu der bisher ausgelassenen Stimmung. »Also, ich …«, begann sie, als plötzlich die Haustür aufging und Mutter Käthe laut in die Hände klatschte.

»Endlich sind wir wieder komplett«, sagte sie, stieg drei Stufen nach unten und umarmte Nora noch durch das offene Beifahrerfenster. Ihre langen grauen Haare hatte sie zu einem lockeren Pferdeschwanz gebunden, trug wie gewohnt ein beiges Leinenhemd über einer kurzen Stoffhose und sah gesund und fröhlich aus.

Vater Pedro trat wenig später aus der Haustür, stemmte freudestrahlend die Hände in die Hüften und beobachtete das Treiben. Er trug seine grüne Latzhose und dazu ein breites, zufriedenes Grinsen.

»Hallo Mama«, sagte Nora um Luft ringend und warf Valentina einen entschuldigenden Blick zu, die lächelnd abwinkte.

»Okay, wir reden später«, flüsterte Valentina ihr zu, und Nora nickte abwesend. Sie wusste gar nicht, wohin mit ihren Gefühlen.

»Wie war dein Flug, und überhaupt, wo ist …« Mutter Käthe hielt verdutzt inne und ließ den Blick über die leere Rückbank schweifen. »Wo ist denn dein Freund? Wo ist Ryan?«, fragte sie, während Nora sich aus dem weichen Sitz schälte, aus dem Auto stieg und sich etwas Luft unter das Oberteil fächerte.

»Er konnte leider nicht mitkommen«, erklärte Nora mit einem Kloß im Hals, bevor weitere Fragen aufkommen konnten. »Ein ziemlich großes Projekt ist aus dem Ruder gelaufen und … es ging leider nicht anders.«

Käthe versah Nora mit einem mitfühlenden Blick, ohne ihre Enttäuschung überhandnehmen zu lassen. Stattdessen nahm sie Nora noch einmal fest in den Arm. »Schön, dass du da bist«, flüsterte sie ihr mit einem Lächeln ins Ohr und umfasste sanft ihre Hüfte. »Aber du brauchst dringend etwas zu essen, Kind. Du wirst immer dünner.«

Valentina zwinkerte Nora amüsiert zu. Trotz der vielen Veränderungen, die gerade passierten, waren einige Dinge doch gleich geblieben. Und Nora war froh darüber.

»So, und jetzt lass dich auch mal drücken«, sagte Vater Pedro mit den Armen wedelnd, während er die Stufen nach unten nahm und auf Nora zuging.

Wie immer strich er ihr sanft über die glatten dunklen Haare und gab ihr zum Schluss einen Kuss auf die Stirn. Er hatte den vertrauten Duft nach Erde und frischen Pflanzen an sich.

»Also ich bin ja froh, dass du keinen Mann mitgebracht hast«, sagte Vater Pedro sanft lächelnd. »Es reicht mir schon, wenn ein Gockel hier herumspringt und mir meine Tochter entführt«, stieß er aus, zwinkerte Valentina amüsiert zu und machte sich daran, Noras Gepäck aus dem Wagen zu hieven.

»Na danke, Paps«, erwiderte Valentina mit gespieltem Entsetzen.

Nora beobachtete die beiden und stellte fest, dass ihr Umgang miteinander seit Valentinas Rückkehr nach Andalusien noch vertrauter war als ohnehin schon.

Darüber hinaus wusste Nora, dass, obwohl ihr Vater natürlich gern gewusst hätte, mit wem sie ihr Leben teilte, auch ein Funken Wahrheit in seinem Kommentar lag. Vermutlich war es für keinen Vater auf der Welt einfach, die Hand seiner Tochter in die eines jungen Mannes zu legen.

Nora dachte für einen kurzen Moment an Ryan und an die Ohrringe. Die halbe Nacht hatte sie darüber nachgedacht und war zu keinem anderen Schluss gekommen, als dass sie sauer auf ihn war. Und zwar nicht wegen des Schmuckes oder der Geste, sondern wegen der kurzfristigen Absage. Doch davon wollte sie sich in den nächsten beiden Wochen nicht herunterziehen lassen.

Als Nora von ihrer Schwester und Mutter Käthe begleitet das Haus betrat, stieg ein köstlicher Duft nach Mandelkuchen in ihre Nase. Umgehend fing ihr Magen an zu knurren.

»Ich sage es ja«, kommentierte Käthe das lang gezogene Geräusch. »In New York scheint es eine Lebensmittelknappheit zu geben.« Sie ging kopfschüttelnd an Nora vorbei in die Küche.

»Es ist schon wieder viel zu lange her, Schwesterherz«, sagte Valentina etwas wehmütig. »Und es tut mir so leid, dass ich es bisher nicht nach New York geschafft habe. Ich …«

»Alles okay, Valentina. Wirklich«, winkte Nora ab, drehte sich in dem schmalen Flur um und nahm ihre Schwester erneut in den Arm. »Und jetzt geht es um dich. Du heiratest, verdammt. Das ist so unglaublich …« Nora suchte nach dem passenden Wort. »Ja, einfach *unglaublich*.«

Sie lachten beide.

»Der Kaffee läuft«, rief Käthe aus der Küche, während Noras Vater den Koffer über die Türschwelle schob.

»Gar nicht so schwer, wie ich dachte«, stellte er überrascht fest.

»Komm, den nehme ich dir ab«, sagte Nora. »Ich wollte sowieso kurz nach oben gehen, meine Sachen abstellen und mich etwas frisch machen.«

Pedro nickte verständnisvoll. »Okay, dann mach das mal«, sagte er. »Du bist schließlich schon um die halbe Welt geflogen. Aber soll ich dir nicht mit dem Gepäck helfen?«

»Danke, Paps. Das geht schon«, sagte Nora und griff nach ihrem Koffer. »Macht es euch gemütlich, ich bin sofort wieder da. Und diesmal gehe ich so schnell nicht wieder weg. Versprochen.«

Valentina sah ihr tadelnd hinterher. »Das will ich für dich hoffen.«

Oben angekommen, atmete Nora ein paar Mal tief durch. Hier war es deutlich wärmer als im Erdgeschoss und Nora sehnte sich ein wenig nach der Klimaanlage in Ryans Wohnung – oder ihrer gemeinsamen Wohnung, wie auch immer man es sehen wollte. Sie zog den Koffer durch den Flur, betrat ihr altes Zimmer und stellte das Gepäck neben der Tür ab. Alles war an seinem gewohnten Platz. Links das Doppelstockbett, das sie sich so viele Jahre mit Valentina geteilt hatte. Rechts der Schreibtisch und das Regal mit den vielen alten CDs, Magazinen und Büchern. An der Wand hingen immer noch die Poster, die Valentina und sie als Jugendliche aus Zeitschriften gesammelt hatten. Dieses Zimmer war wie eine Zeitkapsel.

Als Nora bemerkte, dass lediglich das untere der beiden Betten gemacht war, wurde sie etwas wehmütig. Daran hatte sie gar nicht gedacht. Aber natürlich, Valentina war zu Tonio in seine Wohnung über der Bäckerei gezogen, und somit würde Nora zum ersten Mal allein in ihrem gemeinsamen alten Zimmer schlafen.

Zuletzt war Nora im Sommer des vergangenen Jahres zu Hause gewesen. Zu Weihnachten hatte sie es nicht geschafft. Na ja, genau genommen waren die Flugpreise ins Unermessliche gestiegen und Nora hatte sie sich einfach nicht leisten können.

Sie erinnerte sich an das Melonenfest, auf dem eine ganze Reihe an Dingen in Gang gebracht worden war. Das Erscheinen von Tonio und seine Teilnahme am Melonenwiegen hatten Vater Pedro dermaßen in Rage gebracht, dass er einen Herzanfall erlitten hatte. Sie hatten ihn sofort ins Krankenhaus gebracht, in dem Rafael, ein gut aussehender Arzt, gearbeitet hatte, der Valentina prompt nach einem Date gefragt hatte. Anschließend hatte sich offenbart, dass die Gärtnerei ihrer Eltern vor dem Aus gestanden hatte, da sie nicht mehr mit dem großen Gartencenter auf der anderen Seite des Ortes mithalten konnten. Während Nora wieder zurück nach New York hatte fliegen müssen, um ihre eigene Existenz zu retten, hatte Valentina sich um ihre Eltern gekümmert. Nach einigen Dates war sie schließlich mit Tonio und nicht mit Rafael zusammengekommen, hatte ihren Job in Berlin erst aus der Ferne weiterbetrieben und dann an den Nagel gehängt und stattdessen die Gärtnerei als neue Geschäftsführerin in eine neue Richtung gebracht.

Nora war unglaublich stolz auf Valentina, denn sie war ihrem Herzen gefolgt und hatte ganz offensichtlich ihr Glück gefunden. Und Tonio war ein wirklich guter Mann.

Und während Valentina auf ihr großes Glück zusteuerte, war Noras Galerie immer noch nicht auf Erfolgskurs und Ryan hatte ihr in letzter Minute abgesagt. Das Leben nahm manchmal seltsame Wendungen, dachte sie, erhob sich vom Bett und ging ins Badezimmer, um sich etwas kühles Wasser ins Gesicht zu spritzen.

Anschließend zog sie einige Klamotten aus dem Koffer und tauschte Rock und Bluse gegen eine kurze Jeans und ein helles Shirt. Dann tippte sie eine Nachricht an Ryan.

Nora:
Hey, wie läuft dein Projekt? Ich bin gut bei meinen Eltern angekommen und höre gerade eine Sektflasche ploppen. Also, mir geht es gut ;-) Kuss

Sie steckte das Handy zum Laden an die Steckdose neben dem Schreibtisch und ging grinsend wieder nach unten. Als sie die Küche betrat, schenkte Mutter Käthe gerade vier Sektgläser ein.

»Du kommst gerade richtig«, sagte sie mit einem Strahlen im Gesicht, das Nora warm ums Herz werden ließ.

»Denn jetzt stoßen wir erst mal an.« Valentina und Vater Pedro kamen von der Terrasse nach drinnen und Käthe reichte jedem der drei ein Glas.

»Oh, es gibt Sekt«, stellte Pedro sachlich fest. »Haben wir etwa was zu feiern?« Er zwinkerte Noras Mutter zu, die beiden schienen sich diebisch zu freuen.

»Auf unsere wunderbaren Töchter«, sagte Käthe und streckte ihr Glas in die Mitte. »Es ist einfach schön, euch zu haben.«

Nora schluckte und gab ihrer Mutter einen dicken Kuss auf die Wange, bevor sie ihr Glas ebenfalls in die Mitte streckte und mit den anderen anstieß. Sie trank einen Schluck und sah ihre Familie zufrieden an. Sie war froh, zu Hause zu sein. Dann dachte sie an Mister Kaulewskis Worte über Familie und stellte fest, dass sie hier und jetzt nicht traurig darüber war, Ryan nicht bei sich zu haben.

Plötzlich bemerkte Nora, wie ihre Eltern Valentina erwartungsvoll ansahen. Sie nickte und betrachtete Nora.

»Ich wollte dich doch vorhin noch etwas fragen«, sagte sie bedächtig.

Noras Herz machte einen Sprung.

»Ich habe mir überlegt … also …« Sie druckste herum. »Ich möchte, dass du meine Trauzeugin wirst«, sagte sie schließlich und grinste bis über beide Ohren. »Wäre das okay?«

Nora verschluckte sich beinahe und machte große Augen. »Ich?«, fragte sie erstaunt. Valentina hatte nie mit ihr darüber gesprochen und Nora war davon ausgegangen, dass Marina, ihre beste Freundin, Valentinas Trauzeugin sein würde.

Valentina lachte. »Ja, natürlich du.«

Nora spürte, wie sich Tränen in ihren Augenwinkeln sammelten. Sie sah ihre Mutter an, die sie ebenfalls gerührt musterte.

»Ja!«, stieß Nora schluchzend aus, und in diesem Moment schien die ganze Anspannung der letzten Wochen von ihr abzufallen. Alle Sorgen um die Galerie, die Bedenken um Ryans Absichten und die Strapazen der Anreise. Sie war hier, zu Hause in Andalusien, und war die Trauzeugin auf der Hochzeit ihrer Schwester. Was um Himmels willen konnte sie sich noch mehr wünschen?

Nora reichte ihrer Mutter das Sektglas und fiel Valentina in die Arme. »Ja, natürlich!«

KAPITEL 6

Nora saß mit Valentina auf der Rückbank und konnte kaum glauben, dass sie gleich an ihrem ersten Tag gemeinsam mit Mama Käthe zur finalen Anprobe von Valentinas Hochzeitskleid fuhren.

»So, meine Damen, da wären wir«, sagte Vater Pedro, ließ den Wagen ausrollen und hielt vor einer der kleinen Gassen, die in den verkehrsberuhigten Ortskern führten.

»Dann rufen wir dich an, wenn wir fertig sind, okay, Schatz?«, fragte Käthe und gab Noras Vater einen Kuss.

Er nickte augenzwinkernd. »Ich bin gespannt, wann das sein wird«, meinte er grinsend. »Und in welchem Zustand ich euch dann vorfinde.«

Nora und Valentina lachten. Die Flasche Sekt, die Mutter Käthe zum Kuchen geöffnet hatte, war ihnen direkt zu Kopf gestiegen und vermutlich würde es gleich bei der Schneiderin nahtlos weitergehen. Dabei war Nora jetzt schon erschöpft von dem langen Nachtflug und ihr Jetlag würde sie spätestens am frühen Abend in die Knie zwingen.

»Wir werden artig sein«, sagte Käthe, während sie aus dem Wagen stieg.

»Ganz sicher, Paps«, bestätigte Valentina und streckte sich nach vorne, um ihrem Vater ebenfalls einen Kuss auf die Wange zu geben, bevor Nora und sie sich aus dem Wagen schälten.

»Tadaaaaa«, ertönte es plötzlich von der Seite, und Nora musste einfach grinsen, als sie Valentinas Freundin Marina erkannte, die vier kleine Sektfläschchen in die Luft streckte.

»Ich war nicht darauf vorbereitet, dass das hier zu einem Junggesellenabschied heranwächst«, sagte Valentina überrascht und schloss ihre Freundin in die Arme.

Dann umarmte Nora die hübsche Blondine, die zusammen mit ihrem Vater die Bar im Ort führte.

»Nora, wie schön, dich zu sehen«, sagte Marina und strahlte vor aufrichtiger Freude. Dann sah sie zurück zu Valentina, die ihr augenzwinkernd zunickte. »Frau Trauzeugin!«, stieß sie aus und verteilte die kleinen Sektflaschen. »Ich bin ja schon etwas neidisch, muss ich zugeben.« Dann kam sie nahe an Noras Ohr. »Und wenn du Hilfe für den Junggesellenabschied brauchst, sag Bescheid«, flüsterte sie.

Nora schluckte. Daran hatte sie noch gar nicht richtig gedacht. Aber natürlich, sie sollte zumindest eine kleine Party für Valentina organisieren, oder einen Ausflug. Und es blieb nicht mehr allzu viel Zeit.

»Okay, danke«, sagte Nora etwas überrumpelt. »Das mache ich ganz sicher.«

»So«, warf Valentina ein. »Können wir uns jetzt mal mein Brautkleid ansehen?«

Nachdem sie zu viert angestoßen hatten, schlängelten sie sich durch die schmalen Gassen, bis Valentina in einer Sackgasse vor einem kleinen Haus stehen blieb, das Nora noch nie aufgefallen war. Eine pink blühende Bougainvillea rankte über der gesamten Fassade und ließ fast keinen Raum für die hölzerne Haustür. Die Pflanze war so einnehmend, dass man beinahe kein Haus dahinter vermutete. Hier wohnte also Carla, eine gute Freundin von Mutter Käthe, mit der sie schon seit Jahren Karten spielte und die Nora kannte, seit sie denken konnte. Nora hatte sie allerdings noch nie als Schneiderin wahrgenommen und war mehr als gespannt auf ihre Arbeiten.

»Hat Valentina dir schon verraten, wie das Kleid aussieht?«, fragte Marina, als Käthe an der Tür klopfte und von drinnen Schritte ertönten.

Nora schüttelte den Kopf. »Sie hat daraus ein Staatsgeheimnis gemacht«, sagte sie achselzuckend. »Ich weiß nicht einmal, welche Farbe es hat.«

Beide lachten, als die Tür quietschend auflog und eine zierliche Frau nach draußen trat.

»Oh, da seid ihr ja! Wie wunderbar!«, stieß die Schneiderin aus, die eine helle Schürze über einer leichten Bluse trug und die grau melierten Haare in einem langen Zopf zusammengebunden hatte. Sie wirkte drahtig und agil, genau wie Noras Mutter.

»Bitte, kommt rein«, sagte sie aufgeregt und drückte jedem der vier einen Kuss auf die Wange.

»Nora, schön, dich zu sehen. Du siehst toll aus, und ich hätte genau das passende Kleid für dich«, plapperte Carla und wuselte sich durch den Flur in einen kleinen Raum im hinteren Bereich des Hauses, der ihr offenbar als Atelier diente.

Nora ließ sich von dem Gedanken nicht bremsen, dass ihre eigene Hochzeit vermutlich noch in der ungewissen Zukunft lag, und folgte den anderen.

»Bitte, nehmt Platz, ihr drei. Das dauert jetzt ein paar Minuten«, sagte Carla und deutete auf das samtige Sofa auf der rechten Seite. »Und dich nehme ich gleich mit, Valentina, und helfe dir in das Kleid.«

Nora betrachtete ihre Schwester, deren Wangen glühten und die unglaublich glücklich wirkte. In solchen Momenten, in denen sich Nora für Valentina freuen sollte, kam ihr gleichzeitig der Gedanke, dass sie durch die Entfernung über den Atlantik so viel vom Leben ihrer Schwester und ihrer Eltern verpasste. Während Marina hier war und die Gelegenheit hatte, Valentina zu sehen, wann sie wollte, war Nora ihrem Verlobten Tonio erst ein paar Mal über den Weg gelaufen.

»Na, alles klar, mein Schatz?«, fragte Noras Mutter und legte sanft den Arm um sie.

Nora nickte. »Ja, alles okay. Ich bin nur etwas erschöpft von der Reise.« Sie schmiegte den Kopf an die Schulter ihrer Mutter und genoss den innigen Moment. Sie war kurz davor, die Augen zu schließen, als ein Blitz aufleuchtete und Nora aus dem Tagtraum riss.

»Upsi«, sagte Marina, die mit der Handykamera vor dem Sofa kniete. »Aber ihr seht so süß aus zusammen. Das musste ich festhalten.«

Käthe strich Nora über den Kopf und half ihr, sich wieder aufzurichten. »Schickst du mir das Bild, bitte? Das würde ich gern zu Hause aufhängen.«

Nora strahlte ihre Mutter an. »Ich möchte es bitte auch haben.«

Gerade als Noras und Käthes Handys vibrierten, ertönte ein Räuspern hinter dem Vorhang, wo Valentina in ihr Kleid schlüpfte.

»Seid ihr bereit?«, fragte sie mit unüberhörbarer Anspannung in der Stimme. »Ich bin so aufgeregt!«

»Komm schon«, rief Nora und lehnte sich gespannt nach vorne.

Als sich der Vorhang schließlich öffnete, schlug sich Nora vor Freude die Hand vor den Mund. Eine Gänsehaut überzog ihre Unterarme und sie stand hastig auf. »Wow!«, flüsterte sie, und im nächsten Moment schossen Tränen in ihre Augenwinkel. »Das ist ja …«

Valentina sah einfach umwerfend aus. Das blütenweiße Kleid war schlicht, elegant und hatte dennoch eine verspielte

Note, die Nora besonders gefiel. Es wirkte auf den ersten Blick wie ein Zweiteiler, der einen feinen Spalt von Valentinas flachem Bauch freigab, am Rücken jedoch ineinander überging. Das Oberteil bestand aus einer spitzenbesetzten Büste, die an dünnen Trägern über Valentinas Schulter lag. Der untere Teil war aus zwei Stoffen gefertigt, von denen der eine mit filigraner Spitze verziert war, während der obere so dünn war, dass man die Spitze darunter gerade noch sehen konnte.

Nora war sprachlos. Sie wischte sich die Tränen aus den Augen, ging zu Valentina, die sich einmal im Kreis drehte, und nahm sie feste in den Arm.

»Es ist perfekt«, flüsterte Nora und sie bemerkte, dass Valentinas Augen ebenfalls zu glänzen begannen. »Du siehst wunderschön aus, Schwesterherz.«

»Danke«, flüsterte Valentina ergriffen zurück, bevor sie sich ungläubig im Spiegel musterte und einen kurzen Freudenschrei ausstieß.

»Das haben wir ganz gut hingekriegt, was?«, meinte Carla, stemmte die Hände in die zierlichen Hüften und verzog zufrieden den Mund.

»Carla, du bist unglaublich«, stieß Valentina aus und Nora beobachtete, wie ihre Schwester sich von allen Seiten musterte. Wie schwer musste es sein, dieses Kleid wieder auszuziehen und für eine weitere Woche im Schrank zu verstecken, bis sie es endlich allen zeigen konnte?

Käthe und Marina, die das Kleid bereits kannten und doch aufs Neue davon verzaubert waren, waren ebenfalls aufgestanden. Marina wühlte grinsend in ihrer Handtasche, bevor sie vier weitere Piccolofläschchen herauszog und verteilte.

»Auf unsere heiße Braut«, sagte sie augenzwinkernd.

»Auf meine wunderbare Schwester«, fügte Nora hinzu, und die vier stießen miteinander an.

Nach der Anprobe verabschiedete Marina sich wieder zur Arbeit, während Vater Pedro seine drei glücklichen und etwas beschwipsten Frauen abholte.

»Ich vermute, das Kleid ist gut geworden?«, fragte er amüsiert, während sie alle drei aus dem Plappern gar nicht mehr herauskamen.

Käthe nickte eifrig. »Valentina sieht hinreißend darin aus«, sagte sie, und Nora konnte förmlich das Glück in ihrer Stimme hören, das sie bei all den Gedanken an die bevorstehende Hochzeit empfinden musste.

»Na ja«, erwiderte Vater Pedro pragmatisch. »Ich glaube, Tonio würde dich auch in einem Kartoffelsack heiraten.«

Käthe gab ihm einen leichten Klaps auf die Schulter und er zuckte in gespieltem Entsetzen zusammen. Dann alberten die beiden den gesamten Heimweg herum.

So liebevoll und vertraut war ihr Umgang schon seit einer Ewigkeit nicht gewesen, dachte Nora selig. Die ganze Situation, die Verkleinerung der Gärtnerei, die neuen Aufgaben und Valentinas Nähe schienen den beiden richtig gutzutun. Es war schön zu wissen, dass dieses Zuhause also noch lange Bestand hatte und Nora immer wieder einen Ort hatte, an den sie zurückkommen und an dem sie sich wohlfühlen würde. Ob Mister Kaulewski wohl früher auch so einen Ort gehabt hatte, fragte sie sich in diesem Moment.

»So, ich mache uns mal Abendessen«, unterbrach Käthe ihre Gedanken, während sie nacheinander aus dem Wagen stiegen.

»Wir können dir helfen, Mama«, bot Nora an, doch ihre Mutter winkte dankend ab.

»Ihr habt heute frei«, beschloss sie. »Geht auf die Terrasse und macht es euch gemütlich. Es dauert nicht lange.«

Widerwillig taten Nora und ihre Schwester wie geheißen und tranken gierig den Eistee, den ihre Mutter ihnen reichte.

Nach dem Sekt und der Hitze des Tages war das genau das Richtige, um den Abend ausklingen zu lassen.

Nora blieb vorne an der eingewachsenen Terrasse stehen und ließ den Blick durch den verwunschenen und dennoch gepflegten Garten schweifen. Das Zwitschern der Vögel legte sich über die traumhafte Kulisse, hinter der die Abendsonne die Berge zum Leuchten brachte. »Wann musst du los?«, fragte sie erschöpft. »Tonio wartet doch sicher schon auf dich.«

Valentina streifte ihre Sandalen ab und stellte sich neben Nora. »Ich habe ihm geschrieben, dass ich heute hierbleibe«, sagte sie und sah Nora herausfordernd an. »Es sei denn, du möchtest unser Zimmer jetzt für dich allein …«

Nora sah in die treuen großen Augen ihrer Schwester und war derart ergriffen, dass sie schon wieder kurz vor dem Weinen stand. »Natürlich nicht, du Blödi«, sagte sie und versuchte, ihre Rührung zu überspielen.

Valentina setzte sich auf die oberste Treppenstufe, die zum Garten hinunterführte. »Wenn das so mit dir weitergeht, wirst du in zwei Wochen völlig verweint und verweichlicht zurück nach New York fliegen«, sagte sie und grinste Nora herausfordernd an.

»Na ja«, sagte Nora und setzte sich neben ihre Schwester. »Ich bin deine Trauzeugin …«, begann sie und verzog nachdenklich das Gesicht. »Ich könnte bei der Trauung einfach Einspruch einlegen und die ganze Sache wäre geplatzt.«

Valentina lachte und riss weit den Mund auf. »Wag dich …«

»Und vielleicht möchte ich ja doch das Stockbett für mich allein …« Nora rümpfte die Nase und streckte abschätzig ihr Kinn in die Luft.

Valentina begann, diabolisch zu lachen. »Na warte«, sagte sie, stand auf und griff nach dem Wasserschlauch, der am Fuße der Treppe lag.

Nora sprang kreischend auf, als das Wasser auf ihren Bauch schoss und sich auf ihrem ganzen Körper verteilte. Sie flitzte kreischend über die Terrasse, griff nach einer Gießkanne und feuerte einen Schwall Wasser auf Valentina, die ihrerseits schreiend in Deckung ging.

»Wie alt seid ihr noch mal?«, fragte Vater Pedro, der kopfschüttelnd aus der Tür trat und das Schauspiel mit einem verschmitzten Grinsen beobachtete.

Nora und Valentina hielten kurz inne und sahen sich verschwörerisch an.

»Angriff!«, rief Nora, und das Wasser spritzte in Richtung ihres Vaters.

Warum konnte das Leben nicht öfter so sein wie heute?

KAPITEL 7

»Guten Morgen, Sonnenschein.«

Nora blinzelte, nahm nach und nach die Umrisse ihrer Schwester wahr, die bereits fertig angezogen neben dem Bett stand, bevor sie sich wieder umdrehte und im Kopfkissen vergrub. »Zu früh«, rief Nora durch die Federn. »Viel zu früh!«

»Du bist wieder zu Hauseeee«, sagte Valentina vergnügt, setzte sich auf die Bettkante und begann, Nora an den Füßen zu kitzeln.

»Nein!«, rief sie und war sofort wach. »Lass das, bitte, bitte!«, stieß sie aus und strampelte sich aus der dünnen Bettdecke. »Ich ergebe mich«, brummte sie, setzte sich auf und rieb sich die Augen.

»Es ist schon sieben. Du hast ganz schön lange geschlafen«, stellte Valentina trocken fest und kicherte.

»O Gott, Valentina. Du bist ekelhaft. Ekelhaft ausgeschlafen«, gähnte Nora. »Und jetzt heiratest du einen Bäcker. Wo soll das noch hinführen?«, fragte sie und rekelte sich. »Willst du demnächst auch um drei mit ihm aufstehen und anfangen, Teig zu kneten, bevor du in die Gärtnerei gehst?«

Valentina verzog nachdenklich das Gesicht. »Möglicherweise.«

Kopfschüttelnd stieg Nora aus dem Bett.

»Wenn du duschen willst, es ist noch warmes Wasser im Boiler«, sagte Valentina. »Ich mache uns schon mal einen Kaffee, okay?«

»Ja, bitte«, lechzte Nora. »Mama und Paps sind schon bei der Arbeit?«

Valentina nickte.

»Natürlich«, stöhnte Nora auf, suchte in ihrem Koffer nach ein paar frischen Sachen und stapfte ins Badezimmer.

Eine halbe Stunde später betrat Nora die Küche, in der es nach Kaffee und frisch Gebackenem duftete.

»Du hast Tonio knapp verpasst«, sagte Valentina und deutete auf die Tüte mit duftenden Croissants und Miguelitos mit Cremefüllung.

»Gehört das jetzt zum täglichen Service?«, fragte Nora augenzwinkernd, griff nach einem der knusprigen Blätterteiggebäcke und biss herzhaft hinein. Es war köstlich, fluffig und genau das, was Nora jetzt brauchte.

»Eigentlich war er nur wegen dir hier«, erklärte Valentina. »Er fährt nämlich heute zu seinem Vater nach Almería und wollte dir zumindest vorher Hallo sagen. Aber du wirst ihn schon noch zu Gesicht bekommen.«

»Oh, wie geht es seinem Vater denn?«

Valentina hob die Schultern. »Hm, er war das ganze letzte Jahr relativ stabil«, sagte sie nachdenklich. »Ich glaube, es hat ihm gutgetan, dieses Melonenprojekt mit Paps zusammen zu machen ...«

»Übrigens unglaublich, dass sie den vierten Platz gemacht haben! Spanienweit!«, unterbrach Nora.

Nachdem sich Vater Pedro und Tonios Vater Lazaro nach einer jahrelangen Anfeindung endlich im letzten Jahr versöhnt hatten, waren sie sogar gemeinsam in die Melonenzucht eingestiegen und hatten erst vor einigen Wochen die viertgrößte Melone Spaniens auf die Waage gebracht.

»Ja. Paps ist auch sehr stolz, und ich vermute, er hat seine Medaille in einem Bankschließfach untergebracht«, sagte Valentina amüsiert. »Aber leider hatte Lazaro kürzlich einen Rückfall und musste noch mal eine Chemotherapie beginnen«, fuhr Valentina fort und verzog traurig den Mund.

»O nein«, sagte Nora und hielt einen Moment inne. »Das tut mir wirklich leid.«

Valentina nickte. »Aber wir denken mal positiv und hoffen, dass die Behandlung noch einmal gut anschlägt. Tonio ist auch zuversichtlich und sehr tapfer.«

Nora lehnte sich gegen die Küchenzeile und sah nachdenklich aus dem Fenster.

»Hier, dein Kaffee.« Valentina reichte ihr eine Tasse.

Nora trank einen Schluck, schloss für einen Moment die Augen und spürte, wie ihre Lebensgeister nach dem Jetlag und dem wunderschönen, aber anstrengenden Tag gestern zurückkehrten. »Also«, sagte sie. »Wie ist der Plan?«

Valentina riss sich die Spitze eines Croissants ab und biss hinein. »Ich würde sagen, wir schauen erst mal runter zu Mama und Papa. Und dann …« Sie legte den Kopf schief und ein Lächeln huschte über ihre Lippen. »Dann zeige ich dir, wo ich Tonio das Jawort geben werde.«

Nora nickte energisch und ließ beinahe ihren Kaffee überschwappen. Seit Wochen lag sie ihrer Schwester schon mit Fragen in den Ohren und war gespannt darauf, zu erfahren, wie alles ablaufen würde und wo Valentina ihren großen Tag feierte. Doch sie hatte beteuert, es sei nichts Besonderes geplant und Nora solle sich einfach überraschen lassen.

Nachdem Nora sich angezogen hatte, gingen sie runter zur Gärtnerei. So vieles hatte sich verändert, seit Valentina die

Geschäfte leitete. Gemeinsam mit ihren Eltern hatte sie einen völlig neuen Laden auf die Beine gestellt, der nicht mehr mit dem Pflanzendiscounter am anderen Ende des Ortes konkurrieren musste. Nein, sie hatten gemeinsam eine erfolgreiche Nische gefunden, in der sie nur noch einige wenige Pflanzen züchteten, die erfahrungsgemäß stark nachgefragt wurden, wie zum Beispiel besonders robuste Arten der Bougainvillea, Strelitzien sowie Orangen- und Zitronenbäume.

Casi, der damals mit einem Schülerpraktikum angefangen hatte und mittlerweile zum Chef der Baumschule geworden war, war darüber hinaus selbstbewusst und erwachsen geworden. Es war fast nichts mehr von dem jungen schüchternen Pflanzenfreund mit Föhnwelle übrig geblieben, der Noras Eltern schon seit einigen Jahren eine große Hilfe war.

»Und hier ist das neue Kräuterparadies«, sagte Valentina stolz, als sie das zweite, größere Gewächshaus betraten.

Nora kam aus dem Staunen gar nicht mehr heraus, während sie durch die gepflegten Gänge lief, in denen ihr nach jedem Schritt ein anderer frischer Duft in die Nase stieg.

»Das ist einfach unglaublich, Valentina«, hauchte sie kopfschüttelnd, als sie sich daran erinnerte, in was für einer kleinen Ecke des Gewächshauses ihre Mutter damals angefangen hatte, frische Kräuter für den Markt zu ziehen. Später hatte sie auch Restaurants beliefert, und nun war der Kräuterbereich zu einem regelrechten Umsatztreiber geworden.

»Wir verkaufen mittlerweile an eine beachtliche Reihe wirklich guter Restaurants, Mama kreiert beinahe wöchentlich neue Kräuter- und Gewürzmischungen und wir sind kurz davor, unsere ersten beiden Produkte in den Einzelhandel zu bringen«, erzählte Valentina stolz, ging zu einer am Rande stehenden Theke, auf der Hunderte kleiner Döschen und Fläschchen standen, und griff nach einer grünen Pappdose mit Metalldeckel.

Nora folgte ihr und sah sich um, beeindruckt von den vielen Veränderungen.

»Das ist Mamas Kräutermischung *Almería*«, sagte Valentina, zog den Deckel von der Dose und reichte sie Nora. »Der Plan ist, für jede der siebzehn Regionen Spaniens eine eigene Mischung auf den Markt zu bringen. Doch dazu müssten wir schon bald Kräuter und Gewürze dazukaufen, und ich weiß nicht, ob ich Mama von dem Gedanken überzeugen kann.«

Nora nahm die Dose entgegen, schloss die Augen und atmete tief durch die Nase ein. Ihr Geruchssinn war nicht fein genug, um die einzelnen Noten herauszuriechen, doch der Inhalt des Döschens roch genau wie ein von ihrer Mutter gern gekochtes Miga, ein andalusisches Bauerngericht aus Brotstückchen, Fleischbrühe, Würstchen und Knoblauch, das sie perfektioniert hatte, seit sie damals als Studentin nach Spanien gekommen war. Sofort lief Nora das Wasser im Mund zusammen.

»Das riecht köstlich«, sagte sie mit einem zufriedenen Lächeln.

»Und bringt uns hoffentlich wieder in die schwarzen Zahlen«, sagte Valentina. »Das letzte Jahr war nicht so einfach, besonders für Paps. Die vielen Veränderungen haben ihm ganz schön zu schaffen gemacht.«

»Das glaube ich«, erwiderte Nora nachdenklich. Ihr Vater hatte sich über lange Zeit nicht eingestehen wollen, dass die Gärtnerei nicht mehr genug zum Leben abwarf. Und nachdem Noras Eltern auch noch das Haus beliehen hatten, um die Gärtnerei über Wasser zu halten, hatte es eine Zeit lang sehr schlecht um die Existenz ihrer Eltern ausgesehen. Doch nun, nach all den Mühen und Umstellungen, waren sie zurück auf Kurs, und Vater Pedro hatte sogar eine neue Herausforderung und Leidenschaft gefunden. Seit einigen Wochen war er, auch mithilfe von Tonios Vater und seinen vielen Kontakten in der Obstbranche, als Berater für Plantagen in ganz Andalusien tätig. Er nahm Bodenproben, analysierte die Nährstoffzufuhr, Licht- und Luftverhältnisse und was es sonst noch zu analysieren gab, und war dabei, so etwas wie ein Pflanzendoktor für Gewächshäuser und Plantagen zu werden. Und er hatte ein Händchen dafür und schien darüber hinaus überraschend glücklich damit zu sein. Durch seine häufigen Besuche in Almería hatte sich eine echte Freundschaft zu Tonios Vater entwickelt, was vor einem Jahr noch undenkbar gewesen wäre.

»Ihr habt hier wirklich etwas richtig Tolles auf die Beine gestellt, Schwesterherz«, sagte Nora und legte einen Arm um die Schulter ihrer Schwester. »Ich bin richtig stolz auf dich.«

Valentina lehnte ihren Kopf an Noras, und für einige Momente standen sie einfach nur da, bevor Nora die Dose wieder auf die Theke stellte und sich aufgeregt auf die Lippe biss. »Und jetzt will ich aber endlich sehen, wo du heiraten wirst!«

Nach einem kurzen Plausch mit ihren Eltern machten sie sich mit dem Auto auf den Weg zur Hochzeitslocation. Valentina hielt sich weiterhin bedeckt und steuerte grinsend den Wagen in Richtung Turre, etwa zwanzig Minuten westlich von Mojácar. Nora dachte angestrengt nach, doch ihr fiel bloß ein Ort ein, den sie kannte und der für eine Hochzeit infrage käme. Das konnte nicht sein, dachte sie und rieb sich nachdenklich über die Stirn. »Ist hier in der Gegend nicht diese Sherry-Bodega? Dort, wo du mit Rafael essen warst?«

Valentina sagte nichts, doch Nora konnte erkennen, dass ein geheimnisvolles Lächeln auf ihren Lippen lag.

»Dieses teure Restaurant, in dem ihr nach dem Menü Pommes bestellt habt, weil ihr nicht satt geworden seid?«

Valentinas Lächeln wurde zu einem Grinsen und Nora hielt sich vor Schreck die Hand vor den Mund. »Du heiratest Tonio dort, wo du einen anderen gedatet hast?«, stieß Nora fassungslos aus.

Valentina lachte los und nickte.

»Das ist nicht dein Ernst?«, fragte Nora, biss sich auf die Lippe und musste bei Valentinas Anblick zwangsläufig mitlachen.

»Doch«, sagte Valentina um Atem ringend. »Ist das nicht schräg?« Sie bog in einen abgehenden Weg und fuhr durch ein riesiges geschwungenes Tor aus Olivenholz, über dem ein Schild mit der Aufschrift »Bodega« angebracht war. »Aber es ist einfach so wunderschön hier und Tonio hatte damit kein Problem. Im Gegenteil, er war sofort verliebt in den Ort, und der neue Betreiber war wirklich sehr zuvorkommend. Außerdem ist Rafael mittlerweile ohnehin ein Freund geworden und ebenfalls eingeladen.«

Eine Allee aus alten Kastanien lief auf einen herrschaftlichen Gebäudekomplex zu. Rechts von der Allee zogen sich unzählige Reihen mit Weinreben die sanften Hügel entlang. Es war wildromantisch und verträumt. Nora kannte die Bodega bloß aus Valentinas Erzählungen und war selbst noch nie hier gewesen, doch das Ausmaß dieser Schönheit war in den Erzählungen völlig untergegangen. Stattdessen erinnerte sich Nora daran, wie piekfein das Restaurant gewesen sein musste und wie pikiert der Kellner über die Pommesbestellung nach dem Viergangmenü gewesen war.

»Ich weiß, was du denkst. Es ist wunderschön, stimmt's? Und ob du es glaubst oder nicht, die Pommes sind sogar mittlerweile auf der Speisekarte gelandet«, erklärte Valentina grinsend. »Mit Trüffelmayonnaise, aber trotzdem.«

Fassungslos ließ Nora den Blick über den gepflasterten Hof schweifen, der sich hinter den Kastanien öffnete. Mehrere Gebäude reihten sich um den Hof. Ein zweistöckiges herrschaftliches Steinhaus, vermutlich das Haupthaus mit Hotelzimmern und Restaurant, daneben offenbar Produktions- und Lagerhallen, Gewölbe, in denen der Sherry in Fässern reifte, und Unterkünfte für die Saisonarbeiter.

Auf einem in Kies angelegten Parkplatz vor dem Haupthaus blieb Valentina stehen. Nora stieg aus und sah sich um. Sie verstand ihre Schwester sofort, denn es war so schön, dass sie am liebsten selbst hier heiraten würde. Allerdings hatte Ryan sie nicht einmal gefragt, doch das war ein anderes Thema. Sie versuchte, den Gedanken möglichst schnell abzuschütteln.

»Komm, ich zeige dir, wo die Trauung stattfinden wird«, sagte Valentina zum Glück, schlang ihren Arm um Nora und führte sie einmal um das beeindruckende Haupthaus herum.

»Das Anwesen ist aus dem 17. Jahrhundert und trägt jede Menge Geschichte in sich«, erklärte sie dabei euphorisch. »Seit einer halben Ewigkeit ist es in Familienhand und seit ungefähr einem Jahr gibt es hier einen Generationswechsel. Der Sohn der Eigentümer übernimmt nach und nach den Betrieb und bringt frischen Wind in die Sache. Er hat uns auch erklärt, dass es eigentlich keine Sherry-Bodega ist, da der Begriff Sherry geschützt ist und sich auf eine ganz bestimmte Gegend in Spanien bezieht, so wie Champagner oder Serranoschinken. Sie müssen es also Portwein, Likörwein oder so nennen, glaube ich. Wie dem auch sei, unter normalen Umständen hätten Tonio und ich uns diese Location hier vermutlich nicht einmal annähernd für die Hochzeit leisten können«, erklärte Valentina aufgeregt. »Aber bisher wurden noch keine Events veranstaltet und wir sind sozusagen die Versuchskaninchen.«

»O Gott, habt ihr ein Glück«, sagte Nora, als sich die Umgebung hinter dem Haus öffnete und einen atemberaubenden Anblick über die Weinberge bis hin zum weit entfernten Meer bot.

Nora atmete hörbar aus und drückte ihre Schwester fest an sich. »Das wird eine wunderbare Hochzeit und ich freue mich riesig für euch«, sagte sie und verkniff sich ein paar Tränchen, die sich in ihren schweren Augen ankündigten.

»Danke«, flüsterte Valentina und legte ihre Stirn an Noras. Dann löste sie sich behutsam und zog Nora mit sich. »Dort vorne wird die Trauung stattfinden«, sagte sie und deutete auf einen sanften Hügel, von dem aus man das gesamte Tal sah. Einige Arbeiter hoben den Blick gegen die Sonne und grüßten sie aus der Ferne.

»Hier wird es vorher einen Sektempfang geben und nach der Trauung ein paar Häppchen. Und auf der Terrasse wird dann gegessen und getanzt. Es gäbe so viele schöne Orte hier, bis hin zu den Gewölbekellern, in denen die Fässer reifen«, erzählte sie mit rosigen Wangen. »Aber wir möchten gern draußen an der frischen Luft sein.«

»Das ist einfach perfekt«, sagte Nora, als sie die große Terrasse entdeckte, über die sich meterlange von Weinreben berankte Pergolen erstreckten.

»Vielleicht können wir mit der Familie noch eine kleine Führung über die Anlage organisieren. Es gibt so viel zu sehen und sie produzieren ein paar wirklich leckere Weine und Weinbrände.«

»Dann sollten wir ein Auge auf Großtante María haben«, sagte Nora grinsend. »Wir alle wissen, was passiert, wenn sie einen Sherry zu viel hatte.«

»Darüber möchte ich ehrlich gesagt gar nicht nachdenken«, sagte Valentina amüsiert.

»Wann kommt eigentlich der Rest der Bande? Und was ist mit Lina? Hat es sie nicht nach Vancouver verschlagen? Gott, wann haben wir die Familie eigentlich zuletzt gesehen?« Nora biss sich nachdenklich auf die Unterlippe.

»Es ist jedenfalls furchtbar lange her«, sagte Valentina. »Ich glaube, es war an Tante Hildes fünfundfünfzigstem. Und Lina hat es mittlerweile nach Paris gezogen. Sie hat zugesagt und müsste morgen oder übermorgen ankommen.«

Nora freute sich über ein Wiedersehen mit ihrer Cousine. Natürlich auch über den Rest der Familie, doch mit Lina hatten Nora und Valentina sich schon damals in ihrer Jugend gut verstanden und lediglich später nach dem Studium aus dem Auge verloren. Zuletzt hatten sie an Tante Hildes Geburtstag einen legendären Abend mit viel Sambuca und alten Geschichten verbracht.

»Komm, wir schauen zumindest einmal kurz rein ins Haupthaus, okay? Dort werden wir möglicherweise auch übernachten«, sagte Valentina, als sie gemeinsam im Schatten der Weinreben über die Terrasse schlenderten. »Je nachdem wie lange die Gäste durchhalten.«

Nora fragte sich gerade, wo die ganzen Menschen waren, die diesen riesigen Betrieb am Laufen halten mussten, als jemand aus der Tür zum Restaurant trat.

Nora blieb wie angewurzelt stehen. Das konnte doch nicht … Nora sah sich hektisch um. Reflexartig griff sie nach Valentinas Hand und zog sie hinter einen der hochwachsenden Weinstöcke.

Valentina wusste gar nicht, wie ihr geschah, und sah Nora völlig verdutzt an, die sich im selben Moment fragte, warum sie sich eigentlich versteckte.

Noras Puls beschleunigte sich.

»Ist … alles in Ordnung?«, fragte Valentina mit zusammengekniffenen Augen.

»Ich … ja«, stammelte Nora und biss sich schmerzvoll auf die Unterlippe. »Ich dachte, also … Wollen wir gehen?« Sie konnte die vielen Fragezeichen im Blick ihrer Schwester förmlich umherspringen sehen.

»Valentina? Bist du das?«, fragte eine angenehm dunkle Männerstimme.

Nora legte mit aufgeplusterten Wangen den Kopf in den Nacken, während Valentina um die Rebe herumlugte und sich aus Noras viel zu festem Griff befreite.

»Hey, ja. Hallo!« Valentina sah Nora fragend an und trat aus dem Schatten der Weinrebe. »Wie geht's?«

Nora schüttelte den Kopf über ihre peinliche Reaktion, die der eines Teenagers glich, und versuchte, ihren Puls unter Kontrolle zu bekommen. Doch sie konnte es einfach nicht glauben.

»Gut«, antwortete der Mann. »Sehr gut. Ich ...«

Er brach ab, als Nora hinter dem Weinstock hervortrat und in seine dunklen Augen blickte.

Nora spürte, wie sie errötete, und trat verlegen von einem Bein auf das andere. Als dann auch noch Valentina sie skeptisch zu mustern begann, drohten Noras Bauchmuskeln vor Anspannung beinahe zu reißen.

»Das ist Bartolomé«, erklärte Valentina stockend. »Er leitet die Bodega in fünfter Generation.«

Nora verschluckte sich, hustete hysterisch und sah Valentina beinahe entsetzt an. »Er ...« Sie verstummte, als Bartolomé sie überrascht angrinste und Nora eine Hand entgegenstreckte.

»Hallo. Es freut mich, dich ... kennenzulernen«, sagte er sichtlich amüsiert.

Nora sah auf seine Hand und wollte am liebsten im Boden des Weinbergs versinken, ergriff sie aber dennoch und schüttelte sie geschäftsmännisch. »Hallo«, sagte sie und nickte.

»Du bist ...«

»Das ist Nora, meine Schwester«, erklärte Valentina, und Nora wurde das Gefühl nicht los, dass sie sich wunderte, was hier gerade los war.

»Deine Schwester?«, wiederholte Bartolomé, als wollte er ganz sichergehen. »Nora?«

Natürlich kannte er ihren Namen bereits. Ihre Begegnung war so frisch, dass möglicherweise immer noch ihre Visitenkarte in seiner Hosentasche steckte. Doch abgesehen von diesem unglaublichen Zufall – warum hatte sie nicht ganz normal Hallo gesagt und die Situation erklärt? Nora verstand sich selbst kaum, schließlich gab es keinen Grund, ein derartiges Geheimnis daraus zu machen, als hätte sie etwas ausgefressen. Es war doch überhaupt nichts Schlimmes passiert. Also doch, schon. Aber es war bloß ein kaputter Laptop, nichts weiter. Sie stammelte doch sonst nicht so kindisch herum.

Valentina nickte.

»Aha«, machte Bartolomé, ohne den Blick von Nora abzuwenden. »Dann … sehen wir uns ja sicher noch öfter?«

»Jaja«, erwiderte Nora sachlich und ließ den Blick beiläufig in Richtung Weinreben streifen. »Sicher.« Im Augenwinkel nahm sie wahr, wie nun er auf seiner Unterlippe kaute.

»Valentina, wenn du noch etwas für die Hochzeit brauchst, sag mir Bescheid, okay? Ich muss leider los«, sagte er entschuldigend.

»Danke, Bartolomé, das mache ich. Ich wollte Nora nur eben die Bodega zeigen.«

»Wenn ihr eine Führung braucht, ich bin am frühen Abend wieder zurück.«

»Danke, das ist ganz lieb«, erwiderte Valentina. »Vielleicht kommen wir darauf zurück.«

Erst jetzt fiel Nora die Aktenmappe unter Bartolomés Arm auf, die er vermutlich nicht gebraucht hätte, wenn sein Laptop noch funktionieren würde.

»Es hat mich gefreut, Nora«, sagte er noch, bevor er an ihnen vorbei in Richtung Parkplatz ging.

Nora sah ihm nach und ihr Körper entspannte sich mit jedem Schritt, den er sich von ihnen entfernte. Und dennoch blieb eine gewisse Aufgeregtheit in ihr zurück, die sie nicht einordnen konnte.

»Nora?«

Sie zuckte zusammen und schüttelte die Gedanken aus ihrem Kopf. »Ja? Was denn?«

»Kommst du?«

Nora schluckte den Kloß in ihrem Hals herunter und nickte. »Ja, klar. Auf geht's.«

Bevor sie das Innere des Haupthauses betrat, sah sie noch einmal in die Richtung, in die Bartolomé verschwunden war.

Was wollte das Universum ihr mit dieser Begegnung wohl sagen? Gar nichts, entschied sie. Es war bloß ein verrückter Zufall mit einer Chance von eins zu einer Milliarde. Mehr nicht.

KAPITEL 8

Eine dumpfe Müdigkeit übermannte Nora während der Heimfahrt. Sie tippte eine Nachricht an Ryan und legte hin und wieder nachdenklich den Kopf in den Nacken. Sie schrieb, dass sie ihn vermisse, und löschte den Text wieder. Nach kurzem Nachdenken schob sie ihr Handy unverrichteter Dinge in die Hosentasche und starrte aus dem Fenster.

»Alles in Ordnung?«, fragte Valentina, die seit dem Vorfall mit Bartolomé sichtlich irritiert wirkte.

Nora hätte die Situation auflösen sollen, anstatt Verstecken zu spielen und sich wie eine Idiotin zu benehmen.

»Ryan?«, hakte sie mit gerunzelter Stirn nach.

Nora nickte. »Seine Arbeit … Er … Ach, ich weiß auch nicht«, sagte sie und lehnte laut ausatmend den Kopf an die Scheibe.

»Wenn du drüber reden willst, ich bin da …«, sagte Valentina und schenkte Nora ein sanftes Lächeln.

»Danke, Schwesterherz«, erwiderte Nora gerührt und legte ihre Hand auf Valentinas Oberschenkel. »Aber ich denke, ich vermisse ihn bloß.«

Nora hatte umgehend ein schlechtes Gewissen, weil sie ihrer Schwester nicht die ganze Geschichte von den Ohrringen und seiner kurzfristigen Absage erzählte, bei der Nora mit etwas anderem gerechnet, es vermutlich sogar gehofft hatte. Doch es waren nur noch ein paar Tage bis zur Hochzeit, und hier ging es nicht um Nora, sondern um sie – um ihre kleine Schwester, die den Mann ihrer Träume heiratete.

Nora schluckte und musterte die Gässchen von Mojácar, an denen Valentina vorbeisteuerte. Immer wenn sie aus New York herkam, fragte sie sich, ob sie jemals wieder in einer kleineren Stadt würde leben können. Möglicherweise war sie dem Puls der Großstadt auf ewig verfallen und würde auf dem Dorf eingehen wie eine der Pflanzen, die sie in ihrem Leben bereits zu Tode gegossen hatte.

Als Valentina kurz darauf den Wagen in die Einfahrt der Gärtnerei lenkte, freute sich Nora auf ein frühes Abendessen und das Bett, in dem sie trotz des morgen anstehenden Marktes mindestens zehn Stunden verbringen wollte.

»Oh«, hörte sie Valentina plötzlich sagen, und Nora folgte ihrem Blick.

Tonios roter Pick-up stand vor dem Haus. Offenbar war er von seinem Besuch bei seinem Vater zurück. Dann entdeckte Nora ein weiteres Auto dahinter. Es war ein gepflegter mintgrüner Fiat 500, der förmlich das Wort Mietwagen herausschrie.

»Wer ist das?«, fragte Nora stirnrunzelnd, als sie aus dem Wagen stieg und zwei Reisetaschen auf dem Rücksitz des Wagens entdeckte.

»Ich weiß es ehrlich gesagt auch nicht«, erwiderte Valentina schulterzuckend.

Dann hörte Nora Geräusche aus dem Garten und stellte ernüchtert fest, dass sie ihren frühen Abend im Bett vermutlich vergessen konnte.

»Ich schwöre, ich weiß nichts von Besuch!«, sagte Valentina grinsend, als sie gemeinsam um das Haus herumgingen. Sie schlang ihren Arm um Nora und drückte sie fest an sich. »Du willst ins Bett, stimmt's?«, fragte sie augenzwinkernd.

Nora nickte und zog spielerisch einen Schmollmund.

»Ich fürchte, daraus wird erst mal nichts«, flüsterte Valentina amüsiert, als sie einen lauten Schrei hörten.

Tante Hilde kam mit ausgestreckten Armen um den Esstisch herum und fiel ihnen gemeinsam um den Hals. »Ihr beiden hübschen jungen Frauen. Es ist so toll, euch zu sehen!«, rief sie auf Deutsch und mischte einige holprige spanische Begriffe darunter wie *guapas* und *que linda*.

Nora und Valentina ließen die wilde Umarmung grinsend über sich ergehen und spürten die Wärme ihrer Tante, die wie eine etwas jüngere Hollywoodversion ihrer Mutter aussah und vor Energie strotzte. Tante Hilde war schlank, trug eine große dunkle Sonnenbrille zu ihrem weißen Kleid und hatte im Gegensatz zu Mutter Käthe erst wenige graue Strähnen. Ihre Wangen waren rosig vor Aufregung und ihr einnehmendes Wesen war ansteckend, sodass Noras Müdigkeit sich innerhalb weniger Augenblicke verabschiedete.

»Meine Güte, Valentina. Du hast dir ja einen richtigen Traummann geangelt«, plapperte sie weiter und deutete auf Tonio, der mit einem Bier in der Hand neben seinem Vater, Pedro und Onkel Bernd an der großen Paellapfanne stand, die sie neben der Terrasse aufgebaut hatten.

»Es scheint so«, antwortete Valentina und zwinkerte Tonio amüsiert zu, der mit einem vielsagenden Grinsen antwortete.

»Ach, und schaut mal, wen ich aus Paris mitgebracht habe.« Tante Hilde zeigte aufgeregt auf die Terrassentür, aus der gerade Lina spazierte und eine Flasche Wein auf dem Tisch abstellte.

»Bonjour Mademoiselle«, rief Hilde ihr zu und winkte aufgeregt. »Deine Cousinen sind da!«

Als Lina sie bemerkte, strahlte sie bis über beide Ohren, nahm die drei Stufen von der Terrasse in den Garten und umarmte sie ebenfalls herzlich. Sie trug ein pfirsichfarbenes Oversize-Kleid mit weißen Sneakern und sah mit ihrer sportlichen Statur und den perfekten Zähnen aus wie aus einem Modekatalog entsprungen. Nora und Valentina waren damals immer eifersüchtig auf Linas Aussehen gewesen, und bei genauer Betrachtung musste Nora anerkennend zugeben, dass sich daran vermutlich nichts geändert hatte. Ironischerweise war es andersherum immer genauso gewesen und Lina hatte von Valentinas dunklen Locken und Noras Teint geschwärmt.

»Total schön, euch zu sehen! Es ist schon wieder so lange her.«

»Vier Jahre«, sagte Hilde nickend. »Zu meinem Fünfundfünfzigsten.«

»O Gott, du hast vollkommen recht!«, rief Valentina entsetzt.

»Ach, jetzt weiß ich auch wieder, warum ich diesen Abend verdrängt hatte«, sagte Nora mit einem verschmitzten Grinsen. »Ich sage nur *Sambuca*.«

Lina lachte, sodass ihre halblangen blonden Haare dabei tanzten. »Ja, stimmt!«, rief sie und verzog angewidert den Mund. »Und dieses Mal gibt es Sherry, wie ich gehört habe. Oder Brandy, oder wie man das nennt. Auch nicht viel besser!«

Die vier lachten.

»Wie schön, dass ihr da seid«, sagte Valentina mit einem glücklichen Gesichtsausdruck. »Ich dachte, ihr kommt erst morgen oder übermorgen.«

»Du weißt ja, wie das bei uns ist …«, sagte Lina mit rollenden Augen. »Mama war wie immer etwas … spontan.«

»Sei doch froh, mein Kind. Ich habe eben die Spontanität, die euch jungen Dingern fehlt.« Sie reckte das Kinn in die Luft wie eine Diva. »Bei euch muss man heutzutage drei Wochen vorher einen Termin ausmachen, um mal eine Pizza essen zu gehen. Wir hingegen«, Hilde deutete auf Noras Mutter, die gerade mit zwei Schüsseln aus der Terrassentür kam, »haben uns früher freitags dazu entschlossen, nach Barcelona in den Urlaub zu fahren, und saßen Samstagmorgen bereits mit wildfremden Menschen in einem kleinen Volvo und waren per Anhalter unterwegs Richtung Süden. Stimmt's, Käthe?«

Noras Mutter lachte und winkte ab. »Lasst euch von meiner Schwester keine Flausen in den Kopf setzen«, sagte sie und grinste. »Ihr seid gut, wie ihr seid. Und ich bin froh, dass ihr *nicht* per Anhalter durch die Gegend fahrt!«

Nora lächelte in sich hinein. Zu gern hätte sie ihre Mutter zusammen mit Hilde in jungen Jahren erlebt. Die beiden waren oft in Spanien gewesen, weswegen Hilde auch recht passables Spanisch konnte. Und auf einer dieser Touren hatte Käthe schließlich auch Noras Vater Pedro kennengelernt.

Dann ging sie rüber zu Onkel Bernd, der in seinen Leopardenshorts, den schwarzen Slippern und dem gelben Hemd perfekt zu Tante Hilde passte, wenn er auch deutlich ruhiger war als seine Frau. Nachdem Nora Tonios Vater Lazaro und Vater Pedro begrüßt hatte, drückte sie Tonio, den sie bisher noch gar nicht zu Gesicht bekommen hatte.

»Hallo, Trauzeugin. Schön, dich zu sehen«, sagte er und küsste Nora auf die Wange. Er roch nach frischem Brot und Aftershave. Es war verrückt, denn Nora hatte ihn im Erwachsenenalter überhaupt erst ein paar Mal gesehen, und doch fühlte es sich an, als wäre Tonio schon immer Teil der Familie gewesen.

Nora grinste stolz. »Wir waren eben auf der Bodega. Es ist so wunderschön.«

Tonio nickte. »Ja, ich bin Rafael immer noch dankbar dafür, dass er Valentina dort zum Essen ausgeführt hat«, sagte er augenzwinkernd. »Sonst wären wir nie darauf gekommen, das Anwesen anzufragen.«

Nora stieß amüsiert einen Schwall Luft durch die Nase. »Der arme Kerl«, sagte sie mitleidig, als sie sich daran erinnerte, wie Tonio und Rafael gleichzeitig um ihre Schwester gebuhlt hatten.

»Ach was. Er ist auch eingeladen. Mit Begleitung«, sagte Tonio lächelnd. »Er ist nämlich mittlerweile mit einer Ärztin aus dem Krankenhaus zusammen.«

Nora nickte anerkennend. Dann stieg ihr der köstliche Duft der hinter den Männern köchelnden Paella in die Nase und vernebelte ihr die Sinne. Ihr lief das Wasser im Mund zusammen, als sie die Meeresfrüchte in der Pfanne musterte.

»Dauert noch eine Viertelstunde«, sagte Tonio und trank einen Schluck von seinem Bier. »Aber deine Mutter schaut gerade nicht hin, und vielleicht muss ja noch etwas nachgewürzt werden?«, fragte er und hielt Nora einen Löffel hin.

Sie schnaubte amüsiert, sah sich kurz um und probierte die Paella. Sie war saftig und würzig, und obwohl Tonio recht hatte und der Reis noch etwas köcheln musste, schmeckte sie einfach köstlich.

»Hey, ihr da unten«, rief Käthe und hob mahnend den Zeigefinger.

»Ich hab gar nichts gemacht«, erwiderte Nora kauend und erntete amüsierte Blicke von den anderen. Dann zwinkerte sie Tonio verschwörerisch zu, ging hoch auf die Terrasse und gab ihrer Mutter einen Kuss auf die Wange.

Die Abendluft war angenehm abgekühlt und die tief stehende Sonne ließ den blühenden Garten wie einen Ort aus einer Traumwelt erscheinen. Nora beobachtete, wie Valentina sich mit strahlenden Augen um die Gäste kümmerte, Tonio hin und wieder sehnsüchtige Blicke zuwarf und alle eine schöne gemeinsame Zeit verbrachten. Nora genoss den Moment, auch wenn sie immer wieder daran denken musste, wie es gewesen wäre, mit Ryan gemeinsam hier zu sein, ihm ihre Heimat zu zeigen und ihn der Familie vorstellen zu können.

»Ich bin gleich wieder da«, flüsterte sie ihrer Mutter zu, die ein paar Kerzen auf dem Terrassentisch verteilte, und ging durch die Küche in den Flur. Sie zog ihr Handy aus der Hosentasche und setzte sich auf die Treppe, die nach oben führte. In New York war früher Nachmittag. Sie wusste nicht, ob Ryan gerade Termine hatte, doch sie wollte ihn zumindest kurz hören, also wählte sie seine Nummer. Der Rufton ertönte zwei Mal, dann brach der Anruf ab.

Nora schluckte. Sie wollte gerade eine Nachricht an Ryan tippen, als ein Foto auf ihrem Display aufploppte. Ein Selfie auf dem Laufband. Sein Shirt war bereits zur Hälfte durchgeschwitzt, doch er wirkte noch frisch und gerade einmal aufgewärmt.

Ryan:
Hey Babe, ich bin noch im Gym und danach habe ich wieder Termine. Morgen früh telefonieren?

Danke, mir geht es gut, dachte Nora genervt und steckte das Handy wieder weg. Neben dem bitteren Beigeschmack der nicht besonders feinfühligen Nachricht schmeckte Nora die köstliche Paella. Sie wollte nicht Trübsal blasen. Nicht in diesen zwei Wochen. Nicht wegen Ryan. Er würde sie früher oder später fragen, ob sie ihn heiraten würde, dessen war sie sich sicher. Und dann würde alles gut werden. Und bis dahin war sie hier bei ihrer Familie und würde die Auszeit von New York genießen, die sie so dringend nötig gehabt hatte.

»Spatz? Kommst du? Du hast doch so einen Hunger und ich habe schon mal etwas Brot aufgeschnitten«, rief Mama Käthe aus der Küche in den Flur. Kurz darauf streckte sie den Kopf in den Flur und musterte Nora. »Oder brauchst du irgendetwas?«

Nora seufzte und stemmte sich mit einem wohligen Gefühl auf die müden Beine. »Danke, Mama«, erwiderte sie, ging auf Käthe zu und küsste sie auf die Stirn. »Ich habe alles, was ich brauche.«

KAPITEL 9

Nora gähnte genüsslich, rekelte sich und schälte sich aus dem Bett. »Guten Mor...«, begann sie, brach jedoch ab, als ihr bewusst wurde, dass sie allein in ihrem alten Zimmer war. Die obere Etage des Stockbetts war leer, denn Valentina hatte heute Nacht bei Tonio geschlafen – in ihrem neuen Zuhause, in der Wohnung über seiner Bäckerei.

Nora stand auf, streckte sich und sah aus dem offenen Fenster. Die Sonne war gerade dabei, sich glühend hinter dem Horizont hervorzuschieben. Ein Hahn krähte in der Ferne und es ging ein leichter Wind, der die Blätter der Korkeiche vor dem Fenster sanft rascheln ließ.

Nora atmete hörbar aus und machte sich dann fertig, denn es war Markttag. Und wie jeden Sonntag machte sich die Familie auf den Weg, um den Stand auf dem Marktplatz aufzubauen und Mutter Käthes Kräuter zu verkaufen. Hier zu Hause gab es keinen Tag im Jahr, an dem nicht gearbeitet wurde, und Nora und Valentina waren es gewohnt, mit anzupacken.

Während sie sich die Zähne putzte, stellte sie mit einem Blick in den Spiegel fest, dass ihre andauernde Müdigkeit sich vermutlich durch den ganzen Urlaub ziehen würde, denn wie es aussah, würde es keine Zeit zum Durchatmen geben. Im Gegenteil, mit dem Eintreffen der Gäste und den Vorbereitungen für die Hochzeit würde das Programm eher noch straffer werden.

Der gestrige Abend war dennoch wunderschön gewesen und Nora hatte es genossen, Lina und deren Eltern wiederzusehen. Außerdem hatte sie endlich Tonios Vater kennengelernt und sich angeregt mit ihm über Kunst und das Leben in New York unterhalten. Auch wenn sie ihn zum ersten Mal persönlich getroffen hatte, war es ihr durch die vielen Geschichten, die Valentina ihr erzählt hatte, so vorgekommen, als würde sie ihn bereits seit einer halben Ewigkeit kennen. Lazaro war Tonio sehr ähnlich, ruhig, aufmerksam, zuvorkommend und immer zu einem unerwarteten Scherz aufgelegt, wenn es die Situation hergab. Leider kämpfte er seit nun über zwei Jahren mit dem Krebs, der ihn zunehmend ausbremste, doch er war tapfer, lebensfroh und, spätestens seit er mit Vater Pedro gemeinsam am Melonenwettbewerb in Almería teilgenommen hatte, auch fester Bestandteil der Familie.

Mit Lina hatte sich Nora ebenso viel zu erzählen gehabt und sie hatten sich für den heutigen Nachmittag am Strand in Playa de Mojácar verabredet, wo sie mit ihren Eltern in einer kleinen Pension untergekommen war. Sie würde Nora bei der Planung des Junggesellenabschieds behilflich sein, den sie unbedingt als spontane Überraschung für Valentina vorbereiten wollte.

Als Nora schließlich die leere Küche betrat, roch es nach Kaffee und Marmeladentoast. Sie ließ sich einen kurzen schwarzen Kaffee aus der alten Espressomaschine, den sie in zwei Schlucken trank, schmierte sich einen Toast und ging durch den Flur nach draußen. Die ersten Sonnenstrahlen kitzelten ihre Nasenspitze und der klare Himmel leuchtete in immer heller werdenden Blautönen.

Unten vor der Gärtnerei entdeckte Nora den geöffneten Transporter und ging darauf zu.

»Guten Morgen, Schwesterherz«, trällerte ihr Valentina fröhlich entgegen, die gemeinsam mit Vater Pedro den Lieferwagen belud.

»Na, ihr seid ja schon wieder so fleißig, dass ich direkt ein schlechtes Gewissen habe«, sagte Nora und aß die letzten Bissen von ihrem Toast, bevor sie sich die Krümel von den Händen rieb und einen Blick auf die Ladefläche warf.

»Musst du nicht«, erwiderte Vater Pedro sofort und schob einen der Klapptische noch ein Stückchen weiter in den Laderaum, bevor er Nora einen Kuss auf die Wange gab. »Wir sind das frühe Aufstehen doch gewohnt.«

»Außerdem hast du bestimmt noch Jetlag, stimmt's?«, fragte Mutter Käthe, die mit einer Palette nach draußen kam und sie Pedro zum Verstauen reichte.

»Sieht man mir das so sehr an?«, fragte Nora mit gespieltem Entsetzen.

»Deine Augen sind ein bisschen müde. Aber wir kriegen dich schon wieder hin«, erwiderte Käthe augenzwinkernd.

»Na, da bin ich gespannt«, sagte Nora, legte den Arm um ihre Mutter, und gemeinsam gingen sie in die Gärtnerei, um den Rest der Marktutensilien zum Transporter zu tragen.

Eine halbe Stunde später parkte Vater Pedro schließlich den Wagen auf der Zufahrt zum Marktplatz und sie bauten den Stand auf. Es tat Nora gut, sich am frühen Morgen zu betätigen, und sie ließ sich im Nu von der ausgelassenen Stimmung der anderen Händler anstecken. Sie riefen sich den neuesten Klatsch über mehrere Stände hinweg zu und machten einen Scherz nach dem anderen, natürlich auch über Nora und ihre Schwester, die von Kindesbeinen an auf dem Markt herumgeflitzt waren.

Die frischen Kräuterbündel ihrer Mutter dufteten köstlich und waren liebevoll mit Juteschnüren und handgeschriebenen Zettelchen verpackt. Valentina hatte nicht nur ein

Händchen für die Pflanzen, sondern auch für die Geschäfte. Und trotz des kleinen Anflugs von Eifersucht, den Nora zu Beginn gehabt hatte, da sie selbst nie gefragt worden war, ob sie Teil des Familienbetriebs sein wollte, war sie froh darüber, dass Valentina diesen Schritt gegangen war. Nora lebte in New York und konnte mit Pflanzen nichts anfangen. Was hätte ihre Eltern also dazu bewegen sollen, sie zu fragen, ob sie zurück nach Andalusien kam und mit Valentina die Gärtnerei leitete? Ein absurder Gedanke.

Pünktlich zum Erscheinen der ersten Marktgäste war der Stand aufgebaut, alle Kräuterbündel in hübschen Bastkörben arrangiert und der Sonnenschutz über den Tischen aufgespannt. Vater Pedro hatte sich nach getaner Arbeit in den Schatten eines Baumes gesetzt, während sie zu dritt den Verkauf übernahmen. Fasziniert beobachtete Nora, was für ein eingespieltes Team Valentina und ihre Mutter waren. Sie kannten jedes Kraut, konnten Empfehlungen zum Kochen, Mischen oder zur Lagerung geben, wussten jeweils, was der andere brauchte, und gaben sich sogar gegenseitig Wechselgeld aus der Kasse.

Nora schluckte und lehnte sich für einige Momente gegen den Ständer des Sonnensegels. Sie dachte darüber nach, wie anders ihr eigenes Leben war. Bisher hatte sie nicht das Gefühl gehabt, dass sich etwas zwischen ihr und ihrer Familie geändert hatte. Doch jetzt und hier kam sie sich wie eine Außenstehende vor.

Sie zog ihr Handy aus der Tasche, machte ein Foto vom Treiben des Marktes und schickte es Ryan zusammen mit einem Kuss-Emoji. Zwar war es in New York noch mitten in der Nacht und er würde erst in ein paar Stunden aufstehen, doch es würde ihn daran erinnern, dass sie wenigstens kurz telefonieren wollten. Seit ihrer Abreise vermisste sie ihn zwar, keine Frage. Doch auf der anderen Seite dachte sie, er hätte mit all dem hier ohnehin nichts anfangen können, und war beinahe froh darüber, ihn nicht in die Situation gedrängt zu haben.

»Nora, wie schön, dass du da bist«, sagte jemand vor dem Stand und riss sie damit aus ihren Gedanken.

»Ist das nicht alles aufregend? Valentina und Tonio, das Traumpaar von Mojácar? Ich bin schon so gespannt auf die Feier«, plapperte Filia und küsste Nora dabei auf die Wange, bevor sie Valentina und Käthe zuwinkte, die gerade im Gespräch mit einem Kunden waren.

»Hey«, sagte Nora und nickte ihr lächelnd zu. »Ja, total. Wie geht's dir? Schön, dich zu sehen.«

Filia war eine alte Freundin von ihnen, sie waren auf die gleiche Schule gegangen. Man lief sich jedes Jahr bei Noras Besuchen in der Heimat zum Melonenfest über den Weg und traf sich auch mal auf ein Bier in Hugos Bar. Die quirlige kleine Vollblut-Andalusierin redete, ohne zwischendurch Luft zu holen, hielt mit jedem einen Plausch, der ihr begegnete, und wusste meistens über alles Bescheid, was im Ort vor sich ging.

»Wie lange bleibst du denn?«, fragte Filia und schob dabei ihre drei Kinder vor sich, die im vergangenen Jahr erstaunlich groß geworden waren, wie Nora fand.

»Zwei Wochen«, antwortete Nora mechanisch, während sich Valentina zu ihnen gesellte.

»Hallo Valentina«, sagte die kleine Aurora, die früh lernen musste, sich gegen ihre beiden älteren Brüder durchzusetzen.

»Sagt ihr Valentinas Schwester auch guten Tag?«, fragte Filia die Bande, bevor Manuel einen Schritt nach vorne trat und vor Nora stehen blieb.

Sie wollte gerade in die Hocke gehen, als der Junge ihr mit voller Wucht gegen das Schienbein trat, eine Grimasse zog und sich kichernd wieder hinter seiner Mutter versteckte.

Nora presste die Kiefer aufeinander und zog scharf Luft durch die Zähne. »Verdammt ...«, stieß sie aus und fuhr sich vorsichtig über die schmerzende Stelle.

»Oh, Nora, das tut mir leid!«, reagierte Filia entsetzt und sah sich nach ihrem Sohn um, der mittlerweile zwischen den Marktständen herumtollte und offenbar seine wilden fünf Minuten bekam. »Ich, also ... Manuel«, stieß sie dann schnaubend aus. »Wir sehen uns ja noch«, rief sie Nora und Valentina zu, während sie im Getümmel verschwand und versuchte, ihren Jungen einzufangen.

»Na toll«, keuchte Nora und sah, dass Valentina sich vor Lachen die Hand an den Mund presste. »Das gibt eine riesige Beule.«

Valentina schüttelte den Lachanfall von sich ab und schob Nora einen Stuhl zu. »Hier, setz dich, ich werde dir bei Hugo etwas zum Kühlen besorgen, okay?«

Nora winkte ab. »Danke, alles in Ordnung. Ich gehe schon. Wenigstens hat mir der Kleine die Entscheidung für das lange Kleid abgenommen ...«

Mutter Käthe, die von dem Vorfall im regen Treiben nichts mitbekommen hatte, schenkte ihnen ein Lächeln und verkaufte fröhlich weiter. Sie schien es richtig zu genießen, hier unter Menschen zu sein und ihnen mit ihren Kräutern etwas Gutes zu tun. Ähnlich, wie Nora sich fühlte, wenn ein Kunstliebhaber mit einem erstandenen Bild aus ihrer Galerie lief.

»Okay«, entschuldigte sich Nora und schob sich durch einige wartende Menschen vor den Stand. »Ich bin gleich wieder da.«

»Alles klar«, antwortete Valentina mit einem mitleidigen Blick. »Und grüß Marina von mir.«

»Mache ich!« Dann ging Nora los. Ihr Schienbein pochte und sie spürte einen stärker werdenden Druck bei jedem

Schritt. Normalerweise konnte sie gut mit Kindern, aber entweder Manuel konnte sie einfach nicht leiden oder es war seine Art, ihr seine Zuneigung zu zeigen. Jedenfalls hoffte sie, dem Jungen bis auf Weiteres nicht mehr zu begegnen. Während sie sich vom Markt vorantreiben ließ und über die Situation nachdachte, konnte sie bereits darüber schmunzeln.

Es war zwar noch früh am Morgen, doch der Marktplatz füllte sich zusehends. Während die Einheimischen den Schatten der Bäume und der Häuservorsprünge suchten, konnte man die Touristen daran erkennen, dass sie sich meist in die pralle Sonne setzten und bereits gerötete Schultern von den vergangenen Strandbesuchen hatten.

Nora bog gerade in die Gasse ein, die zu Hugos Bar führte, als sie abrupt stehen blieb und ihre Augen immer größer wurden. Ihr erster Gedanke war, dass es hier im Ort leider keine Weinrebe gab, hinter der sie sich verstecken konnte.

Im nächsten Augenblick war es bereits zu spät und Bartolomé hatte sie entdeckt. Der Ausdruck einer aufrichtigen Freude machte sich auf seinem Gesicht breit und er kam direkt auf Nora zu. Angespannt musterte sie ihn und konnte sich dabei keinen Schritt weiterbewegen. Er trug Shorts, Sneaker und ein Leinenhemd mit hochgekrempelten Ärmeln. Er wirkte überhaupt nicht wie der Besitzer einer traditionellen Bodega, eher wie ein Strandcafé-Betreiber oder … ach egal.

»Hallo«, sagte er freundlich und lächelte Nora offen an.

»Hallo«, erwiderte sie mechanisch und legte ihre Stirn in Falten. Sie spürte, wie er ihrer Mimik folgte und sein Lächeln zu einem Grinsen wurde. Verschiedenste Gedanken sorgten für ein flaues Gefühl in Noras Bauch und sie versuchte, ihre innere Ruhe wiederherzustellen. Ohne Erfolg.

»Schön, dich zu sehen«, sagte er. »Bist du als Gast auf dem Markt oder arbeitest du an eurem Stand?«

Er wusste von dem Stand, dachte Nora. Natürlich wusste er von dem Stand. Valentina würde auf seiner Bodega heiraten. Sie kannten sich.

»Ich, also …«, stammelte Nora irritiert. »Eigentlich hole ich gerade etwas Eis. Ein Kind hat mir gegen das Bein getreten und …« Sie brach ab, als ihr bewusst wurde, wie dämlich das klingen mochte.

Bartolomé beäugte sie interessiert, bevor sein Blick auf ihre Beine wanderte.

»Also, ja. Ich arbeite am Stand«, sagte sie dann und schüttelte über sich selbst den Kopf. Nora fielen die beiden Tüten in Bartolomés Hand auf. Offenbar hatte er seine Einkäufe bereits erledigt. »Bist du … öfter hier?«, fragte sie, um das Thema von ihren Beinen wegzulenken.

»Fast jede Woche«, antwortete er und sah Nora wieder in die Augen. »Sag mal, also, ich wollte dich nicht aufhalten. Das sieht aus, als würde sich das ganze Bein blau einfärben.« Er deutete auf Noras Schienbein. »Weißt du was, ich begleite dich zum Eisholen, okay?« Er wandte sich zum Gehen, als Nora verlegen abwinkte.

»Ach … So schlimm ist es eigentlich gar nicht. Ich denke, ich werde doch lieber zurück zum Stand gehen und weiter beim Verkauf helfen.«

Bartolomé hielt kurz inne. »Okay …« Er sah Nora herausfordernd an. »Dann komme ich direkt mit. Ich wollte sowieso noch ein paar Kräuter für das Restaurant mitnehmen.«

Nora hatte einen Kloß im Hals. Plötzlich pochte ihr Schienbein im gleichen Takt wie ihr Herz. Sie verkniff sich einen weiteren Kommentar, um aus der Sache herauszukommen, und nickte bloß.

»Ist schon ein ganz schöner Zufall, wie wir uns wiedergesehen haben, oder?«, fragte Bartolomé unverblümt und Nora lachte kurz auf, während sie sich wieder zurück durch das Markttreiben schlängelte.

»Ja, total«, sagte sie und blickte sich nach Bartolomé um, der ihr dicht folgte. »Du musst mir übrigens noch die Rechnung für den neuen Laptop schicken.« Nora wich gerade noch einer älteren Frau aus, die so klein war, dass man sie beinahe übersehen konnte. Noch bevor Nora sich entschuldigen konnte, war die Dame jedoch schon von der Menge verschluckt worden.

»Ach, ich habe mich noch gar nicht darum gekümmert«, erwiderte Bartolomé gelassen. »Irgendwie fühlt es sich sogar ganz gut an, nicht ständig am Computer zu hängen. Plötzlich ist man mehr unterwegs und trifft mal wieder … interessante Menschen.«

Röte schoss Nora ins Gesicht, als sie seinen Blick auf sich spürte. Schnell drehte sie sich wieder um und steuerte auf den Familienstand zu.

»So, also, da wären wir«, sagte sie, schob sich zwischen den Ständen vorbei und sah in Valentinas erstauntes Gesicht. Mutter Käthe drehte offenbar auch gerade eine Runde und war nicht am Platz.

»Bartolomé?«, fragte Valentina überrascht. »Hey.« Dann sah sie zu Nora. »Wo … ist das Eis?«

Nora plusterte die Wangen auf und hob die Schultern.

»Der Schmerz war verflogen, als ich meine Hilfe angeboten habe«, sagte Bartolomé augenzwinkernd.

Nora spürte, wie ihr Kopf vor Hitze zu explodieren drohte. »Ja, also … es geht schon. Bartolomé wollte noch ein paar Kräuter für das Restaurant kaufen, und … also, da sind wir.«

Valentina sah irritiert zwischen ihnen hin und her. Sekunden verstrichen, in denen Nora sich am liebsten unter dem Tisch verkrochen hätte.

»Ja«, sagte Bartolomé von einem sachlichen Nicken untermalt. »Genau. Ich hätte gern vier Bündel von dieser Mischung da und sechs Bündel Petersilie.«

Valentina steckte die Kräuter in eine kleine Papiertüte und reichte sie ihm, während Nora stumm danebenstand. Dann nahm sie Bartolomés Geldschein entgegen und gab ihm das Wechselgeld heraus.

»Okay«, sagte er zufrieden.

Nora wurde das Gefühl nicht los, dass die Köche in seinem Restaurant normalerweise selbst die Wocheneinkäufe übernahmen.

»Dann vielen Dank und bis die Tage.«

Valentina nickte lächelnd. »Ja, wir sehen und hören uns ja sowieso.«

»Ja, wir uns auch«, sagte Nora, grinste eine Spur zu breit und hob die Hand zur Verabschiedung.

Gemeinsam blickten sie ihm nach, bis er auf der anderen Seite des Marktplatzes verschwunden war. Nora spürte Valentinas fragende Blicke von der Seite, zögerte den Moment jedoch noch etwas heraus, bevor sie sich zu ihr drehte.

»Was zum Teufel ist hier gerade passiert?«, stieß sie dann aus und schüttelte den Kopf. »Was habe ich verpasst?«

KAPITEL 10

Bartolomé legte die Einkaufstüten vorsichtig auf den Beifahrersitz, startete den Motor und fuhr los. Die angenehm kühle Morgenluft strömte durch die offenen Fenster, während er den Wagen durch die Gassen von Mojácar und schließlich auf die Landstraße nach Hause steuerte.

Als der Duft von Petersilie in seine Nase stieg, die bündelweise aus der Tüte ragte, musste Bartolomé unvermittelt grinsen.

Auch wenn er etwas überrascht über die Umstände gewesen war, unter denen er Nora auf dem Markt getroffen hatte – natürlich hatte er insgeheim auf die Begegnung gehofft. Ja, er hatte Nora sehen *wollen*, das musste er sich spätestens jetzt eingestehen. Bartolomé hatte so oder so ein paar Einkäufe erledigen wollen, doch dazu hätte er genauso gut in das näher gelegene Turre fahren können statt nach Mojácar. Doch sein Gefühl hatte ihm gesagt, dass sie ihren Eltern auf dem Markt helfen würde, trotz ihres Urlaubs und der anstehenden Hochzeit ihrer Schwester. Und seine Einschätzung war richtig gewesen.

Die sanften Kurven der Landstraße führten Bartolomé gedanklich zurück zum gestrigen Vormittag, als Nora völlig überraschend hinter der Weinrebe hervorgekommen und

Bartolomé ein heftiges Kribbeln in der Magengegend beschert hatte. Und ihn ließ das Gefühl nicht los, dass sie dieses überraschende Wiedersehen auf eine seltsame Art genauso genossen hatte wie er. Doch warum hatte sie sich vor ihm versteckt? Und warum war sie auch jetzt auf dem Markt so … nervös gewesen?

Ganz offensichtlich hatte Nora ihrer Schwester nichts von dem zufälligen Kennenlernen auf dem Madrider Flughafen erzählt. Und selbst eben am Marktstand waren die vielen Fragezeichen Valentina förmlich aus dem Gesicht gesprungen. Was musste sie wohl über ihn und Nora denken?

Gedankenverloren fuhr er weiter, bis er den Wagen schließlich durch die Kastanienallee der Bodega lenkte und vor dem Haupthaus abstellte. Dann griff er nach den Tüten und stieg aus. Auf dem Weg zu seinem hinter dem Anwesen liegenden Häuschen machte er halt in der Restaurantküche. Gerade wollte er mit der Schulter die Schwingtür aufdrücken, als eine Stimme hinter ihm ertönte.

»Na Jefe, schon wieder zurück?«, fragte Matias, hielt ihm die Tür auf und grinste verschmitzt.

Bartolomé nickte, während er die Küche betrat. Matias, der neue Chefkoch des Hauses und alte Freund von Bartolomé, folgte ihm. Bartolomé hatte ihn überreden können, seinen Job in Madrid aufzugeben, um hier auf der Bodega einen frischen Wind in das angestaubte Restaurant zu bringen. Und Matias hatte zugesagt, ohne zu zögern.

Jetzt grinste der kräftige kleine Spanier ihn allerdings mit neugierigem Blick an und wartete nur so auf eine Gelegenheit, seinen Freund aufzuziehen.

»Ohhh«, machte er, als Bartolomé seinem Blick auswich, und klatschte in die Hände, sodass sich eine feine Mehlwolke in der Luft bildete. »Du hast sie also gesehen?«

Bartolomé und er kannten sich zu gut, als dass Matias seine Blicke nicht deuten konnte, und natürlich hatte er ihm bereits von Nora erzählt. Er stellte die Tüten auf einem großen metallenen Arbeitstisch ab und zog die duftenden Kräuterbündel heraus.

Matias Stirn legte sich in Falten. Dann lachte er. »Petersilie? Was soll ich damit? Seit wann gehst du …« Dann hielt er plötzlich inne und legte sich die Hand vor den Mund. »Nein, warte!«, stieß er aufgeregt aus. »Du hast die Kräuter wegen Nora gekauft?«

Bartolomé atmete hörbar aus und biss sich unauffällig auf die Lippen.

»Ja, natürlich hast du das!« Matias lachte amüsiert.

»Ich dachte … du kannst vielleicht etwas damit anfangen.«

Matias griff lachend nach einem der Bündel, musterte die Blätter und roch daran. Dann nickte er anerkennend. »Sehr gute Qualität. Und ich bin schon gespannt darauf, die mysteriöse New Yorker Galeristin kennenzulernen, die meinem alten Kumpel mit Kaffee im Schritt und Petersilie im Bündel den Kopf verdreht.« Er schlug Bartolomé kräftig auf die Schulter, sodass eine weitere Mehlwolke entstand und das Küchenpersonal die Köpfe zu ihnen verdrehte, bevor sie sich wieder ihren Aufgaben widmeten.

Bartolomé streifte Matias' Hand ab und wand sich grinsend unter den Pranken seines Freundes. »Ich werde dazu überhaupt nichts mehr sagen«, sagte er mit geröteten Wangen. »Nicht ohne meinen Anwalt.«

»Den wirst du auch brauchen«, erwiderte Matias augenzwinkernd. »Denn solche Frauen haben immer ein Problem. Das ist meistens zwei Meter groß und verspeist dich zum Frühstück«, lachte er. »Und ich meine nicht ihren Vater.«

Bartolomé winkte schnaubend ab, obwohl er wusste, dass Matias möglicherweise recht hatte. Aber wäre Nora vergeben, wäre sie dann nicht mit Begleitung angereist?

»Apropos Frühstück. Wie läuft es draußen?«

»Alles bestens«, sagte Matias unbekümmert. »Viele Gäste, viele Bestellungen, keine Katastrophen.«

Bartolomé nickte zufrieden. Seine Idee mit dem sonntäglichen Brunch wurde gut angenommen. Und er konnte sich voll und ganz auf seinen Freund verlassen.

»Lust auf einen Kaffee?«

»Später gern. Aber jetzt habe ich keine Zeit«, sagte Matias und griff pfeifend nach einem Zettel, der an die Wand gepinnt war. »Aber erst muss ich mir ein Tagesmenü ausdenken, in der Petersilie eine tragende Rolle spielt.« Er lachte erneut und zwinkerte Bartolomé amüsiert zu.

»Jaja, mach du dich nur lustig«, erwiderte Bartolomé abwinkend, griff nach den beiden Einkaufstüten und nickte seinem Freund noch einmal zu, bevor er über sich selbst schmunzelnd die Küche verließ.

Auf dem Weg nach draußen wanderten seine Gedanken erneut zu Nora und er fragte sich, was passiert wäre, wenn er sich nicht zufällig am Madrider Flughafen mit seinem Laptop auf den Boden, sondern auf einen der freien Sitze am Nachbargate gesetzt hätte. Wäre ihm Nora auch so positiv aufgefallen? Hier mit ihrer Schwester?

Als Bartolomé kurze Zeit später sein Haus betrat und sich ins Gedächtnis rief, dass er heute mit seinem Vater das neue Vertriebskonzept für den Herbst besprechen wollte, wusste er es insgeheim. Er dachte an Noras durchdringende dunkle Augen, die ihn bereits bis in den Schlaf verfolgt hatten.

Ja, vermutlich hätte Nora auch ohne Kaffee und Laptop sein Aufsehen erregt. Er schnaufte noch einmal durch. Dann machte er sich daran, die Einkäufe in der Küche zu verstauen. Ziemlich sicher hätte sie das.

KAPITEL 11

Der weiche Sand schmiegte sich an Noras Zehen und hinterließ eine angenehme Wärme auf ihrer Haut. Sie griff nach ihren
Sandalen, drückte sich von der Mauer auf die Beine und schlenderte auf das Meer zu, dessen sanfte Wellen rauschend auf dem
Strand ausliefen. Das war genau das, was sie jetzt brauchte. Ein
oder zwei ruhige Stunden am Strand von Playa de Mojácar, zum
Ankommen, Durchatmen und Energietanken für die nächsten
vollgepackten Tage bis zur Hochzeit.

Als sie auf das Meer hinausblickte und für einen Moment
die Augen schloss, kam ihr schon wieder die peinliche Situation
von vorhin in den Sinn. Irgendetwas musste mit ihr los gewesen
sein. Irgendetwas blockierte sie innerlich. Warum sonst hatte sie
Valentina nicht schon früher von der Begegnung mit Bartolomé
erzählt? So hatte er sie auf dem völlig falschen Fuß erwischt, und
am Marktstand war sie beinahe vor Scham zerflossen. Natürlich
war Valentina nicht entgangen, dass da eine Vorgeschichte zwischen ihr und dem jungen Bodega-Besitzer bestanden haben
musste, und Nora hatte schließlich mit der Sprache heraus-
gerückt. Ihr war selbst aufgefallen, wie viel Mühe sie sich gegeben
hatte, die Geschichte möglichst harmlos zu erzählen, um bloß
keinen falschen Eindruck zu hinterlassen. Denn es *war* ja auch

harmlos! Meine Güte, Nora hätte nicht damit gerechnet, sich je vor Valentina und schließlich auch noch vor ihrer Mutter rechtfertigen zu müssen, doch sie hatte es getan, und glücklicherweise war die Sache damit erledigt.

In Anbetracht des Tages war Nora beinahe froh darüber gewesen, dass Ryan nicht auch noch angerufen, sondern bloß eine kurze Sprachnachricht geschickt hatte. Wie vermutet saß er die meiste Zeit in Meetings und versuchte, den Kellerman-Deal zu retten.

»Hier bin ich!«, rief eine Stimme gegen den sanften Wind an und Nora sah sich suchend um. Schließlich erkannte sie eine winkende Hand zwischen den Sonnenschirmen und Badegästen und ging auf Lina zu. Sie saß im Schneidersitz auf ihrem Handtuch, trug einen blau-weiß gestreiften Bikini, der ihre schlanke Figur betonte, und dazu eine große dunkle Sonnenbrille.

»Hallo, hübsche Frau«, sagte Nora und bückte sich zu Lina herunter, um sie zu begrüßen. »Ist hier noch ein Platz für mich frei?«

Noras Cousine nickte eifrig und schob ihre Sachen etwas zur Seite. »Na, wie war es auf dem Markt? Wir haben leider total verschlafen«, sagte sie, öffnete zischend eine kleine Wasserflasche und trank einen Schluck.

Nora zog ihr Handtuch aus dem Stoffbeutel und breitete es neben Lina aus. »Ach, es war … fast wie immer«, sagte sie, streifte ihr Shirt und die Shorts ab und setzte sich im grünen Badeanzug, der am Dekolleté mit dünnen Gummizügen verbunden war, neben ihre Cousine.

Lina nickte anerkennend, als sie Noras Outfit betrachtete. Was ihr Äußeres betraf, konnten die beiden unterschiedlicher nicht sein. Doch darüber hinaus hatten sie vermutlich mehr gemeinsam, als ihnen bewusst war.

»Wo sind deine Eltern?«

Lina winkte ab. »Das war ihnen alles etwas zu heiß«, antwortete sie achselzuckend. »Sie haben sich im Hotel noch einmal hingelegt. Sind ja auch nicht mehr die Jüngsten.«

»Aber dir geht's gut?«, fragte Nora etwas skeptisch über Linas leichte Rötung im Gesicht. »Wir können uns auch ein bisschen rüber in den Schatten setzen.«

»Ach, alles in Ordnung«, winkte sie ab. »Ich habe mich vorhin mit fünfziger Sonnencreme eingeschmiert. Das sollte noch ein bisschen halten.«

»Na gut«, erwiderte Nora. »Aber sag Bescheid, wenn es zu viel wird, ja?«

»Mache ich«, versprach Lina. »Aber ich genieße das hier so sehr, wirklich. In Paris ist immer alles so stressig und voller Termine. Ich werde von einer Veranstaltung zur nächsten geschickt, von Empfängen zu Partys oder Modenschauen. Manchmal weiß ich gar nicht, wo ich gerade bin.«

»Das kommt mir bekannt vor«, sagte Nora, die an ihre Anfangszeit in New York dachte, in der sie lange um die richtigen Kontakte in der Kunstszene bemüht gewesen war. »Aber dir macht der Job doch Spaß, oder?«

»Auf jeden Fall. Ich liebe es. Manchmal kann ich immer noch nicht fassen, dass sie mich genommen haben. Ich meine, in Paris zu leben und bei einem Modemagazin zu arbeiten … davon habe ich immer geträumt.«

Nora freute sich für ihre Cousine. Und letztendlich musste sie sich eingestehen, dass, auch wenn sich bei ihr der berufliche Erfolg immer noch nicht so richtig eingestellt hatte, sie selbst ebenfalls relativ nah an dem Leben dran war, von dem sie früher geträumt hatte. Ein Mädchen aus Mojácar in der großen Stadt – in New York. Damals hatte Nora in ihrem Doppelstockbett unter Valentina gelegen, Kunst- und Modemagazine verschlungen und von einem Studium in New York geträumt. Und nun hatte sie sogar ihre eigene Galerie.

Als Nora sich auf ihrem Handtuch breitmachte, nahm sie sich vor, in Zukunft etwas dankbarer für das zu sein, was sie hatte, statt nach immer mehr zu streben, so wie Ryan es oft tat. Für ihn gab es nicht so etwas wie einen Ruhezustand, einen Zustand des Genießens und der Dankbarkeit. Er wollte mehr. Und er bekam es meistens auch.

»Übrigens ist Tonio ja zuckersüß. Ich war heute Morgen schon in seiner Bäckerei und habe uns ein paar Miguelitos geholt.«

»Ja«, bestätigte Nora. »Ich denke, Valentina hat mit ihm den Richtigen gefunden.« Sie wollte gerade ein anderes Thema anschneiden, als Lina ihr zuvorkam.

»Und was ist mit dir?«, fragte sie und sah sie erwartungsvoll an. »Du warst doch mit diesem Künstler zusammen? Wie hieß er noch gleich? Dylan?«

Nora winkte ab. »O Gott, nein. Du bist ihm mittlerweile näher als ich. Er hat mich sitzen gelassen und lebt jetzt mit einer anderen in Paris ...«

Linas große Augen sprachen für sich.

»Aber ich habe seit einem Jahr einen Freund«, fuhr sie fort. »Ryan.« Nora grub ihre Füße in den warmen Sand. »Er hätte eigentlich auch hier sein sollen, aber leider kam ihm die Arbeit dazwischen ...«

»Hm«, machte Lina, bevor ein Lächeln über ihre Lippen huschte und sie sich suchend am Strand umsah. »Wir finden schon eine andere Hochzeitsbegleitung für dich. Am Angebot mangelt es jedenfalls nicht«, sagte sie kichernd und folgte mit den Augen einem gut aussehenden Spanier mit nassem Haar. »Und jetzt erzähl mir mal deinen Plan für Valentinas Junggesellenabschied«, fuhr sie fort und drehte sich wieder zu Nora herum. »Gehen wir tanzen? Kann man hier überhaupt irgendwo tanzen gehen? Oder was schwebt dir vor? Erzähl!«

Nora sah nachdenklich hinaus aufs Meer. »Ich dachte …«, begann sie, und ihre Gedanken schweiften ab. Sie verfolgte eine Gruppe Stand-up-Paddler, die lachend auf ein Segelboot zusteuerten. »Wie wäre es, wenn wir ein Boot mieten?«, fragte sie leise.

»Ein Boot? O ja! Ein Boot!«, stieß Lina aus.

»Wir fahren ein bisschen an der Küste entlang und machen uns einen schönen Nachmittag.«

»Finde ich mega«, sagte Lina strahlend. »Und vorher könnten wir eine Sherry-Probe auf der Bodega machen! Valentina hat mir erzählt, wie traumhaft schön es dort sein muss. Was meinst du?« Sie sah Nora mit großen Augen an, während sie mühsam schluckte und nachdenklich auf der Lippe kaute.

»Oder wird das zu viel?«, fragte Lina verunsichert.

»Vielleicht … Ich weiß nicht genau«, wich Nora aus, als plötzlich ihr Telefon in der Stofftasche klingelte. Sie verzog entschuldigend das Gesicht und holte das Handy hervor. Ein warmes Gefühl breitete sich in ihrer Brust aus, als sie Ryans Namen auf dem Display las. Es war das erste Mal seit ihrer Abreise, dass er anrief, und Nora lächelte vor Freude.

»Oh, der nächste Heiratskandidat …«, sagte Lina amüsiert und legte sich in den weichen Sand.

»Sorry, da muss ich kurz rangehen«, entschuldigte sich Nora, stand mit dem Handy auf und nahm den Anruf entgegen.

»Hey«, hauchte sie in den Hörer und schlenderte auf das Wasser zu. »Wie geht's dir?«

»Hey Babe. Schön, dass ich dich erwische. Ich bin gerade in Miami gelandet.«

Nora verzog fragend das Gesicht. »Miami? Was machst du denn da?«

»Ach, lange Geschichte. Aber hier sitzt die Kanzlei, die Kellerman vertritt. Das wird ein richtiger Meeting-Marathon, das kann ich dir sagen. Der Vertrag umfasst mittlerweile zweitausendvierhundert Seiten.«

Nora nickte anerkennend. Für sie war der zehnseitige Mietvertrag ihrer Galerie schon unverständlich genug gewesen. »Aber geht's dir gut?«, fragte Nora, als sie eine Stimme im Hintergrund hörte, die Ryans Namen rief und vermutlich dabei mahnend mit dem Zeigefinger auf eine Armbanduhr tippte. Es war Sally, seine Assistentin, die immer an Ryans Seite war und ihm den Rücken frei hielt.

Er murmelte etwas im Hintergrund. Es dauerte einige Momente, ehe er sich wieder zu Wort meldete. Nora hatte unterdessen das Wasser erreicht, das angenehm ihre Füße umspülte.

»Ryan?«, fragte sie.

Es raschelte.

»Was? Ja. Ich bin noch dran«, sagte er zu Noras Erleichterung. »Du, aber ich muss leider schon wieder Schluss machen, Babe. Das wird ein langer Tag und du weißt, wie unangenehm Sally werden kann, wenn ich nicht pünktlich bin«, sagte er scherzhaft und erntete damit vermutlich einen amüsierten Blick seiner Assistentin.

Na, schön, dass ihr beide Spaß habt, dachte Nora leicht angefressen. Sie konnte sich selbst nicht leiden, wenn sie eifersüchtig war, doch hin und wieder kam das bei einem Mann wie Ryan eben vor. »Ah, okay«, sagte sie resigniert. »Dann …«

»Ich melde mich, sobald ich kann«, schnitt Ryan ihr das Wort ab. »Liebe dich, Babe«, sagte er noch, bevor er das Gespräch abrupt beendete.

Nora sah fassungslos auf das Display ihres Handys. Plötzlich wurde ihr bewusst, dass er nicht einmal gefragt hatte, wie es ihr ging. Nora presste die Kiefer zusammen und sah hinaus auf das Segelboot, auf dem die Stand-up-Paddler ihre Bretter verschnürten, um anschließend die nächste Bucht anzusteuern. Dann ging Nora entschlossen zurück zu ihrem Liegeplatz.

»Na, alles okay mit deinem Liebsten?«, fragte Lina und blinzelte gegen die Sonne an.

Nora nickte. »Ja, alles okay …«, antwortete sie mechanisch. Gedanken flogen durch ihren Kopf. Die Enttäuschung über Ryans Abwesenheit erreichte sie plötzlich mit der Wucht eines Boxhandschuhs. Sie schluckte. »Und das mit der Sherry-Probe auf der Bodega finde ich übrigens eine sehr gute Idee«, hörte Nora sich sagen. »Vielleicht verbinden wir das nach der Bootstour mit einem Abendessen. Und anschließend gehen wir noch irgendwo feiern.«

Linas Grinsen zog sich über die gesamte Breite ihres Gesichts. »Das ist mein Mädchen!«

KAPITEL 12

»Na, Spatz, wie kommst du voran?«, fragte Mutter Käthe und tätschelte sanft Noras Schulter. Dann sah sie darüber hinweg auf den Laptopmonitor, vor dem Nora seit einiger Zeit saß, E-Mails und Anfragen ihrer Kunden und Künstler beantwortete und zwischendurch immer mal wieder nach einem Boot für den geplanten Junggesellenabschied schaute. Doch bisher hatte sie wenig Glück gehabt. Entweder waren die Preise unverschämt hoch, die Boote nicht für einen einzigen Tag verfügbar oder zu weit entfernt.

»Ach, es geht so. Die Arbeit läuft ganz okay, aber mit der Bootstour komme ich nicht so richtig voran.« Nora trank einen Schluck von dem Cappuccino, den sie sich vor einer halben Stunde gemacht hatte. Er war bereits kühl und der Schaum fest geworden.

»Hast du deinen Vater schon gefragt? Mir fällt niemand ein, der ein Boot hätte, aber Pedro kennt möglicherweise jemanden.« Sie hob abwehrend die Hände. »Und ich versichere dir: Er kann es auch für sich behalten.«

Nora lächelte. »Danke, Mama. Ich habe ihn schon gefragt, aber diejenigen, die ihm eingefallen waren, haben ihre Boote momentan entweder im Trockendock zur Reparatur oder die

Boote sind zu klein.« Es mussten nämlich mindestens neun Leute bequem darauf Platz finden. Valentina, Lina, Marina, Filia, Agnes aus der Bäckerei, mit der Valentina sich angefreundet hatte, Schneiderin Carla, Mutter Käthe und Tante Hilde und möglicherweise noch eine Freundin aus Berlin, falls sie es rechtzeitig schaffte.

»Oh.« Käthe rieb sich nachdenklich die Stirn. »Du könntest auch Hugo und Marina fragen. Wenn jemand jemanden kennt, dann ja wohl die beiden.«

»Das ist eine gute Idee«, sagte Nora nickend. Warum war sie selbst noch nicht darauf gekommen?

»Gut, ich lasse dich noch ein bisschen weitermachen«, sagte Käthe und gab Nora einen Kuss auf die Stirn. »Wenn du etwas brauchst, ich bin wieder unten bei Pedro und Valentina.«

»Danke, Mama. Und ihr braucht wirklich keine Hilfe in der Gärtnerei?«

Käthe schüttelte dankbar den Kopf. »Nein«, sagte sie sanft. »Mach in Ruhe deine Arbeit und entspann dich noch etwas. Die nächsten Tage werden aufregend genug.« Sie wandte sich zum Gehen. »Übrigens finde ich es wunderschön, dass du Valentinas Trauzeugin bist. Ihr seid zwar Schwestern, doch jemanden als Begleitung für diesen großen Tag auszuwählen, ist eine bewusste Entscheidung und verbindet ein Leben lang«, sagte sie, bevor sie in sich ruhend verschwand.

Nora sah ihr nachdenklich hinterher. »Bloß keinen Druck aufbauen«, flüsterte sie und stieß grinsend einen Schwall Luft durch die Nase. Doch ihre Mutter hatte recht. Natürlich fühlte Nora sich geehrt und war dankbar für diese wichtige Rolle in Valentinas Leben. Doch jedes Mal, wenn sie daran dachte, dachte sie auch an die Ohrringe, die Ryan ihr statt eines Verlobungsrings geschenkt hatte.

Nora öffnete ihre privaten Mails und aktualisierte den Posteingang. Keine neue Nachricht. Nach der gestrigen Entscheidung mit Lina, im Anschluss an den geplanten Bootsausflug eine Sherry- beziehungsweise Weinbrandprobe mit Abendessen auf der Bodega zu machen, hatte Nora eine Anfrage an die offizielle E-Mail-Adresse des Anwesens geschickt und wartete auf Antwort. Zwar würde Nora ohnehin nachher mit Valentina dort sein, doch irgendwie hatte sie es als passender empfunden, den offiziellen Weg zu gehen. Als sich Nora bei der Frage erwischte, wie oft sich ihr Weg mit Bartolomé wohl in den kommenden Tagen noch kreuzen würde, schloss Nora das Mailprogramm und widmete sich stattdessen ihrer Homepage. Sie schuldete ihm einen Laptop und er war zufällig Miteigentümer oder Betreiber – oder wie auch immer – der Bodega, auf der ihre Schwester heiraten würde. Mehr nicht.

In den folgenden Stunden aktualisierte Nora einige Kunstwerke auf ihrer Website, lud Fotos und Storys auf ihrem Instagram-Business-Account hoch und sah sich die Aktivitäten der Konkurrenz in Brooklyn an. Es war erstaunlich, doch einige Menschen kauften tatsächlich Kunstwerke für über zehntausend Dollar über Social Media, ohne sie auch nur ein Mal live gesehen zu haben. Nora hingegen mochte lieber den direkten Kontakt mit den Käufern, bei dem man viel über ihre Wünsche erfuhr, passende Künstler und Werke empfehlen konnte und eine langfristige Bindung zueinander aufbaute. Dennoch hatte sie viel Nachholbedarf beim Thema Social Media, das wusste sie. Sie musste früher oder später auch dort präsenter werden, besonders als junge und frische Galerie im Herzen New Yorks. Doch sie konnte nicht auf allen Hochzeiten gleichzeitig tanzen. Zudem bereitete die ihrer Schwester ihr momentan schon genug Kopfzerbrechen.

Am Nachmittag klappte Nora mit erschöpften Augen den Laptop zu, stellte ihre Kaffeetasse in die Spülmaschine und aß einen Apfel. Valentina hatte sie gebeten, sie noch einmal zur Bodega zu begleiten, um die Deko abzuliefern, die sie selbst für den großen Tag besorgt und zum Teil auch eigens angefertigt hatte. Mit Schnüren umschlungene Teelichtgläser, Fächer für die Mittagssonne, Vasen, Lichterketten für die Bäume und Flipflops für die schmerzenden Füße der tanzenden Frauen. Sie hatte an alles gedacht. Sie mussten es bloß zur Bodega fahren, und das Serviceteam würde sich um alles Weitere kümmern. Der kurze Ausflug würde nicht einmal eine Dreiviertelstunde dauern. Anschließend wollte Nora zu Hugos Bar gehen, um ein Boot aufzutreiben und herauszufinden, ob es neue Clubs in Strandnähe gab, in denen man nach der Verkostung und dem Abendessen versacken könnte. Schließlich war es die letzte große Feier, bevor Noras Schwester sich mit Tonio das Jawort gab. Der Abend musste nicht spektakulär werden, doch es wäre schön, wenn er nachhaltig im Gedächtnis bleiben würde. Auch wenn Nora nicht ausschließen würde, dass es zumindest bei Lina und ihr zu Gedächtnislücken kommen konnte.

An der Haustür schlüpfte Nora in ihre Sandalen und lief runter zur Gärtnerei. Ein Transporter stand mit offener Ladefläche auf dem Parkplatz und Valentina lief telefonierend und wild gestikulierend über den Kies.

»Manolo, das können wir so nicht annehmen«, hörte Nora ihre Schwester in schnellem Spanisch reden. »Die Hälfte der Verpackungen haben einen Wasserschaden. Ihr müsst das noch einmal neu drucken. Ich …« Als sie Nora sah, hielt sie kurz inne. Dann warf sie einen Blick auf ihre Armbanduhr. »Manolo, warte«, sagte sie, zog ihren Autoschlüssel aus der Hosentasche ihrer Shorts und drückte ihn Nora in die Hand. »Nora, tut mir leid, aber ich …« Sie schluckte. »Könntest du die Deko vielleicht kurz allein zur Bodega fahren? Du musst sie einfach dort abgeben, und dann wissen Bartolomés Leute schon Bescheid. Wärst du so lieb?«

Nora nickte und nahm den Autoschlüssel für Valentinas Kombi entgegen. »Wozu hat man denn eine Trauzeugin?«, flüsterte sie augenzwinkernd und bedeutete Valentina weiterzumachen.

»Manolo? Bist du noch da? Ja? Okay …«

Ihre Eltern hätten die zerstörte Lieferung vermutlich einfach angenommen und bald nachbestellt, dachte sich Nora grinsend, als sie in den blauen Kombi stieg und die Fenster herunterkurbelte. Das Lenkrad war brütend heiß und sie sah zu, dass sie schnellstmöglich losfuhr, um etwas Fahrtwind hereinzulassen.

Als sich die Temperatur im Wageninneren abgekühlt hatte, genoss Nora die kurze Autofahrt durch die andalusischen Berge so sehr, dass sie beinahe die Abfahrt zur Bodega verpasste. In letzter Sekunde riss sie das Lenkrad herum, bog mit quietschenden Reifen ab und schoss auf die lange Einfahrt. Sie musste über ihren rasanten Fahrstil lachen und darüber, wie Valentina sie wohl gerade angesehen hätte. Sie selbst besaß überhaupt kein Auto in New York und musste sich jedes Mal zu Hause wieder ans Autofahren gewöhnen. Doch es machte Spaß, und hier gab es wenigstens keinen Stau.

Nora stellte den Wagen rechts am Zugang zum Restaurant ab, da sie davon ausging, dass die Deko irgendwo dort gelagert werden würde. Dann stieg sie aus dem Wagen und fächelte sich etwas Luft unter das Shirt.

Das Anwesen war wirklich beeindruckend. Kurz spielte sie mit dem Gedanken, sich etwas umzusehen, als bereits ein mit Schürze bekleideter junger Mann auf sie zukam und sie fragend ansah. Er war vermutlich um die zwanzig und wirkte unbeschwert und fröhlich.

»Oh, hallo«, sagte Nora, trat erneut auf den Wagen zu und öffnete den Kofferraum. »Ich bringe die Deko. Für die Hochzeit meiner Schwester.« Ein Lampion purzelte aus dem Auto, rollte ein paar Meter und blieb auf dem Pflasterstein stehen.

Der junge Bodega-Angestellte sah der Papierkugel nach. Dann blickte er in den Wagen und machte große Augen. »Hallo«, sagte er sichtlich beeindruckt. »Das ist … viel Dekoration.«

Nora lachte. »In der Tat.«

»Na dann …«, begann er, sich den Hinterkopf kratzend. »Dann bringe ich das alles mal rein«, sagte er, krempelte sich tatkräftig die Ärmel hoch und griff nach der ersten Kiste.

Als Nora sich ebenfalls eine Kiste greifen wollte, schüttelte er sachte den Kopf. »Sie müssen nicht … ich mache das schon.«

»Das ist lieb von dir. Aber zusammen geht es doch schneller.«

Der junge Mann, der sich als Francisco vorstellte, ging voraus und steuerte auf einen Hintereingang zum Restaurant zu. In einem großen Lagerraum, in dem einige Hochregale standen, suchte er sich eine freie Ecke aus und verstaute erst seine und dann auch Noras lang gezogene Kiste voller Pampasgras, Stoffe und anderer Kleinigkeiten.

»Francisco?«, rief unterdessen jemand aus dem Restaurant. Er streckte den Kopf durch eine nahe gelegene Tür. »Ah, da bist du ja«, sagte die Stimme.

Nora erkannte sie sofort.

»Jeden Moment müsste Señorita Navarro vorbeikommen. Sie bringt Dekoration. Bitte hilf ihr doch beim …« Bartolomé konnte den Satz nicht vollenden, da er von Francisco unterbrochen wurde.

»Señorita Navarro ist schon da«, sagte er, und Nora meinte, ein diebisches Grinsen aus seiner Stimme herauszuhören.

»Ah«, reagierte Bartolomé etwas verzögert.

Nora trat zwei Schritte nach vorne und winkte ihm umständlich durch den Zugang zum Speisesaal. Dann warf sie ein schrilles »Hallo« hinterher.

Bartolomé legte sichtlich erstaunt den Kopf schief. Natürlich hatte er mit Valentina gerechnet. Dann entspannte sich seine Miene, bis er schließlich erfreut lächelte. »Das ist ja … eine Überraschung.«

Nora spürte Franciscos musternden Blick zwischen ihnen. Dann zuckte er mit den Achseln und machte sich auf den Weg, um die nächsten Sachen aus dem Auto zu holen.

Bartolomé kam auf Nora zu. »Du …« Er deutete auf ihren Schuh. »Du hast da …« Er blieb vor ihr stehen, bückte sich und berührte vorsichtig ihre rechte Fessel.

Es kitzelte, und Nora erstarrte.

Als er sich wieder aufrichtete, hielt er einen kleinen weißen Zweig Pampasgras vor sich, der offenbar heruntergefallen war und sich in Noras Sandale verfangen hatte. Lächelnd reichte er ihr den Zweig, der federweich in Noras Hand lag.

»Ich wusste nicht, dass wir auch die Gäste dekorieren sollen«, sagte er.

Nora musste unvermittelt lächeln und wand sich unter seinem Blick.

Francisco kam mit der nächsten Ladung in den Abstellraum.

»Oh, warte, ich helfe dir sofort wieder«, sagte Nora zu dem Jungen und verzog entschuldigend das Gesicht.

»Nicht nötig«, erwiderte er beiläufig. »Es sind nur noch ein paar Kisten.«

»Ich bestehe darauf«, entgegnete Nora und erntete dafür einen anerkennenden Blick von Bartolomé.

»Dann gehen wir zusammen«, entschied er kurzerhand, und wenig später waren alle Dekoartikel im Regal verstaut. »Darf ich dich als Dankeschön für deine Mithilfe noch auf einen Kaffee einladen?«, fragte er, als sie wieder draußen standen. »Oder kann ich bei dir mit einer kurzen Privatführung durch unsere Anlage punkten?« Er sah sie herausfordernd an.

Nora zögerte. Allerdings gefiel ihr seine unverblümte und aufrichtige Art.

»Das bietet er nicht besonders oft an«, sagte Francisco augenzwinkernd, trat an ihnen vorbei und verschwand pfeifend hinter der nächsten Ecke.

Bartolomé lachte kopfschüttelnd auf. »Das stimmt überhaupt nicht«, rief er dem Jungen empört hinterher. Dann sah er Nora wieder an. »Na ja, eigentlich hat er recht.«

Ihr Verstand sagte Nora eindeutig, dass sie das Angebot ablehnen sollte. Doch ihr Herz pochte heftig und schien die Stimme völlig zu übertönen. »Okay«, sagte sie schließlich. »Aber nur eine ganz kurze Führung.«

»Und danach einen schnellen Kaffee?«, fragte er mit schiefgelegtem Kopf.

»Wir werden sehen«, antwortete Nora vage.

Das Gewölbe, unter dem sich unzählige Holzfässer in drei übereinanderliegenden Reihen stapelten, war beeindruckend. Von vorne hatte das unscheinbare Gebäude gar nicht so riesig ausgesehen, doch die Halle erstreckte sich über eine beachtliche Länge. Die Luft war angenehm kühl und hatte einen holzigen Duft, in dem ein Hauch von Wein und Tradition mitschwang.

»Magst du eigentlich Likörwein?«, fragte Bartolomé, als sie einen der Gänge betraten.

Nora verzog fragend das Gesicht. »Ich bin mir nicht sicher«, gestand sie. »So viel Berührung hatte ich damit noch nicht.«

Bartolomé grinste. »Ist schon in Ordnung. Das werden wir nachher herausfinden.«

Nora strich mit der Hand über eines der Fässer. »Ist das hier jetzt noch Wein? Oder ist das schon Sherry? Und was ist eigentlich Likörwein?«, fragte sie interessiert. Sie hatte zwar schon das ein oder andere Weingut in Spanien und auch in Kalifornien besichtigt, doch wie so ein Wein weiterverarbeitet wurde, wusste sie zugegebenermaßen überhaupt nicht.

»Hier sind wir schon ganz nahe am Endprodukt, unserem eigentlichen Likörwein«, erklärte Bartolomé auf das Regalsystem von Fässern deutend. »Zuerst stellen wir Weißwein her, überwiegend aus der Rebsorte Palomino Fino, falls dir das etwas sagt. Die Traube ist hier in Andalusien zu Hause und die Basis für nahezu jeden Sherry auf der Welt.«

Nora musterte Bartolomé. Es wirkte, als hätte er tatsächlich eine große Leidenschaft für das, was er und seine Familie hier taten, und das beeindruckte sie.

»Dann wird der Wein *aufgespritet*«, fuhr er fort. »Wir versetzen den Wein mit zusätzlichem Alkohol. Damals wurde das tatsächlich zur Konservierung für den Transport längerer Strecken gemacht. Heute tut man es überwiegend für den Geschmack.«

Nora nickte. »Also ist das hier eigentlich nur das Sherry-Lager?«

»Fast«, sagte Bartolomé und klopfte auf eines der unteren Fässer. »Wobei wir unseren Likörwein auch offiziell nicht Sherry nennen dürfen, da die Bezeichnung regional geregelt und der Gegend um Jerez de la Frontera vorbehalten ist. Du könntest stundenlange Diskussionen darüber mit meinem Vater führen, der sich seit vielen, vielen Jahren über diese Regelung aufregt und regelmäßig Beschwerde beim Consejo Regulador einlegt, mit dem Argument, dass er sogar das bessere Produkt herstellen würde. Doch diese Regelung besteht seit fast hundert Jahren und er hatte bisher keinen Erfolg«, erklärte Bartolomé augenzwinkernd. »Aber egal. Das System hier mit den drei Ebenen nennt man *Solera-Verfahren* und es ist eine alte Tradition. Den Likörwein, der in den Verkauf geht, zapft man aus den unteren Fässern ab. Diese Reihe nennt man *Solera*. Anschließend füllt man die entnommene Menge aus den mittleren Fässern nach. Die entnommene Menge aus diesen Fässern füllt man wiederum aus den oberen Fässern nach, und diese füllt man mit frischem Jungwein auf.«

Nora brauchte einen Moment, um zu verstehen, was er meinte, obwohl es eigentlich recht einfach war. Man zapfte unten ab und füllte von oben nach unten nach. »Und wie kann man dann noch die Jahrgänge unterscheiden?«, fragte sie nachdenklich.

»Sehr gute Frage«, stellte er begeistert fest. »Das machen wir nämlich nicht. Durch den hier beabsichtigten Verschnitt können wir eine recht gleichbleibende Qualität erreichen und auch mal qualitätsärmere Jahrgänge ausgleichen. Das bleibt nämlich bei einem Naturprodukt wie Wein leider nicht aus.«

Nora nickte und lehnte sich über eines der Fässer. »Sie sind ja gar nicht verschlossen«, sagte sie erstaunt.

»Genau«, bestätigte Bartolomé und trat neben Nora. »Zu dem aufgespriteten Wein in den Fässern kommt ein Teil einer speziellen Hefe. Diese sorgt in den Fässern für die Reifung zum Sherry. Oder eben Likörwein. Und da die Hefe Luft braucht, sind die Fässer nicht vollständig verschlossen.«

»Dann ist das also doch alles gar nicht so einfach, wie es aussieht?«, fragte Nora augenzwinkernd.

Bartolomé grinste. »Ein bisschen Erfahrung schadet nicht«, sagte er. »In unserem Fall so um die hundertfünfzig Jahre.«

Lachend setzten sie ihren Rundgang fort.

»Vermisst du New York schon?«, fragte er unvermittelt, als er ihr eine Tür zu einem der angrenzenden Gebäude aufhielt.

»Teile von New York«, sagte sie ausweichend. »Zum Beispiel meine Arbeit.« Bartolomé wollte gerade etwas sagen, als Nora noch hastig »Und meinen Freund« hinterherschob. Sie schluckte. Es war ihr doch irgendwie ein Bedürfnis gewesen, das einmal erwähnt zu haben.

Bartolomé nickte, seine Reaktion offenbarte jedoch nicht, was er von dieser neuen Information hielt. Dabei war es möglicherweise das gewesen, was Nora sich davon versprochen hatte? Sie atmete tief durch und ging schnell weiter. »Und du?«, fragte sie, das Thema wechselnd. »Wie ist es dazu gekommen, dass du nun das Unternehmen weiterführst? Oder war das ein vorbestimmter Weg?«

Während Bartolomé Nora durch die Produktionshallen führte und hin und wieder eine Maschine oder einen Prozess erklärte, erzählte er zudem von seinem Werdegang. Er war bei seiner Mutter in Madrid aufgewachsen und bloß an manchen Wochenenden und in den Ferien hier bei seinem Vater auf der Bodega gewesen. Vermutlich einer der Gründe, warum Nora ihm in ihrer Jugend nie begegnet war, obwohl es in der Region nicht besonders viele Möglichkeiten gab, auszugehen. Seine Eltern hatten in Trennung gelebt, was für ihn kein Grund gewesen war, nicht weiterhin beide zu lieben. Er erzählte, wie er als Kind durch die Hallen gestreift war und alle Prozesse, Erfahrungen und Handgriffe in sich aufgesaugt hatte, so sehr hatte er den Familienbetrieb geliebt. Und diese Liebe war bis zu seinem BWL-Studium und darüber hinaus geblieben. Bis ihm sein Vater angeboten hatte, frischen Wind in das Unternehmen zu bringen. Bartolomé hatte sich geehrt gefühlt und ergriff die Chance. Für Nora schien es, als lebte er seinen Traum und könnte sich nicht vorstellen, irgendetwas anderes zu tun. Sie fragte interessiert weiter, und Bartolomé erzählte, dass seine Eltern nach vielen Jahren der Trennung tatsächlich ihre Liebe füreinander neu entdeckt hatten und seitdem wieder gemeinsam auf dem Anwesen lebten. Er sei tief beeindruckt von dieser über die Jahre nie verschwundenen Zuneigung, die auch Nora stark imponierte. Sie wollte die beiden unbedingt noch kennenlernen, bevor sie wieder zurück nach New York flog.

Als sie ihre Tour auf dem Parkplatz beendeten, war Nora zutiefst beeindruckt. Von Bartolomé, dem Familienbetrieb, seiner angenehmen Art und dem überraschend wohltuenden Nachmittag, bei dem sie völlig die Zeit vergessen hatte.

»Vielen Dank, dass du meinen Fachvortrag hast über dich ergehen lassen«, sagte Bartolomé lachend. »Es hat mir sehr viel Spaß gemacht.«

Nora sah in seine dunklen, glänzenden Augen, hielt seinem Blick jedoch nicht stand und fokussierte sich stattdessen auf den Autoschlüssel in ihrer Hand.

»Mir hat es auch Spaß gemacht«, sagte sie. Es war viel später geworden als geplant und die Sonne hatte sich bereits verdächtig nahe über die Bergspitzen gelegt. Aber wenigstens konnte Nora sagen, sie hätte etwas bezüglich der Hochzeit vorbereiten müssen, denn Bartolomé hatte für die Likörverkostung zum Junggesellenabschied mit anschließendem Essen zugesagt.

»Dann sehen wir uns übermorgen? Donnerstag, achtzehn Uhr?«, fragte er.

Nora nickte lächelnd.

»Und wegen des Bootes höre ich mich mal um. Vielleicht habe ich ja Glück.«

»Danke, das ist wirklich nett.«

»Deine Telefonnummer habe ich ja schon«, sagte er mit einem vielsagenden Blick, den Nora nicht deuten konnte.

»Ach ja … die Visitenkarte«, sagte sie und lachte verlegen, unsicher darüber, ob er sie zum Abschied wohl auf die Wange küssen würde. Doch er tat es nicht. Stattdessen musterte er Nora einige Momente lang, bis sie in den Wagen einstieg.

Wenige Augenblicke später sah sie Bartolomé im Rückspiegel kleiner werden. Sie streckte ihre Hand durch das offene Fenster. Er erwiderte den Gruß und blieb stehen, bis sie verschwunden war. Dann bog sie mit klopfendem Herzen auf die Landstraße ein. Was machte sie da bloß?

KAPITEL 13

Es duftete nach frischem Brot, als Tonio die Tür zur Backstube öffnete und sich zu Nora, Valentina, Lina und Marina an den kleinen Tisch in der Ecke seiner Bäckerei gesellte. Nora fand es schön, dass er sich immer wieder die Zeit nahm, um an dem ungeplanten Beisammensein teilzuhaben, und auch Agnes, seine Angestellte und mittlerweile Valentinas Freundin, setzte sich dazu, sofern keine Kunden im Laden waren.

Der kleine Tisch war vollgestellt mit Kaffeebechern, Gläsern mit Orangensaft und Tellern mit Pestiños und Buñuelos, kleinen süßen Windbeuteln, die Nora noch lieber mochte als die mit Creme gefüllten Miguelitos, für die Tonio mittlerweile bekannt war.

Nora hatte eigentlich bloß Valentina und Tonio zum Frühstück besuchen wollen, doch Lina hatte zeitgleich per WhatsApp gefragt, ob sie sich nicht treffen wollten. Auf dem Weg hatte Nora gleich auch noch Marina eingesammelt und nun saßen sie zusammen in der Bäckerei. Lediglich Filia hatte wegen der Kinder keine Zeit gehabt. Zwar hätte Nora es genossen, ihre Schwester und Tonio einmal für sich zu haben, doch Valentina hatte sich riesig über den zusätzlichen Besuch gefreut.

»Der Bürgermeister war übrigens *not amused*, als er erfahren hat, dass der letztjährige Melonenkönig und die neueste Bürgerin des Ortes nicht hier, sondern auf einer Bodega im Nachbarort heiraten werden«, erzählte Marina kichernd, und Valentina presste schuldbewusst die Lippen aufeinander.

»Oops«, sagte sie und zwinkerte Tonio zu.

»Wenn es nach ihm ginge, würden wir auf dem Marktplatz heiraten und wären die Meldung in den Lokalnachrichten«, sagte dieser amüsiert.

»Vermutlich würdet ihr sogar Ehrenbürger von Mojácar werden«, warf Nora ein und sorgte für erneutes Lachen.

»So ungefähr«, sagte Valentina schmunzelnd. »Aber immerhin hat er uns ein wenig bei der etwas umständlichen Organisation der Trauung unterstützt. Also indirekt.«

Alle sahen Valentina fragend an.

»Wieso? Weil die Trauung nicht in der Kirche stattfindet?«, fragte Nora. Darüber hatte sie sich zugegebenermaßen noch gar keine Gedanken gemacht, denn eigentlich gab es bei dieser katholischen Tradition keine Ausnahme.

Valentina nickte. »Einmal macht Priester Vicente eine Ausnahme, indem er uns auf der Bodega traut und nicht wie üblich in der Kirche. Und zum Zweiten wird auch der Standesbeamte die formelle Trauung in kleiner Runde direkt an der Location durchführen – und zwar kurz nach der kirchlichen Zeremonie. Wir brechen damit so viele Vorschriften, dass das nicht ohne den einen oder anderen guten Kontakt im Ort möglich gewesen wäre«, erklärte Valentina schmunzelnd. »Und zufällig ist der Standesbeamte der beste Freund des Bürgermeisters. Ob ihr es glaubt oder nicht – diese Hochzeit wäre so nicht möglich, wenn Tonio nicht im letzten Jahr Melonenkönig geworden wäre.«

Tonio reckte die Brust in die Höhe und ließ seinen Blick voll gespieltem Stolz durch die Runde wandern. Dann gab Valentina ihm einen Kuss und zwinkerte ihm verliebt zu.

»So, Herr Melonenkönig«, sagte Lina nach einer Weile mit rollenden Augen. »Du musst uns jetzt aber bitte noch mal kurz allein lassen. Ich möchte endlich wissen, wie das Kleid deiner Braut aussieht. Also husch, husch, ab in die Backstube.«

Tonio lachte auf, gab Valentina einen Kuss auf die Stirn und ging. »Sie wird wunderschön aussehen, so viel steht fest«, rief er noch, bevor er die Tür hinter sich schloss.

Ein schmachtendes »Ohhh« ging durch die Mädelsrunde.

»So süß, ihr zwei«, befand Marina und Nora stimmte ihr zu. Noch nie hatte sie ihre Schwester so angekommen und zufrieden erlebt wie hier mit Tonio in ihrer neuen alten Heimat Andalusien.

Valentina zog ihr Handy aus der Tasche, legte es jedoch mit großen Augen auf den Tisch, statt es zu entsperren. »Wir haben gar kein gemeinsames Foto bei der Anprobe gemacht!«, stellte sie entgeistert fest.

»O Gott, du hast vollkommen recht. Nur das eine von dir und deiner Mama«, sagte Marina und biss sich auf den Finger.

Nora sah, dass Valentina schluckte, und legte den Arm um ihre Schwester. »Wir werden noch ganz viele schöne Fotos von dir machen, versprochen«, sagte sie sanft, und Valentina nickte zaghaft.

»Wie sieht das Kleid denn jetzt aus?«, fragte Lina neugierig, und zu viert steckten sie die Köpfe zusammen.

»Es sieht fast aus wie ein Zweiteiler mit einem dünnen frei-liegenden Streifen am Bauch«, beschrieb Nora. »Sehr elegant. Das Oberteil ist eine Art Büste mit feinen Trägern und etwas Spitze. Der Rockteil besteht aus zwei feinen Lagen, die weit bis auf den Boden fallen.«

Valentina nickte aufgeregt.

»Ohhh«, machte Lina begeistert. »Hochzeitszweiteiler sind ja so was von in. Gut ausgesucht. Ich bin sehr gespannt.«

»So ein Lob von einer Modejournalistin aus Paris«, sagte Valentina strahlend. »Das geht ja runter wie Öl.«

»Und du siehst einfach mega darin aus, Schwesterherz«, sagte Nora anerkennend. Natürlich wünschte sie sich in solchen Momenten, sie hätte ebenfalls die Aussicht auf eine Traumhochzeit mit Ryan. Doch so langsam hatte sie den Schock des entgangenen Antrags überwunden und ging irgendwie davon aus, er würde in einem romantischen Moment in New York folgen. Vielleicht nicht in den nächsten Wochen, aber irgendwann.

Nora musterte ihre Schwester und deutete auf ihre schlanke Figur. »Ich muss an der Stelle auch einmal anmerken, dass ich keine Ahnung habe, wie du bei diesen ganzen Versuchungen so einen Body behalten kannst. Wenn ich über einer beziehungsweise sogar *in* einer Bäckerei wohnen würde, ich müsste mein Brautkleid jede Woche anpassen lassen.«

Sie lachten ausgiebig, als ein leises Klingeln ertönte. Es dauerte einige Momente, bis Nora begriff, dass es sich um ihr Handy handelte. Hastig stand sie auf und nestelte es aus der engen Hosentasche. Das Display zeigte eine unbekannte Nummer, allerdings aus Spanien, also vermutlich kein geschäftlicher Anruf. Womöglich ein Rückruf wegen eines der angefragten Boote, dachte sie.

»Ich muss da kurz rangehen«, entschuldigte Nora sich bei den Mädels, ging auf die Eingangstür zu und drückte sie auf.

»Oh, là, là, ein geheimnisvoller Anrufer«, scherzte Lina, und die drei kicherten.

Nora verzog verspielt das Gesicht, ging nach draußen auf die Straße und nahm den Anruf entgegen. »Hola?«, fragte sie in den Hörer.

»Nora?«, fragte die Stimme am anderen Ende der Leitung.

»Ja. Wer ist denn da?«

»Ah, hier ist Bartolomé«, erklärte er, und Noras Herz machte einen Sprung. Sie sah durch die Scheibe nach drinnen und erkannte, dass die drei sie genau musterten. Unsicher trat sie ein paar Schritte zur Seite, sodass sie aus ihrem Blickfeld verschwand.

»Oh, hallo«, erwiderte Nora stockend. »Das ist ja eine Überraschung.« Mit seinem Anruf hatte sie tatsächlich nicht gerechnet. »Ähm, alles klar?«

Er schnaubte vergnügt in den Hörer. »Ja, alles bestens. Also, ich rufe wegen des Bootes an. Ich glaube, ich habe da eines, das infrage kommt.«

Nora hob erstaunt die Brauen. »Ach so? Wirklich?« Erneut überraschte er sie. Zwar hatte er gestern lose angeboten, Augen und Ohren diesbezüglich offen zu halten, doch aus irgendeinem Grund hatte sie nicht damit gerechnet, dass er tatsächlich seine Fühler ausstrecken würde.

»Ja«, bestätigte er. »Ein Freund meines Vaters hat ein Boot in Garrucha. Er ist leidenschaftlicher Segler und würde euch sogar kostenlos einen Tag lang durch die Gegend schippern.«

Nora konnte nicht fassen, was Bartolomé ihr da erzählte. Sie schluckte. »Du machst keine Scherze?«, fragte sie entgeistert.

»Nein, es ist mein Ernst. Es ist eine Segeljacht, nicht besonders groß, ungefähr zehn Meter lang und zwanzig Jahre alt. Aber Silvio sagt, sie ist noch gut in Schuss und hat ausreichend Platz, um zu acht oder sogar zu zehnt einen schönen Tag auf dem Meer zu verbringen. Wir könnten uns das Boot heute Nachmittag ansehen, wenn du magst. Es sei denn, es reicht dir, wenn ich dir Silvios Kontakt und ein paar Fotos schicke.«

»Ich …«, stammelte Nora. »Ich weiß gar nicht, was ich sagen soll.« Sie räusperte sich. »Das ist wirklich wahnsinnig nett von dir. Ich …« Sie brach ab.

»Keine Angst, ich werde deiner Schwester die Vermittlungsgebühr auf die Rechnung setzen«, sagte er trocken.

Nora wollte irgendetwas Lustiges darauf erwidern, ihr fiel jedoch nichts ein.

»Nein, im Ernst. Habe ich gern gemacht. Und ich glaube sogar, ihr tut Silvio damit einen Gefallen. Es macht ihm Spaß, sein Boot auszufahren.«

Nora fuhr sich mit der freien Hand durch die Haare.

»Also, sollen wir uns den Kahn heute Nachmittag mal ansehen?«

Nora zögerte und kniff die Augen zusammen. »Du musst wirklich nicht extra nach Garrucha kommen«, sagte sie beiläufig. »Du hast ja sicher genug zu tun.« Sie hielt die Luft an, während sie auf seine Reaktion wartete. Der kurze Moment fühlte sich wie eine Ewigkeit an.

»Und wenn ich trotzdem gern mitkommen würde?«, fragte er schließlich.

Nora biss sich auf die Unterlippe. Hunderte Gedanken kreisten ihr durch ihren Kopf. »Ach so ... ja«, sagte sie ausweichend. »Dann ... machen wir das so.« Sie plusterte die Wangen auf und ließ langsam die Luft entweichen.

»Super«, sagte er beschwingt. »Treffen wir uns gegen fünf am Hafen von Garrucha? Dann sage ich Silvio Bescheid.«

»Alles klar. So machen wir es«, erwiderte Nora. »Ich ...« Sie stockte erneut. »Danke.«

»Dank mir nicht zu früh«, sagte Bartolomé lachend. »Schauen wir uns das Boot erst mal an. Aber wenn ich Silvio Glauben schenken darf, schwimmt es zumindest noch.«

Nora lachte. Es war ein befreiendes Lachen, das die Spannung aus der Situation nahm, die völlig unangebracht und dennoch spürbar war.

»Okay. Dann bis später.«

»Ja, bis später«, erwiderte Nora, legte auf und steckte das Handy wieder in die Hosentasche. Sie atmete einige Male tief durch, bevor sie wieder die Bäckerei betrat und sich auf ihren Stuhl sinken ließ.

»Oh, schaut, wie sie grinst«, sagte Lina, und die drei lachten. Nora bemerkte, wie sie puterrot anlief.

»Das war sicher Ryan. Kommt er doch noch zur Hochzeit? Als Überraschungsgast?«

Nora sah in drei neugierige Augenpaare. »Was? Nein! Es war ... nicht so wichtig«, winkte sie ab. Hastig trank sie einen Schluck Orangensaft. »So, was haben wir denn eigentlich heute noch vor?«, fragte sie, um das Gespräch in eine andere Richtung zu lenken. Und es funktionierte.

Lina schlug einen weiteren Strandtag vor, obwohl sie für Noras Geschmack bereits mehr als genug Sonne getankt hatte. Valentina und Marina mussten jedoch arbeiten und Nora musste sich um das Boot kümmern. Also beschlossen sie, sich später noch einmal zu schreiben, um zu sehen, was der Abend brachte.

Mit einem mulmigen Gefühl verließ Nora eine halbe Stunde später die Bäckerei. Nachdem sie einige Minuten lang ins Tal gestarrt hatte, hinter dem das leuchtend blaue Meer lag, zog sie ihr Handy aus der Tasche und begann, eine Nachricht zu tippen.

Nora:
Hallo Bartolomé. Also ich schaffe es leider doch nicht mehr nach Garrucha. Es ist noch zu viel für die Hochzeit zu tun. Ich würde Silvio einfach so zusagen. Das wird schon passen. Ich hoffe, das ist in Ordnung? Tausend Dank, Nora

Anschließend fuhr sie ruhigen Gewissens nach Hause zu ihren Eltern, um ihren Kopf in E-Mails zu vergraben.

KAPITEL 14

Bartolomé kniete sich auf den sandigen Erdboden, der mit feinen Gesteinsbröckchen durchmischt war. Dann pflückte er ein paar Trauben von der vor ihm gelegenen Rebe, hielt sich die geöffnete Hand vor die Nase und atmete den fein süßlichen Duft ein.

»Hier«, sagte er, als er sich wieder auf die Beine drückte und seinem Vater eine der Trauben reichte. »Sind sie bereit zur Lese? Was meinst du?«

Bartolomés Vater nahm die Traube nickend entgegen und tat es Bartolomé gleich. Dann zerdrückte er die Frucht mit Daumen und Zeigefinger, prüfte die Konsistenz und Saftigkeit, bevor er das Fruchtfleisch in den Mund steckte und ein zufriedenes Brummen von sich gab.

»Das war ein guter Sommer«, sagte Bartolomé, während er sich den Staub von den Knien klopfte.

»Und es wird ein guter Jahrgang«, fügte sein Vater hinzu.

Die Sonne stand tief und die meisten Mitarbeiter der Bodega waren bereits im wohlverdienten Feierabend. Es war die Zeit des Tages, die Bartolomés Vater liebte, und die Zeit, in der die beiden oft eine Runde über das Gelände drehten, um die anstehenden Aufgaben zu besprechen und anschließend noch ein Glas Wein oder Likör zu trinken.

Das sanfte Rascheln der Weinreben bescherte Bartolomé eine innere Ruhe, nach einem sonst so aufregenden Tag. Denn Nora war ihm einfach nicht aus dem Kopf gegangen, besonders nach der kleinen Führung durch die Wirtschaftsgebäude, die er gestern für sie gemacht hatte. Er hatte sich wohl in ihrer Anwesenheit gefühlt und gedacht, dass es ihr mit ihm ebenso ergangen war. Bis sie plötzlich offenbart hatte, einen Freund in New York zu haben, so wie Matias es vorhergesehen hatte. Die ganze Situation hatte etwas steif gewirkt, so als wäre es Nora plötzlich ein großes Bedürfnis gewesen, diese Tatsache zu erwähnen. Doch Bartolomé hatte nicht lockerlassen wollen und sich mit der Sache mit dem Boot förmlich aufgedrängt, wie ihm später bewusst geworden war. Erst noch hatte er sich nach ihrem Telefonat gefühlt, als könnte er Bäume ausreißen, doch die kurz danach folgende Nachricht von Nora hatte ihn zurück auf den Boden der Tatsachen geholt.

Verdammt.

Er musste sich zusammenreißen und sich nicht blind in etwas hineinstürzen, von dem er sich nicht sicher war, ob er da wieder rauskam.

»Vielleicht sollten wir etwas mehr Wein abfüllen, statt die ganze Menge für den Likörwein zu verschneiden?«, fragte er in die Ferne blickend, bevor die beiden sich in Bewegung setzten und den Weg zwischen den Reben entlangschritten.

Erst Sekunden später bemerkte Bartolomé, dass ihn sein Vater vermutlich die ganze Zeit über angelächelt hatte.

»Ich weiß, wie das ist, etwas Bestehendes zu übernehmen«, sagte Felipe und legte seine faltige Hand auf Bartolomés Schulter. »Du hast viele Pläne und das ist auch gut so. Aber weißt du, was mir mein Vater damals in der gleichen Situation gesagt hat?«

Bartolomé sah ihn erwartungsvoll an.

»Eins nach dem anderen«, sagte Felipe sanft lächelnd. »Wir haben unseren Likörwein in den letzten Jahren zu einem wirklich erstklassigen Produkt gemacht. Warum sollten wir einen möglicherweise zweitklassigen Wein dazunehmen?«

Bartolomé sah seinen Vater nachdenklich an. »Und was, wenn der Wein auch erstklassig sein könnte?«, fragte er schließlich.

Felipe klopfte ihm lachend auf die Schulter und nickte. »Vielleicht kann ich auf meine alten Tage noch einiges von dir lernen, mein Junge. Es gefällt mir, wie du Dinge anpackst. Und wenn ich es endlich schaffe, mich komplett aus dem Geschäft herauszuziehen, wirst du die Bodega in einer Art weiterentwickeln, auf die unsere Vorfahren stolz gewesen wären, da bin ich mir sicher.«

Bartolomé atmete vor Rührung durch. Oft diskutierte er mit seinem Vater über genau solche Dinge. Sie gerieten aneinander und versöhnten sich wieder. Doch einen Moment wie diesen hatte es selten gegeben. Einen Moment, in dem Felipe sein blindes Vertrauen seinem Sohn gegenüber aussprach, selbst wenn es verschiedene Ansichten über Teile des Geschäfts gab.

Bartolomé nickte ihm dankbar zu. Dann gingen die beiden weiter.

»Und dennoch bin ich gespannt, ob du dich mit der Veranstaltungsgeschichte nicht übernimmst«, sagte Felipe bedächtig. »Das Veranstaltungsgeschäft ist schnelllebig und saisonal. Unser Geschäft ist etwas, was man behutsam hegt und pflegt, über Jahre entwickelt. Ein guter Wein, ein guter Sherry.«

»Likörwein«, verbesserte Bartolomé seinen Vater und grinste.

»Ach, hör doch auf …«, winkte Felipe ab.

Die beiden gingen bis an den Rand der Weinfelder, hinter dem Bartolomés kleines Haus stand, und setzten sich auf eine Bank.

»Ist denn sonst alles in Ordnung mit dir, mein Sohn?«, fragte Felipe und schlug die Beine übereinander. »Du wirkst etwas ... nachdenklich, seit du aus Madrid wieder zurück bist. Vermisst du dein altes Leben schon?«

Bartolomé schluckte. Dann schüttelte er den Kopf. »Nein ... nein, das ist es nicht. Ich bin froh, hier zu sein. Wirklich.«

»Hm«, machte Felipe abwartend.

Es dauerte einige Momente, bis Bartolomé den Mut aufbrachte, sich zu öffnen.

»Ich habe da jemanden kennengelernt«, sagte er zögerlich und fühlte sich in dem Moment peinlich in seine Jugend zurückversetzt.

Felipe hob interessiert die Augenbrauen, sagte jedoch nichts.

»Aber sie hat einen Freund.«

»Oh«, erwiderte sein Vater und kratzte sich nachdenklich am Kinn.

»Ja«, sagte Bartolomé achselzuckend.

Die untergehende Sonne tauchte das entfernte Meer am Horizont in ein warmes Orange. Es war wunderschön und machte Bartolomé dennoch deutlich, wie schnell schöne Momente verstreichen konnten.

»Ist sie denn glücklich?«, fragte Felipe. »Mit ihrem Freund?«

Bartolomé plusterte die Wangen auf und hob ahnungslos die Schultern.

»Aber du wirst sie wiedersehen?«, hakte sein Vater nach.

»Das mit Sicherheit«, sagte Bartolomé, der nach dem anstrengenden Tag nun eine gewisse Müdigkeit in den Augen spürte.

»Dann werden sich die Dinge wohl ergeben. Oder sie werden sich nicht ergeben«, sagte sein Vater unbestimmt. »Aber was erzähle ich da. Deine Mutter und ich haben viele Jahre darauf gewartet, dass sich irgendetwas ergibt, bis wir endlich den Mut gefunden hatten, uns aktiv aufeinander zuzubewegen …«

Bartolomé lächelte seinen Vater an, der es erwiderte.

»Also hast du keinen weisen Rat für mich, um aus der Sache herauszukommen?«

Felipe legte sachte seine Hand auf Bartolomés Oberschenkel und rückte vor bis auf die vorderste Planke der Bank. »Doch, den habe ich«, sagte er bedächtig.

Bartolomé musterte ihn gespannt.

»Mein Rat: Eins nach dem anderen«, sagte sein Vater und drückte sich schwerfällig auf die Beine.

Sie lachten beide.

»Mit den Frauen ist es wie mit den Weinreben. Sie geben dir Signale, sodass du weißt, was zu tun ist, wenn es zu tun ist. So wie die Süße der Trauben.«

Bartolomé stand grinsend auf und stützte seinen Vater, der nach dem langen Tag ebenfalls erschöpft war.

»Ach, und noch ein Rat. Für den Fall, dass ich irgendwann nur noch aus dem Himmel zu dir sprechen kann: Das mit dem Wein ist eine blöde Idee. Bleib beim Sherry.«

Bartolomé legte grinsend seinen Arm um seinen Vater. »Eins nach dem anderen«, sagte er, als die Sonne gerade am Horizont verschwand.

»Ganz genau.«

KAPITEL 15

Der Bürstenkopf der elektrischen Zahnbürste in Noras Mund wurde stetig langsamer, bis er schließlich stillstand und das rote Batterielicht am Griff aufleuchtete. Sie folgte dem Kabel des Ladegerätes bis unter den Waschtisch.

»Na super«, murmelte Nora mit vollem Mund, als sie den nicht eingestöpselten Stecker entdeckte, bürstete etwa eine Minute manuell weiter, bevor sie das Gerät in die Halterung stellte und sich diesmal vergewisserte, dass das Batteriezeichen auf *Laden* stand.

Anschließend bürstete sie sich das Haar und machte sich fertig für den Tag. Sie sah erschöpft aus und fühlte sich irgendwie gerädert. Und das, obwohl die beiden Wochen Urlaub eigentlich erholsam und beflügelnd werden sollten. Doch erstens war sie irgendwie immer noch sauer auf Ryan, weil er sie versetzt hatte, und zweitens schwirrte Bartolomé ihr häufiger im Kopf herum, als ihr lieb war.

Nora lehnte sich gegen das Waschbecken und sah auf ihr Handy. Ryan hatte ihr ein Bild von einem wunderschönen Sonnenuntergang aus Miami mit dem Kommentar »Ich hätte dich jetzt gern an meiner Seite« geschickt. Es wäre hochromantisch gewesen, wenn Nora nicht genau gewusst hätte, dass mit ziemlicher Sicherheit stattdessen Sally an seiner Seite gewesen war.

Außerdem hatte Bartolomé ihr noch mitten in der Nacht geantwortet, nachdem er sich gestern Abend nicht mehr zurückgemeldet hatte, was bei Nora für Beunruhigung bis Besorgnis geführt und sie möglicherweise sogar einige Stunden Schlaf gekostet hatte. Zum einen, weil sie nicht gewusst hatte, ob das mit dem Boot für den Junggesellenabschied tatsächlich klappte, und zum anderen, weil sie sich nicht sicher gewesen war, ob ihre plötzliche Absage ihn womöglich gekränkt hatte. Stattdessen hatte er jedoch einige Bilder der Segeljacht geschickt und sich für die späte Antwort entschuldigt, mit der Ausrede, sein Hund habe sein Handy gefressen, inklusive eines Zwinkersmileys.

Das Segelboot sah traumhaft aus und Bartolomé hatte maßlos untertrieben. Es war tatsächlich nicht riesig, jedoch sah es top gepflegt aus und würde der Truppe einen tollen Tag bereiten. Nora musste bloß noch einige Sachen besorgen und die Mädels morgen früh einsammeln. Bis auf Valentina wusste jeder inklusive Tonio Bescheid, und sogar Mutter Käthe und Tante Hilde hatten zugesagt.

Am meisten freute sich Nora darüber, dass es ihr gelang, Valentina noch eine so spontane Überraschung bieten zu können, die sie hoffentlich nicht so schnell vergessen würde.

Mit einem zufriedenen Lächeln ging Nora die Treppe nach unten in die Küche. Sie hatte noch keinen Plan für den Tag und würde nach einem Kaffee erst einmal in die Gärtnerei gehen, um Valentina und ihren Eltern unter die Arme zu greifen.

Als Nora allerdings die Küche betrat, stand Valentina mit festen Schuhen und einem Rucksack bepackt vor der Küchentheke und ließ dampfenden Kaffee in zwei kleine Espressotassen laufen. Wortlos reichte sie Nora eine davon und trank von der anderen.

»Äh, danke. Und guten Morgen. Und ... gehst du wandern?«

Valentina sah sie amüsiert an. »*Wir* gehen wandern«, korrigierte sie. »Und ich würde es nicht wandern nennen. Ich würde sagen, wir machen einen Spaziergang mit Frühstückspicknick.«

»Aber ...« Nora trank den Espresso in einem Zug und wischte sich mit dem Zeigefinger über die Lippen. »Aber wieso?«

Valentina lachte auf. »Wieso denn nicht?«, fragte sie und hob die Arme. »Ich wollte dich bei dem ganzen Trubel einfach auch mal eine Stunde für mich haben. Oder hast du keine Lust?«

Nora blinzelte vor Freude. Hatte sie sich genau das nicht gestern noch insgeheim gewünscht?

»Natürlich hab ich Lust!«, sagte sie, stellte die Tasse ab und war schon auf dem Weg in den Flur, um sich anzuziehen.

»Na dann hopp, hopp. Schuhe, Sonnenbrille, und ab geht's.«

***

Der Ausblick war hier unten am Fuße des Hügels schon atemberaubend und Nora machte ein Foto mit ihrem Handy. Dann nickte sie ihrer Schwester zu und betrat als Erste den kleinen Pfad, der vermutlich zwei oder drei Kilometer hoch auf die Kuppe führte.

Valentina hatte ihren Wagen im Schatten eines nahe gelegenen Baumes geparkt und von dort aus waren sie losgegangen.

»Warst du schon mal hier?«

Nora schüttelte den Kopf. Offenbar waren in all den Jahren einige der schönsten Plätze in der Umgebung an ihr vorbeigegangen.

»Von da oben sind Tonio und ich mit dem Gleitschirm losgeflogen«, erklärte Valentina. »Ich hatte mir beinahe in die Hose gemacht. Aber als wir dann über all den Dingen geschwebt sind und er uns sicher durch die Luft navigiert hat, ich glaube, da wusste ich, dass er der Richtige ist. Selbst wenn es danach noch ein wenig mit uns gedauert hat.«

»O Gott, Schwesterherz. Wenn du dich nur hören könntest«, lachte Nora. »So kitschig kenne ich dich gar nicht. Ich hoffe, ihr bekommt nicht allzu bald ein Baby. Ihr würdet es mit Liebe erdrücken.«

Valentina kicherte.

»Seid ihr nach eurem ersten Abenteuer eigentlich noch öfter geflogen?«

»Ich hätte schon Lust darauf gehabt. Aber irgendwie war überhaupt keine Zeit wegen der Gärtnerei, der Renovierung von Tonios Wohnung und allem.«

»Schade.«

»Ja, stimmt. Aber das werden wir bestimmt noch das ein oder andere Mal nachholen.«

Nora stieg über einige kleinere Felsen, bis der Weg sich in engen Kurven weiter den Hang hinaufschlängelte.

»Ganz anderes Thema«, begann Valentina. »Wie läuft es eigentlich mit der Galerie? Du hast doch jetzt diesen südamerikanischen neuen Künstler, oder? Das habe ich auf Instagram gesehen.«

»O Gott, ich müsste so viel mehr dafür tun«, erwiderte Nora, drehte sich kurz zu ihrer Schwester um und zog eine Grimasse. »Malcolm Schwarz. Das ist sein Künstlername. Er heißt eigentlich Fernando.«

Nora hörte das überraschte Lachen hinter sich. »Jaja, ich weiß. Er will eben so heißen, was soll ich sagen.«

»Und funktioniert es denn?«

»Hm?«, machte Nora fragend.

»Na, verkauft er sich?«

»Bisher noch nicht«, gab Nora zu. »Allerdings sind seine Werke erst kurz vor meiner Abreise eingetroffen. Es gibt ein, zwei Interessenten, aber ich brauche dringend die nächste Ausstellung, um ihn bekannter zu machen.«

»Und von deinem Ex hast du nichts mehr gehört?«

»Dylan?«, fragte Nora mit hochgezogenen Brauen. »Nein. Der vögelt sich vermutlich durch ganz Paris.«

»Soll er machen. Du hast ja jetzt Ryan«, stellte Valentina pragmatisch fest. »Aber könnte er nicht wenigstens weiterhin seine Bilder über dich verkaufen? Die liefen doch so gut.«

Nora lief mit gesenktem Kopf weiter. »Wenn er sich von sich aus melden würde, vielleicht«, dachte Nora laut. »Aber ich laufe ihm ganz bestimmt nicht hinterher. Schließlich hat er mich verarscht und sitzen gelassen. Beruflich wie privat.«

»Hm«, machte Valentina nun. »Ich wünschte, ich könnte dir irgendwie helfen. Aber ich habe wirklich keine Ahnung, wie.«

Nora zuckte mit den Achseln. »Es wird schon irgendwie«, sagte sie mehr zu sich selbst als zu ihrer Schwester. »Das letzte Jahr war hart. Dieses wird sicher besser. Neue Künstler aufzubauen, dauert eben seine Zeit. Und ein bisschen Glück braucht man vermutlich auch.«

»Wie geht es Ryan?«, fragte Valentina nach einem nächsten kleinen Anstieg. »Muss er viel arbeiten?«

»Ja, er ist leider ein echter Workaholic … Er und ich … Wir …«, druckste Nora herum, verzettelte sich jedoch und wusste gar nicht mehr, worauf sie hinauswollte. Plötzlich spürte Nora Valentinas Hand an ihrer Schulter, die sie sanft, aber bestimmt festhielt und sich kurz darauf zu sich umdrehte. »Hey«, flüsterte sie, kaum hörbar im Wind.

Nora schluckte. Sie fühlte sich auf dem falschen Fuß erwischt.

»Was ist passiert?«, fragte Valentina sanft. »Von Anfang an habe ich mir gedacht, dass irgendetwas vorgefallen sein musste. Was ist los?«

Sie setzten sich auf einen absatzartig hervorragenden Felsen und Valentina reichte Nora eine kleine Wasserflasche.

»Ach«, begann Nora und trank einen Schluck. »Ich … Wir … wir hatten uns ein bisschen in den Haaren, bevor ich geflogen bin.«

Valentina sagte nichts und gab Nora die nötige Zeit, um sich zu sammeln.

»Also es war kein richtiger Streit oder so. Ich war nur … enttäuscht.«

Valentina legte fragend die Stirn in Falten. Dann öffnete sie ihren Rucksack und zog eine Papiertüte mit Croissants und drei Tupperdosen mit Tomaten, Karottenstreifen und einer Art Dip heraus.

»Ich dachte, wir machen unser Picknick irgendwo da oben?«, fragte Nora irritiert.

»Pläne ändern sich eben«, erwiderte Valentina augenzwinkernd und reichte Nora eines der frischen Croissants. »Also, warum warst du enttäuscht? Hat er irgendetwas angestellt?«

»Nein. Nein, überhaupt nicht. Ich … ich hatte wohl einfach etwas anderes erwartet.«

Valentina sah sie mit schiefgelegtem Kopf an. »Ich werde dich so lange mit Croissants und Gemüse vollstopfen, bis du endlich mit der Sprache rausrückst.«

Nora lachte halbherzig. Dann gab sie sich einen Ruck. »Ich hatte irgendwie gedacht, dass er mir einen Antrag macht«, gab sie schnaufend zu. »Aber stattdessen hat er mir Ohrringe geschenkt und offenbart, dass er nicht mitkommt … Einen Tag vor Abreise …«

Valentina seufzte betroffen. »Ach, Nora …«, sagte sie sanft und legte ihre rechte Hand auf Noras Knie. »Wegen der Arbeit, richtig?«

Nun war es Nora, die seufzte. »Ach, ich weiß auch nicht. Beziehungsweise eigentlich weiß ich es mit ziemlicher

Sicherheit. Er *wollte* dieses Projekt von Anfang an. Dann wurde er abgezogen und jetzt, nachdem sein Kollege angeblich irgendetwas vermasselt hat, ist er wieder dabei. Ich bin mir ziemlich sicher, dass er es nicht hätte machen müssen. Er *wollte* es. Mehr, als er mit nach Andalusien kommen wollte. Und das hat mich so verletzt.« Sie ließ die Schultern hängen und Valentina legte ihren Arm darum.

»Hättest du denn Ja gesagt?«, fragte Valentina und lehnte ihren Kopf an Noras.

Es fühlte sich wie eine halbe Ewigkeit an, bis sie sich zu einer Antwort durchringen konnte. »Vermutlich … ja«, antwortete sie schließlich und biss sich nachdenklich auf die Lippe.

Wenige Momente lang sahen sie beide hinunter ins Tal, und plötzlich war sich Nora gar nicht mehr sicher, ob und aus welchen Gründen sie Ja gesagt hätte. Hatte sie es möglicherweise zu sehr gewollt, als dass es sich noch gut und richtig anfühlen konnte? Sie war doch die ältere Schwester. Sie hätte es doch sein sollen, die verliebt und glücklich in eine gemeinsame Zukunft mit ihrem Partner schaute. Doch diese Gedanken behielt Nora für sich. Stattdessen dachte sie an Mister Kaulewskis Worte.

»Wenn es sich dort drinnen anfühlt wie eine Horde galoppierender Wildpferde – dann ist es vermutlich das Richtige«, hatte er gesagt und auf sein Herz gedeutet.

Jetzt war es an ihr, herauszufinden, ob ihre Pferde immer noch für Ryan galoppierten. Sie vermisste ihn, ja. Doch andererseits war es auch ohne ihn erstaunlich okay gewesen in den letzten Tagen. Nora versuchte krampfhaft, in sich hineinzuhorchen, ihren Puls zu spüren, ihre Gedanken auszublenden. Doch alles, was sie hörte, war der Wind, der ihr etwas in die Ohren flüsterte, das Nora nicht zu deuten vermochte.

KAPITEL 16

»Wenn sie nicht bald kommt, muss ich schon mal vorgehen«, sagte Tante Hilde und trat von einem Bein auf das andere.

Die Mädels lachten, während Nora den Eingang der Bäckerei weiterhin im Blick hielt. »Sie muss gleich da sein«, flüsterte sie, als ob sie einen Schwerverbrecher beschatten würde. Erst seit ein paar Minuten wartete Nora mit der Junggesellenabschiedstruppe, bestehend aus Lina, Marina, Filia, Schneiderin Carla, Mutter Käthe und Tante Hilde. Kathi, Valentinas Freundin aus Berlin, hatte es nicht rechtzeitig geschafft und auch die restlichen Gäste würden frühestens morgen anreisen.

Doch die Truppe war jetzt bereits guter Laune und mit Wasserpistolen, einem Blumenkranz für Valentina, kleinen und großen Flaschen Prosecco, Luftmatratzen, freakigen Sonnenbrillen und allem ausgestattet, was Nora in dem Chinaladen in Playa de Mojácar hatte auftreiben können.

Marina hatte Snacks dabei und jede hatte sich eine Tasche mit Dingen für den Tag und Wechselkleidung für den Abend gepackt. Die WhatsApp-Gruppe hatte erstaunlich gut funktioniert und es waren jede Menge guter Ideen aufgekommen, von denen aufgrund der Kürze der Zeit natürlich nur wenige umgesetzt werden konnten. Doch darauf kam es nicht an. Es ging darum, Valentina zu überraschen und einen wundervollen Tag miteinander zu verbringen, und dem stand nichts im Wege, außer Valentinas Erscheinen.

Während Nora und ihre Mutter sich zu Hause heimlich aus dem Staub gemacht hatten, was bereits eine Herausforderung gewesen war, hatte Tonio Valentina mit dem Vorwand eines Wasserschadens zu sich gelockt. Es konnte also nicht mehr lange dauern.

»So, ich gehe jetzt«, sagte Tante Hilde laut ausatmend, als Marina sie gerade noch festhalten konnte. Denn im selben Moment erschien Valentina um die Ecke, stellte ihren Wagen ab und betrat hastig die Bäckerei.

Nora zählte langsam bis fünf, dann gab sie das Kommando und die Gruppe setzte sich in Bewegung. Vor dem Schaufenster machte Nora halt und warf einen kurzen Blick hindurch. Agnes, die hinter der Theke stand, gab das Zeichen, dann ging es weiter. Leise betraten die Mädels die Bäckerei, zückten ihre Wasserpistolen und positionierten sich möglichst geräuscharm im Verkaufsraum. Agnes nahm ihre Pistole in Empfang, gesellte sich dazu und nun waren sie komplett.

Nora warf einen kurzen Blick in die Runde und musste bei dem Anblick von ihrer Mutter und Tante Hilde mit den geladenen Wasserpistolen beinahe anfangen zu lachen.

Es waren Schritte zu hören.

»Das heißt, wir müssen möglicherweise die ganze Badezimmerwand aufstemmen?«, fragte Valentina hinter sich, während sie die Tür zur Backstube öffnete und in den Verkaufsraum trat.

»Und feuern!«, rief Nora.

Acht Wasserstrahlen landeten spritzend auf Valentinas Körper, untermalt von dem Quietschen der Plastikabzüge an den Wasserpistolen.

Valentinas Gesichtsausdruck wechselte von überrascht zu entsetzt und schließlich überglücklich. Lachend ließ sie das Schauspiel über sich ergehen, versuchte hin und wieder, ihr Gesicht zu schützen, und stand am Ende dennoch patschnass in der Bäckerei. Tonio hatte Schutz hinter der Backstubentür gesucht.

Marina zog eine Einwegkamera heraus und machte ein Foto von der skurrilen Szenerie.

Ein Lachen ging durch die Runde, und Tonio hob unschuldig die Arme, als Valentina ihn mit schmalen Augen anstarrte. »Du ...«, sagte sie. »Ihr!«, und wandte sich an die johlende Gruppe. Nora hatte ihre Schwester selten derart überrumpelt gesehen und kam als Erste auf sie zu, um sie trotz der nassen Klamotten zu umarmen.

»Was macht ihr denn hier?«, stieß Valentina fassungslos aus.

»Wir feiern deine letzten Tage in Freiheit«, antwortete Marina und sorgte für weiteres Lachen. Während sie eine Runde Piccoloflaschen verteilte, reichte Nora Tonio die Einwegkamera, um ein Gruppenbild zu schießen.

»Danke«, sagte sie ihm augenzwinkernd. »Das war einfach perfekt.«

Anschließend stießen sie alle gemeinsam für ein Foto an, mit Valentina in der Mitte und ihren Liebsten um sie herum. Es blitzte einmal, zweimal. Dann gab Tonio die Kamera zurück. »So«, begann er grinsend und reichte Nora eine Tasche mit Wechselklamotten, die er für Valentina gepackt hatte. »Und jetzt raus mit euch. Ihr vertreibt mir die ganze Kundschaft!«, stieß er aus und scheuchte sie in Richtung Ausgang.

Valentina, die Tonio nur noch hilfesuchend zuwinken konnte, wurde auf Kommando von der Gruppe verschluckt und nach draußen begleitet. Als Tante Hilde von der Toilette wiederkam, war das Großraumtaxi bereits da. Lautstark stiegen sie mit Agnes nun zu neunt in den Kleinbus und es ging gut gelaunt und mit Prosecco in der Hand los. Valentina hatte keine Idee, wo es hinging, und erst als das Taxi eine Viertelstunde später auf den Parkplatz des Hafens in Garrucha fuhr, erriet sie lautstark den ersten Teil des Planes.

»Wir machen eine Bootstour?! Wie cool ist das denn!«

Nora bedankte sich mit einem großzügigen Trinkgeld beim Taxifahrer, verabredete die Uhrzeit, zu der er sie wieder abholen sollte, und ging vor in Richtung Hafen. Sie hatte gestern kurz mit Bootseigner Silvio telefoniert, um ihm schon einmal vorab für seine Dienste zu danken und zu besprechen, wo und wann sie sich heute treffen würden. Nun ging sie suchend den zweiten Steg ab und hielt Ausschau nach einem Boot namens *Sofia María*, den Vornamen seiner beiden Ex-Frauen, wie er Nora mit dem rauchigen Lachen eines Seebären verraten hatte.

»O Gott, ich muss schon wieder auf die Toilette«, hörte Nora hinter sich und schüttelte grinsend den Kopf.

»Soll ich dir mit dem Handtuch ein Zelt bauen, Mama?«, fragte Lina kichernd.

»Ich geb dir gleich ein Zelt … Mach dich nur lustig über deine alte Mutter. Du wirst schon sehen, wo das hinführt.«

Dann schlossen die beiden sich in die Arme und gingen eng aneinandergeschmiegt weiter.

Ganz hinten links am Steg fand Nora die *Sofia María*, die Silvio bereits zum Ablegen klarzumachen schien. Der rundliche Mann in den späten Sechzigern trug weiße Shorts, ein blaues Shirt, das sich über einen runden Bauch spannte, und eine stilechte Kapitänsmütze, unter der sich lockiges graues Haar versteckte. Sein Blick war aufrichtig erfreut, als er die Frauentruppe entdeckte und sofort zu sich an Bord winkte.

»Na, das verspricht doch amüsant zu werden«, sagte er, als Nora sich vorstellte und samt einer großen Korbtasche die Jacht bestieg.

»Vielen Dank, dass wir mit dir fahren dürfen, Silvio. Wir werden uns auf jeden Fall revanchieren«, versprach Nora und schüttelte dem Kapitän die Hand.

»Nicht der Rede wert«, sagte er abwinkend und half Mutter Käthe, Tante Hilde und Schneiderin Carla galant über die Gangway, die das Boot mit dem Steg verband. »So viele junge Frauen habe ich zuletzt vor vierzig Jahren ausgefahren«, sagte er charmant und zwinkerte den Damen zu, während sich die jüngeren Mädels amüsierte Blicke zuwarfen.

»Gibt es hier eine Toilette?«, fragte Tante Hilde in gepresstem Spanisch und blickte unter Deck.

Silvio erklärte kurz, wo sich was befand, und sagte, alle sollten sich wie zu Hause fühlen, Kühlschrank, Toilette und das gesamte Deck einnehmen und einfach den Tag genießen. Er werde sich im Gegenzug daran erfreuen, endlich mal wieder jemand anderen auszufahren als bloß seinen alten Schwager Fernando, der nur meckere, dass die Sonne zu warm sei oder der Wind zu stark.

Nachdem die Mädels das Boot besiedelt und die Getränke kalt gestellt hatten, löste Silvio die Vertäuung und lenkte den top gepflegten Einmaster, mit dem man vermutlich wunderschöne Fahrten bis auf die Balearen oder weiter machen konnte, sicher aus der Parklücke.

»Nie im Leben hätte ich damit gerechnet«, sagte Valentina, setzte sich neben Nora auf die Backbordseite und ließ die Füße unter der Reling hindurchbaumeln. »Das ist doch alles auf deinem Mist gewachsen, stimmt's?«

»Möglicherweise«, sagte Nora grinsend. »Es war allerdings alles etwas … spontan.«

»Umso schöner, dass du das organisiert hast. Danke«, sagte Valentina gerührt. »Und wie cool, dass sogar Mama und Tante Hilde mitgekommen sind. Und Carla!«

Nora spürte Valentinas Arm um sich und schmiegte sich im seichten Fahrtwind an ihre Schulter. Dann griff sie an Valentina vorbei, zog eine der Einwegkameras aus einer Tasche und machte ein Bild von ihnen beiden.

»So, meine Damen, sind alle bereit für ein bisschen Stimmung?«, rief Silvio vom Steuerrad aus.

Nora sah Valentina unschuldig an. »Was auch immer jetzt kommt, es war nicht abgesprochen«, sagte sie.

Dann drückte Silvio ein paar Knöpfe seitlich des Steuerrads und laute spanische Schlagermusik ertönte aus versteckten Boxen unter den Sitzbänken.

Carla war die Erste, die lauthals mitsang. Mutter Käthe, die all die alten Lieder kannte, stimmte mit ein, und es dauerte bis kurz hinter dem Leuchtturm, als schließlich alle den Refrain mitsangen.

Marina verteilte die freakigen Sonnenbrillen mit Pinguinmotiven, angeklebten Federn oder in Sternform und sie machten während der schaukeligen Fahrt jede Menge witziger Bilder und Videos.

In der Bucht von Villaricos ankerte Silvio schließlich, trank ein Gläschen Sekt und ließ es sich nicht nehmen, anschließend mit ins türkisblaue Meer zu springen. Nora las ihrer Schwester jeden Wunsch von den Lippen ab und schaffte es, ihr einen völlig sorgenfreien und ausgelassenen Tag zu bereiten.

»Es ist einfach perfekt«, sagte Valentina irgendwann, als sie von einer Wasserschlacht keuchend auf die Badeplattform am Heck des Schiffes kletterte und neben Nora stehen blieb.

»Ich muss zugeben«, begann Nora und verzog anerkennend das Gesicht, »das finde ich auch.«

Valentina gab ihr einen feuchten Kuss auf die Wange. Ihre Haare tropften und der Bikini klebte an ihrer gebräunten Haut.

Gerade als Nora sich in wohliger Sicherheit wiegte, spürte sie plötzlich einen Stoß, verlor das Gleichgewicht und fiel kreischend ins Wasser.

Das Leben ist schön. Na ja, manchmal zumindest, dachte sie in diesem Moment. Voller Überraschungen, aber dennoch schön. Oder möglicherweise genau deswegen?

Dann hörte sie ein lautes Klatschen direkt neben sich. Valentinas Arschbombe warf eine hohe Welle, und ein Schwall salziges Wasser landete mitten in Noras Gesicht.

***

Am Nachmittag verließen sie zwar etwas widerwillig, jedoch gut gelaunt und angeschwipst das Boot, nachdem sie sich ausgiebig bei Silvio für den tollen Tag bedankt hatten. Besonders Tante Hilde hatte den charmanten Südspanier ins Herz geschlossen, der ihr allerdings augenzwinkernd gebeichtet hatte, kein besonders guter Lebenspartner zu sein – was auch immer er damit ausdrücken wollte.

Die Gruppe hatte sich bereits an Bord in die Abendgarderobe geschmissen, was nicht nur bei dem wartenden Taxifahrer, sondern bei sämtlichen Besuchern des kleinen Hafens für Aufsehen und anerkennende Blicke sorgte – erst recht, nachdem Tante Hilde wie bei einer Modenschau über den Steg stolziert war.

Fröhlich ließen sie zu neunt noch ein Gruppenfoto von dem netten Taxifahrer schießen, bevor sie plappernd einstiegen und die Tour weiterging.

Aufgrund des Outfitwechsels wusste Valentina natürlich, dass der Tag noch nicht vorüber war, doch sie hatte keinen blassen Schimmer, wohin die Reise führte. Erst als sie zurück nach Mojácar und schließlich auch daran vorbeifuhren, hatte sie eine leise Ahnung, die sich einige Minuten später bestätigte, als das Taxi in die Einfahrt zur Bodega abbog.

Nora war nach dem Tag an der frischen Luft und dem vielen Prosecco etwas erschöpft und hatte zudem ein zunehmend mulmiges Gefühl, je näher sie der Bodega kamen. Nach dem gestrigen Gespräch mit Valentina war sie emotional aufgewühlt gewesen, und zwar positiv aufgeregt über die anstehende Sherry-Probe mit Bartolomé, doch es schwang gleichzeitig eine gewisse Unsicherheit mit, die ihr Sorge bereitete. Unsicherheit über ihr Leben, über Ryan, über New York, über …

»Wir gehen essen, stimmt's?«, stieß Valentina aufgeregt aus und holte Nora damit aus ihren Gedanken. »Verdammt, hättet ihr doch was gesagt, dann hätte ich nicht so viele von den Mozzarellabällchen gegessen!«

»Glaub mir, du wirst noch froh sein, schon etwas gegessen zu haben«, sagte Marina lachend von der hinteren Sitzbank.

»O nein! Dann weiß ich, glaube ich, was wir machen! Hat es mit Wein beziehungsweise Likör zu tun?«

»So, aussteigen, Mädels«, unterbrach Nora die zutreffenden Vermutungen, schob die Seitentür des Transporters auf und stieg als Erste aus.

»Das ist ja wirklich wahnsinnig schön«, stellte Tante Hilde fest. »Und hier wird auch die Hochzeit stattfinden, ja?«

Valentina nickte strahlend.

»Wirklich sehr schön.«

Wie auf Kommando kam Bartolomé in einem strahlend weißen Leinenhemd aus der Tür des Haupthauses und sah lächelnd in die Runde. Dann nahm er die wenigen Stufen nach unten auf den Kies, um Valentina zu begrüßen. Nora hielt sich etwas im Hintergrund, spürte jedoch seinen langen, freundlichen Blick auf sich.

»Herzlich willkommen«, sagte er in die Runde. »Hat irgendjemand Lust auf einen Likörwein?«

»Meine Güte, ich liebe Likörwein!«, rief Tante Hilde begeistert und sorgte für lautes Gelächter.

»Und ich werde morgen völlig zerstört sein«, stieß Valentina vergnügt aus, und die Gruppe setzte sich in Bewegung.

»Bitte hier entlang«, sagte Bartolomé, auf eines der Nebengebäude deutend, von dem Nora wusste, dass sich dort ein alter Weinkeller befand.

Sie hatte einen Kloß im Hals, als Bartolomé die Mädels an sich vorbeiziehen ließ und neben Nora weiterlief.

»Hey«, sagte er sanft und versah Nora mit einem beiläufigen Seitenblick.

»Hey«, erwiderte sie.

»Hattet ihr einen schönen Tag? Hat mit Silvio alles geklappt?«

Bartolomés Aftershave stieg Nora in die Nase und vermischte sich mit dem Duft des Meeres, den sie fest in ihren Gedanken abgespeichert hatte. »Es war perfekt«, sagte sie. »Das Boot, das Wetter, die Stimmung … und Silvio hat sich zwischendurch als richtiger Entertainer entpuppt.«

Bartolomé lächelte. »Das freut mich.«

»Und danke noch mal«, sagte Nora leise. »Ohne dich wäre der Tag mit Sicherheit nicht so schön geworden.«

»Und dabei war ich nicht einmal dabei«, erwiderte er und brachte Nora damit zum Schmunzeln. Es fiel ihr schwer, Bartolomé einzuschätzen, was sie gleichermaßen beängstigend wie aufregend fand.

»Müssen wir hier runter?«, rief Filia auf eine offen stehende Holztür deutend, hinter der eine Treppe lag.

Bartolomé nickte. »Moment, ich komme.«

Sein Arm streifte Noras und hinterließ ein angenehmes Prickeln auf ihrer Haut.

»Ich schaue kurz nach vorne«, sagte er, beschleunigte seinen Schritt und verschwand als Erstes hinter der Tür zum Weinkeller.

Die anderen folgten ihm, bis schließlich auch Nora nach unten in das historisch anmutende Kellergewölbe ging, das urig und geheimnisvoll wirkte. Teile des Gewölbes, in dem alte Flaschen und Fässer lagerten, waren liebevoll restauriert und warm beleuchtet worden. So auch der große Raum, in dessen Mitte sich eine Art lange Bar oder Theke befand. Die umliegenden Wände waren vollständig mit deckenhohen Weinregalen bestückt.

Ein Raunen ging durch die Gruppe.

»Also, ihr könnt mich dann morgen hier abholen«, scherzte Tante Hilde und machte es sich auf einem der Barhocker gemütlich. »Huch, da ist ja noch jemand.«

Ein bärtiger Mann in den Vierzigern erschien hinter der Theke, in der Hand ein Glas, das er mit gekonnten Handbewegungen polierte und auf dem Tresen abstellte. Er war gut gebaut, trug ein weißes Hemd mit darüberliegender enger Weste, und die kurzen grau melierten Haare betonten seinen gebräunten Teint.

»Das ist Marcos«, erklärte Bartolomé. »Er ist unser Sommelier und wird euch heute durch die Welt der Likörweine und Sherrys führen.«

»Hey«, sagte er lässig und zwinkerte Lina charmant zu, die ihn mit offen stehendem Mund anhimmelte und sich sofort einen Platz in seiner Nähe sicherte.

Nora sah hingegen leicht enttäuscht zu Bartolomé hinüber. Irgendwie hatte sie damit gerechnet, er würde die Verkostung selbst durchführen.

»Alles klar, Spatz?«, fragte Mutter Käthe, der Noras Blicke nicht entgangen waren.

»Ja, alles gut«, sagte sie wie aus der Pistole geschossen. »Ich bin nur … schon etwas erschöpft.« Was auch der Wahrheit entsprach. Schließlich war ein Tag an der frischen Seeluft plus die ganze Aufregung drum herum nicht unanstrengend gewesen, wenn auch in einem sehr positiven Sinne.

»Ich dachte schon, er sei der Stripper, den Nora bestellt hat«, sagte die immer offener werdende Agnes auf Marcos deutend und erntete dafür lautes Gelächter.

Der attraktive Sommelier konnte mit solchen Sprüchen bestens umgehen und antwortete mit erneutem Augenzwinkern, der Abend sei noch lang und seine Schicht um zwanzig Uhr vorbei.

»So, Señoritas«, meldete sich Bartolomé zwischen dem aufkommenden Gelächter zu Wort. »Dann lasse ich euch mal mit Marcos allein. Ich hoffe, ich bekomme ihn lebend wieder. Viel Spaß und bis nachher«, sagte Bartolomé amüsiert, allerdings mit der nötigen Professionalität. Dann suchte er noch einmal Noras Augen und wandte sich einige Sekunden später zum Gehen.

Nora ließ sich schnaufend auf einen der Barhocker neben Lina sinken und sah in die Runde. Die Verkostung entpuppte sich jetzt schon als ein Erfolg und wenn Nora ehrlich war, war Marcos eine willkommene Ergänzung zum Junggesellenabschiedsprogramm. Nach einem kurzen und amüsanten Kennenlernen führte er die Mädels an die Welt der Sherrys heran, verband Historisches mit charmanten Anekdoten und wusste alles über den spanischen Likörwein, was man nur wissen konnte. Zwölf Sorten hatte er zur Verkostung ausgewählt, die er auf Nachfrage reichlich nachschenkte, und zeigte sich des heutigen Anlasses durchaus bewusst. Nora konnte sich nicht vorstellen, dass er das normale Publikum ebenso unterhaltsam abfüllte wie die plappernden und gestikulierenden Damen des heutigen Abends.

Lediglich zwei Stunden sollte die Verkostung dauern, doch als die Zeit schon längst vorüber war, saßen sie immer noch in dem gemütlichen Weinkeller, erzählten sich alte Geschichten von Valentina, durchlöcherten sie mit Fragen zu ihrer Zukunftsplanung mit Tonio und stießen immer wieder feuchtfröhlich auf sie an.

Nora fühlte sich schon mehr als angeschwipst, als Marina auf die Idee kam, draußen eine Zigarette zu rauchen, was sie so gut wie nie tat. Lediglich zu manchen Anlässen und bei einem bestimmten Alkoholpegel verfiel sie dem alten Laster und machte mal eine Ausnahme, wie sie sagte. Nora nutzte die Gelegenheit, um ein wenig frische Luft zu schnappen. Leicht schwankend kamen sie oben auf dem Hof an, als Marina einfiel, dass sie doch noch schnell auf die Toilette musste.

»Ich bin gleich wieder da«, versprach sie und machte auf der Stelle kehrt.

Nora lehnte sich gegen die angenehm warme Steinwand und holte einige Male tief Luft. Als Marina zwei Minuten später immer noch nicht wieder auftauchte, stieß sich Nora von der Wand ab und ging ein paar Schritte. Sie war immer sicherer, dass der Abend nach der Verkostung, maximal jedoch nach dem Abendessen beendet sein würde und sie nicht mehr wie geplant in einen Club an der Playa de Mojácar weiterzogen. Zu erschöpft und angetrunken waren die Mädels bereits.

Zwischen den Gebäuden entdeckte Nora einen kleinen Pfad, über den sich verträumt einige Weinranken zogen und die beiden Bauwerke miteinander verbanden. Sie lugte erst vorsichtig hinein und sah zurück zum Eingang des Weinkellers. Marina war noch nicht wieder aufgetaucht, also betrat Nora den kleinen Pfad und ging bis ans Ende der Gebäude. Dahinter erstreckte sich ein im Dunkel liegendes Tal aus Hunderten, vielleicht Tausenden Weinstöcken, die in parallel verlaufenden Reihen wuchsen. Gebannt von dem spektakulären Anblick, blieb Nora am Rande des Hanges stehen und ließ den Blick in die Ferne schweifen. Dann hob sie den Kopf und sah unzählige Sterne am klaren Abendhimmel leuchten. Hier oben in den

Bergen schienen sie noch stärker zu strahlen als ohnehin schon in der dünn besiedelten Gegend von Mojácar.

Nora hörte dumpfe Schritte hinter sich, rührte sich jedoch nicht. »Vielleicht rauche ich heute auch mal eine mit«, sagte sie zu ihrer eigenen Überraschung. Doch irgendwie war ihr heute danach.

»Das würde ich mir noch mal überlegen«, sagte eine vertraute, tiefe Männerstimme.

Nora schreckte auf und drehte sich ruckartig um. »O Gott, ich hatte gedacht …«, begann sie und legte ihre Hand auf die Brust, »du wärst jemand anderes. Ich habe mich zu Tode erschreckt.«

Bartolomé sah Nora mit funkelnden Augen an. Seine markanten Gesichtszüge wurden vom Mondlicht nachgezeichnet. »Das tut mir leid. Das war ganz bestimmt nicht meine Absicht.«

Noras Herz beruhigte sich nur zögerlich. Je mehr sie versuchte, ihren Puls zu senken, desto schneller wurde er. Obwohl sie den Blick von ihm abgewandt hatte und wieder nach oben zu den Sternen sah, spürte sie sein sanftes Lächeln.

»Also eigentlich rauche ich überhaupt nicht«, erklärte sie hastig. Irgendwie kam es ihr vor, als müsste sie das richtigstellen.

Bartolomé blieb ruhig neben ihr stehen und ließ sich Zeit mit seiner Reaktion. »Warum dann heute?«

Nora leckte sich nachdenklich die Lippen. Sie wusste keine wirkliche Antwort und hob bloß die Schultern. Weitere Sekunden verstrichen, in denen eine nicht zu deutende Anspannung ihren Körper durchzog.

»Der Blumenkranz steht dir übrigens sehr gut. Du solltest ihn öfter tragen.«

Nora sah Bartolomé an und tastete dann schmunzelnd auf ihrem Kopf herum. Sie hatte ganz vergessen, dass Valentina ihr den Kranz aufgesetzt hatte.

»Danke«, sagte sie gleichzeitig herausfordernd und verspielt. »Vielleicht mache ich das.« Bevor sie von Bartolomés Blick gefangen wurde, sah sie schnell wieder hoch in den Himmel. »Ich war davon ausgegangen, dass du mit uns die Verkostung machst«, hörte sie sich auf einmal sagen und schluckte vor Aufregung, was bei hochgerecktem Kopf umständlich und beinahe schmerzhaft war.

»Oh«, machte Bartolomé hörbar überrascht.

Sie konnte ihn in der Position nicht sehen, doch sie spürte, dass er sie lange ansah. Was tat sie hier bloß? Was sollte das? Worauf wollte sie hinaus? Der Likör vernebelte ihre Gedanken und hüllte sie in einen Teppich aus dröhnenden Herzschlägen. Wenn Bartolomé jetzt ihre Hand berühren würde, dachte sie, dann würde die Berührung Tausende Blitze auf ihrer Haut hinterlassen. Noras ganzer Körper war angespannt, beinahe verkrampft. Sie biss sich auf die Unterlippe, hatte Angst vor der Berührung und sehnte sich zugleich danach.

Dann nahm sie all ihren Mut zusammen, senkte den Kopf und drehte ihn zu Bartolomé.

Die Nacht war vollkommen still. Sie hörte bloß ihren Herzschlag und seinen sanften Atem. Bildete sie sich das ein oder kam sein Oberkörper ihr langsam näher? Unbewusst schloss Nora die Augen.

Einige Momente verstrichen, in denen Noras Herz zu explodieren drohte.

»Ach, hier bist du!«, sagte Marina, und Nora zuckte zum zweiten Mal an diesem Abend heftig zusammen. »Und du hast Besuch.«

»Ich wollte … sowieso gerade gehen«, sagte Bartolomé ruhig, schenkte Nora noch ein Lächeln und verschwand dann in der Dunkelheit.

Marina lachte und nestelte schwankend eine Zigarette aus einer frischen Packung. »Du auch?«, fragte sie schließlich und hielt Nora die Schachtel hin.

Nora schüttelte abwesend den Kopf.

»Ich glaube, Valentina ist durch«, sagte Marina, verlor den Kampf gegen einen Schluckauf und kicherte. »Und deine Tante auch. Wollen wir das Essen nicht absagen und uns stattdessen eine schnelle Pizza im Ort holen?«

»Ach so? Wirklich?« Nora versuchte, ihre Enttäuschung nicht zu deutlich zu zeigen.

»Ja, macht vielleicht Sinn«, sagte Marina, zündete sich die Zigarette an und inhalierte den ersten Zug. Mit einem leichten Husten ließ sie den Rauch in die dunkle Nacht entweichen. »Dann sagen wir gleich Marcos Bescheid, lassen uns ein Taxi kommen und machen die Biege, bevor deine Tante noch das Sherry-Lager plündert.«

Nora war abgelenkt von ihrem eigenen Gedankenkarussell. Sie dachte an die Situation gerade eben, die plötzliche Anziehung, die sie gespürt hatte, und malte sich aus, wie Bartolomé mit der Situation umgegangen wäre, hätte Marina sie nicht aufgelöst. Ihre Gedanken schweiften ab, so weit, bis sie plötzlich ein Bild von Ryan vor Augen hatte. Ihr wurde heiß und kalt. Mit einem Mal war ihr schwindelig und das eben noch aufgeregte Gefühl im Bauch wich einer angespannten Übelkeit. »Okay«, sagte sie schließlich, als sie sich eingestand, dass es vermutlich in jeder Hinsicht die klügere Entscheidung war, zu gehen. »So machen wir es.«

KAPITEL 17

Vorsichtig tastete Nora an ihrem Gesicht herum, fand die Schlafmaske und schob sie nach oben. Dann atmete sie hörbar aus und rieb sich die Augen. Wieder einmal wachte sie ausgelaugt und unentspannt in ihrem alten Zuhause auf und kam sich langsam vor wie bei »Und täglich grüßt das Murmeltier«.

Bei dem Gedanken an den letzten Abend schob sie sich die Maske wieder vor die Augen und rollte sich schnaufend zur Seite. Sie hatte selbst nicht besonders viel Sekt getrunken, nur an den Verkostungsgläsern genippt und konnte sich klar und deutlich an alles erinnern. Folglich wusste sie nicht, ob es der Alkohol oder die Situation mit Bartolomé war, die den leichten Schmerz in ihren Schläfen verursachte.

Nora blieb regungslos im Bett liegen. »Valentina?«, flüsterte sie irgendwann und streckte den Kopf aus der unteren Etage des Stockbetts. Sie war mit Valentina gemeinsam mit dem Taxi nach Hause gefahren und Nora hatte ihrer Schwester sogar dabei geholfen, in die obere Etage des Bettes zu krabbeln. Jetzt allerdings herrschte absolute Stille und Valentina war vermutlich bereits wieder nüchtern und auf den Beinen, wenn nicht sogar schon bei der Arbeit. Wie machte sie das bloß? Und das einen Tag vor ihrer Hochzeit. Bei dem Gedanken fiel Nora ein, dass sie noch eine kleine Rede vorbereiten wollte. Ein paar witzige und charmante Worte über sie beide als Schwestern, über Valentinas Werdegang und ihre beziehungstechnischen Fehltritte, bevor sie Tonio nach all den Jahren wiedergesehen und sich sofort verliebt hatte. Natürlich durfte dabei auch nicht die Geschichte fehlen, in der Tonio ihr in der Grundschule vor der gesamten Klasse ein cremiges Miguelito ins Gesicht geklatscht hatte. Grinsend dachte Nora an die Geschichte zurück und wollte sich gerade noch einmal zur Seite drehen, als sie etwas aus dem Erdgeschoss vernahm. Die Haustür öffnete sich quietschend und ein wildes Durcheinander nahm Einzug.

»Na toll ...«, brummte Nora. Jetzt war es vorbei mit der Ruhe. Vermutlich waren Tante Hilde und Lina auch schon auf den Beinen und kamen zum Überraschungskaterfrühstück. Diese Familie kannte wirklich keinen Ruhetag.

Nora schloss die Augen und war kurz davor, sich ihr Kopfkissen auf die Ohren zu drücken, als sie zwischen dem Geplapper ihrer Mutter eine Männerstimme vernahm. Voll konzentriert runzelte sie die Stirn und bemühte sich, alles andere aus ihren Gehörgängen herauszufiltern. Es dauerte einen Moment, bis Nora die Erkenntnis wie ein kalter Eimer Wasser mitten ins Gesicht traf.

»Verdammt!«, stieß sie aus, richtete sich blitzartig auf und knallte mit einem dumpfen Schlag mit dem Kopf gegen den oberen Lattenrost. Ein beißender Schmerz zog sich durch Noras Körper. Wild herumfuchtelnd riss sie sich die Schlafmaske vom Kopf, warf sie blinzelnd zur Seite und rieb sich unter schmerzverzerrtem Zischen über die Stirn. »Verdammt!«, wiederholte sie, bevor sie die Beine aus dem Bett schwang und sich aufrichtete.

Ein leichter Schwindel setzte ein und Nora erhob sich langsam.

Das Geplapper hatte die Treppe erreicht. Schritte kamen immer näher.

»Das kann doch nicht wahr sein«, stieß Nora kopfschüttelnd aus. Hektisch sah sie sich im Zimmer um. Dann begann sie, die abgestreiften und herumfliegenden Klamotten einzusammeln, und warf sie als Knäuel unter den Schreibtisch. Anschließend riss sie den Kleiderschrank auf, zog das erstbeste Shirt heraus und streifte es sich über. Gerade wollte sie sich noch eine Jeans schnappen, als die Schritte kurz vor der Zimmertür endeten.

Hastig stieg sie in die Hose.

Dann klopfte es an der Tür.

»Nora?«, fragte Käthe sanft. »Bist du wach?« Im nächsten Moment öffnete sich auch schon die Tür einen Spalt und sie streckte den Kopf herein.

»Hi, Mama«, antwortete Nora matt und biss sich schmerzhaft auf die Unterlippe.

»Guten Morgen«, sagte Käthe mit einem irritierten Lächeln auf den Lippen. »Du hast …«

Bevor Noras Mutter zu Ende sprechen konnte, öffnete sich die Tür komplett.

»Hi, Darling«, sagte Ryan mit einem amüsierten Grinsen im leicht gebräunten Gesicht, als er merkte, wie Nora mit den Knöpfen der Hose kämpfte. Er breitete die Arme aus, als wollte er sich selbst präsentieren. »Überraschung.«

Nora schluckte schwer, sah auf und rang sich ein Lächeln ab. Wie immer nahm Ryan den gesamten Raum ein, während für sie nur ein kleiner Platz nah beim Schrank vorgesehen war.

Sein taubenblauer Anzug mit Einstecktuch, passend zum weißen Hemd, saß perfekt, die Haare waren akkurat zur Seite gekämmt, und seine braunen Schuhe schimmerten, als wären sie erst am Flughafen poliert worden.

»Ryan …«, brachte Nora gerade noch heraus, bevor sie sich räusperte und endlich den obersten Knopf der Hose schloss. Dann blickte sie an ihm vorbei und entdeckte neben Käthe auch Vater Pedro und Valentina in dem kleinen Flur. Nora heftete sich Hilfe suchend an Valentinas Blick, doch ihre Schwester hob bloß bestätigend den Daumen und zwinkerte, so als wollte sie Ryans Erscheinungsbild absegnen.

Ryan betrat das Zimmer und kam langsam auf Nora zu. Sie wand sich unter seinem Blick und drehte schließlich den Kopf zur Seite, als er sie küssen wollte.

»Ich …«, stammelte sie mit stockendem Atem. »Ich bin gerade erst …«

»Okay«, erwiderte er lang gezogen und strich ihr stattdessen mit der Hand über die Wange. Anschließend sah er sich in dem Zimmer um. »Hier bist du also aufgewachsen«, murmelte er interessiert und drückte auf den Deckel eines alten CD-Players, als wäre es ein Gegenstand aus einer anderen Welt. Das CD-Fach öffnete sich schnappend und spuckte eine alte CD aus. Ryan hob die Augenbrauen und drückte den Deckel wieder nach unten. »Erstaunlich …«

Ein Räuspern ertönte von der Tür. »Wir lassen euch mal einen Moment allein«, sagte Valentina, nickte Nora aufmunternd zu und schob ihre Eltern zur Seite, bevor sie die Tür von außen schloss.

Nora stand reglos da und wartete, bis die Schritte auf der Treppe verebbten. Ihre Gedanken waren wie vernebelt. Sie fühlte sich überfahren und verunsichert.

»Ryan … Wieso …«, stammelte sie und schluckte.

»Das Projekt ist durch«, sagte er beiläufig, während er den Inhalt des Regals neben dem Schreibtisch sondierte. »Kellerman ist zufrieden, alle sind zufrieden, und ich habe direkt aus Miami den ersten Flieger nach Madrid genommen.«

Noras Zunge lag wie Blei in ihrer Mundhöhle. Einerseits sollte sie sich natürlich freuen, dass Ryan hier war, und das tat sie auch, aber andererseits … Sie fühlte sich überrumpelt.

»Du warst also ein Boygroup-Fan«, stellte Ryan amüsiert fest, als er die ganzen Poster an der Wand betrachtete. »Das wusste ich gar nicht.«

Nora ging zwei Schritte zur Seite, lehnte sich gegen die Schreibtischplatte und nickte.

»Überhaupt fällt mir auf, dass ich ziemlich wenig über deine Kindheit und Jugend weiß«, sagte Ryan sachlich. »Das sollten wir ändern.«

»Das … ja, das machen wir«, entgegnete Nora nachdenklich. Die Luft im Raum kam ihr plötzlich stickig vor und sie öffnete weit das Fenster hinter dem Schreibtisch. Dabei fiel ihr auf, wie seltsam es war, wieder Englisch zu reden. Als sie sich zurückdrehte, stand Ryan plötzlich dicht vor ihr und musterte Noras Gesichtszüge.

Ihr Puls beschleunigte sich, während er über ihre Schultern strich.

»Deine Familie ist witzig«, sagte Ryan beiläufig. »Du hättest ihre Gesichter sehen sollen, als ich in der Gärtnerei stand und gesagt habe, wer ich bin.«

»Ja«, sagte Nora und strich über Ryans Unterarme, die trotz der Temperaturen von weichem Anzugstoff umhüllt waren. »Sie hatten sich das Kennenlernen wohl alle etwas … anders vorgestellt.«

Ryan lachte und ließ sich nach hinten in den Schreibtischstuhl sinken. »Ja, es machte ganz den Eindruck. Aber sie scheinen nett zu sein.« Er rollte mit dem Schreibtischstuhl nach vorne und legte seine Hände auf Noras Hüften. Vorsichtig tastete er sich unter ihr Shirt und strich über ihren nackten Bauch.

Nora hielt für einen Moment die Luft an. Als plötzlich ihr Handy auf dem Schreibtisch vibrierte, erschrak sie. Das Display leuchtete unter der alten Schreibtischlampe. Während Ryan seine Hände wieder auf Noras Hüften hatte zurückgleiten lassen, drehte sie das Handy in Sichtweite und warf einen flüchtigen Blick darauf.

Als sie Bartolomés Namen erkannte, drehte sie das Gerät reflexartig herum und legte es mit dem Display nach unten wieder ab. Dann entzog sie sich Ryans Berührung, stand auf und ging auf den Kleiderschrank zu.

Sie spürte Ryans irritierten Blick auf sich, während sie hektisch in der Sockenschublade herumwühlte und ein viel zu dickes Paar herauszog.

»Sag mal, du freust dich schon, dass ich hier bin, oder?«

Nora hielt den Atem an. Langsam blickte sie über die Schulter und versuchte sich in einem zaghaften Lächeln. »Ja, natürlich«, antwortete sie schließlich. »Ich bin nur …« Gedanken ratterten in ihrem Kopf. »Ich bin einfach nur etwas überfordert gerade. Lass mich erst mal wach werden und einen Kaffee trinken.«

Ryan nickte. »Weißt du was?«, fragte er und wiegte sich langsam im Bürostuhl hin und her.

»Hm?«, machte sie und wandte sich wieder der Sockenschublade zu. Ihr schlechtes Gewissen schien sie in diesem Moment förmlich aufzufressen. Dabei war doch gar nichts passiert, versuchte sie sich einzureden. Sie musste lediglich erst einmal wach werden und begreifen, dass Ryan tatsächlich hier war. Hier bei ihr. Ihretwegen.

»Ich finde, du solltest mir heute mal das Dorf zeigen, wo du zur Schule gegangen bist und all so was. Was meinst du?«

Noras Anspannung löste sich etwas. »Ich … Ja … das … das kann ich machen.«

Ryan drückte sich auf die Beine, gab Nora einen Kuss auf die Stirn und ging zur Tür. »Mach dich in Ruhe fertig. Ich warte unten, okay?«

Nora nickte erleichtert.

»Ach …«, sagte Ryan grinsend, bevor er in den Flur trat. »Das mit den Socken würde ich mir noch mal überlegen. Ich denke, die sind eher für den Winter geeignet.«

Nora betastete die Wollsocken in ihrer Hand. Als sie wieder aufblickte, war Ryan verschwunden. Sie legte den Kopf in den Nacken und rollte mit den Augen. Dann warf sie das Paar Socken mit voller Wucht auf das Bett und schüttelte den Kopf.

So hatte sie sich den Tag vor Valentinas Hochzeit sicher nicht vorgestellt. So hatte sie sich *das alles* nicht vorgestellt. War das alles bloß ein Traum? Ein schlechter Witz?

Nach diesen Gedanken war Noras erster Impuls, zum Schreibtisch zu stürzen und nach dem Handy zu greifen. Bereits beim Öffnen von Bartolomés Nachricht beschleunigte sich ihr Puls deutlich. Das Wummern in ihrer Brust wurde mit jedem Wort stärker, bis Nora schließlich das Telefon seufzend in ihren Schoß sinken ließ. »Was habe ich nur angerichtet …«, flüsterte sie kopfschüttelnd und blieb eine Weile reglos sitzen, bis sie die Nachricht schließlich noch einmal las.

Hey Nora, na, seid ihr gut nach Hause gekommen? Wegen gestern: Ich dachte, möglicherweise hast du am Nachmittag Lust auf einen kleinen Spaziergang? Aber wirklich nur, wenn es dir passt. Vielleicht bis nachher, Bartolomé

KAPITEL 18

»Es ist wirklich gut, dass du es noch geschafft hast, Ryan«, sagte Pedro in holprigem Englisch, während er auf eines der Gewächshäuser zulief. Er hatte nie wirklich Englisch gelernt und tat sich auch mit der deutschen Sprache schwer, die Käthe ihm oftmals versucht hatte beizubringen. Verstehen konnte er einiges, doch selbst wenn er auf Deutsch hätte antworten können, blieb er lieber beim Spanisch.

Nora trottete der Gruppe hinterher, denn auch Käthe und Valentina hatten es sich nicht nehmen lassen, sich der Besichtigungstour mit Ryan durch die Gärtnerei anzuschließen. Immer wieder machte Valentina eine Art fassungslose stumme Geste zu Nora, die offenbar aussagen sollte, was für eine tolle und ungewöhnliche Erscheinung Ryan in dieser Umgebung war. Mit seinem gepflegten Business-Outfit würde er in Nullkommanichts zum Ortsgespräch werden.

»Danke, Pedro«, sagte Ryan galant. »Ich bin wirklich froh, hier zu sein. Nora hat mir schon so viel von ihrer Heimat erzählt, doch es live zu erleben, ist absolut fantastisch.«

Käthe kicherte zufrieden und wechselte angetane Blicke mit Noras Vater. Dann wandte sie sich lächelnd zu Nora und legte aufgeregt die Stirn in Falten. »Ryan hat uns schon erzählt, wie traurig er gewesen ist, nicht zur Hochzeit kommen zu können«, sagte sie und nickte zur Bestätigung.

»Hm, hm«, machte Nora und folgte darüber hinaus stumm der Gärtnereiführung. Blumen hatte er auch noch mitgebracht, einen riesigen Strauß. Wo er ihn zu der Uhrzeit auf dem Weg hierher wohl aufgetrieben hatte? Nora war viel zu erschöpft, um darüber nachzudenken. Überhaupt war ihr das alles gerade zu viel. Sie wollte bloß etwas Kleines frühstücken, einen starken Kaffee trinken und Valentina bei den letzten Hochzeitsvorbereitungen helfen. Denn morgen war der große Tag und Nora fühlte sich ohnehin schon etwas verquer, da sie so wenig zu der ganzen Organisation hatte beitragen können. Und nun stand Ryan plötzlich hier und schaffte es, dass sich alles um ihn drehte. Mit einem Kloß im Hals tastete Nora nach ihrem Handy in der Hosentasche. Immerhin hatte sie vorhin auf der Toilette eine kurze Antwort an Bartolomé verschickt, dass sie keine Zeit habe und sie sich morgen sehen würden. Etwas Besseres war ihr dazu nicht eingefallen, auch wenn ihr jetzt bereits mulmig bei dem Gedanken wurde, ihm morgen mit Ryan an ihrer Seite gegenüberzustehen. Die ganze Situation war aus dem Ruder gelaufen und mehr als unangenehm. Darüber hinaus wusste Nora nicht, was überhaupt in sie gefahren war, es so weit kommen zu lassen.

»Das ist eine wirklich sensationelle Gärtnerei. Dieses Grundstück, die Gewächshäuser ...«, sagte Ryan, der vorne neben Pedro lief und sich immer wieder charmant an Käthe richtete. »Und die Kräutermischungen sind unglaublich!«, fügte er begeistert hinzu. »In New York würde man sie uns förmlich aus der Hand reißen. Ich sehe einen riesigen Markt dafür. Und das sage ich nicht bloß, weil ich der Mann an Noras Seite bin.« Er drehte sich augenzwinkernd zu Nora um, der bei der Formulierung heiß und kalt wurde.

Auch Noras Eltern wandten sich Nora zu und grinsten sie mit rosigen Wangen an. Ryan hatte sie voll um den Finger gewickelt, das konnte Nora bereits absehen. Und Valentina hatte ebenfalls diesen Blick an sich, der sagte: »Was für einen Traummann hast du dir denn da angelacht?! Halte ihn unbedingt fest.«

Nora kannte diese Wirkung von Ryan auf andere Menschen. Mitunter war er deswegen so erfolgreich in seinem Job. Und außerdem war es diese Ausstrahlung gewesen, in die sich Nora vor einem Jahr verliebt hatte.

Nachdem sich Ryan geduldig die neue Bewässerungsanlage und das neue kleine Labor für die Bodenanalysen angesehen und alles in höchsten Tönen gelobt hatte, endete der Rundgang wieder auf dem Parkplatz vor der Gärtnerei.

»Ryan, ich finde es übrigens auch wirklich toll, dass du noch kommen konntest«, sagte Valentina strahlend. »Meine Schwester kann sich sehr glücklich schätzen.«

Nora schluckte. Ja, so sollte es sein. Aber das wollte sie immer noch gern selbst entscheiden. Immerhin hatte Ryan sie einen Tag vor der Abreise sitzen gelassen und wieder einmal seinen Job über ihre Beziehung gestellt. »Danke, Valentina.«

Sie nickte. »Aber jetzt muss ich euch leider allein lassen. Ich muss noch Kleinigkeiten für die Hochzeit erledigen, und dann wollten Tonio und ich noch bei ein paar anreisenden Gästen Hallo sagen.«

Nora zögerte nicht lange. »Kann ich dir nicht etwas abnehmen, Valentina?«, fragte sie sofort. »Ich meine ... es ist der Tag vor deiner Hochzeit.«

»Ja«, stimmte Ryan zu. »Was können wir tun? Du solltest dich entspannen und für morgen bereit machen. Ich bin auch schon ganz gespannt auf die Hochzeitslocation. Es ist sicher traumhaft.«

Ein Kloß bildete sich in Noras Hals.

»Das ist lieb, ihr zwei«, erwiderte Valentina strahlend. »Aber das ist wirklich nicht nötig. Tonio hat schon einige Sachen erledigt, und der Rest ist ebenfalls im Nu gemacht.«

»Aber sollte es nicht so sein, gibst du uns auf jeden Fall Bescheid, okay?«, ermahnte Ryan sie mit schiefgelegtem Kopf.

Valentina grinste. »Das mache ich, Ryan. Aber so habt ihr beide auch noch einen Tag Erholung, bevor es morgen losgeht.«

»Ich …«, begann Nora, wurde jedoch von ihrer Schwester unterbrochen.

»Wirklich, Nora. Es ist alles total in Ordnung. Und wir beide treffen uns morgen früh auf der Bodega und machen uns gemeinsam fertig, ja?«

Nora atmete tief durch, als sie ihre Schwester umarmte und ihr einen Kuss auf die Wange gab. Irgendwie hatte sich Nora den Tag vor Valentinas Hochzeit anders vorgestellt. Sie hatte gedacht, sie hätten noch etwas Zeit für sich, würden ein paar Vorbereitungen treffen, über alte Liebschaften sprechen und darüber, was sich wohl durch die bevorstehende Ehe verändern würde. Bei ihrem gemeinsamen Picknickausflug war all das viel zu kurz gekommen, und Valentina hatte das Gespräch viel zu schnell auf Noras Gefühlswelt gerichtet.

Und nun kam wieder mal alles anders. Plötzlich wurde Nora überraschend sentimental und musste sich sogar ein Tränchen verdrücken, als sie ihre Schwester freigab und zum Auto begleitete. »Dann sehen wir uns morgen, Schwesterherz«, sagte sie und öffnete Valentina die Fahrertür.

»Morgen wird geheiratet«, sagte Valentina, als sie einstieg, den Motor startete und die Fensterscheiben herunterließ. »Unglaublich, oder?«

Nora nickte sanft lächelnd. »Unglaublich.«

»So, und jetzt düse ich los. Bis morgen, Familie«, rief Valentina noch einmal aus dem Auto, während sie zurücksetzte und kurz darauf das Gelände verließ.

Nora sah ihr noch einen Moment wehmütig hinterher. Dann spürte sie Ryans Arm an ihrer Taille und schmiegte sich gedankenverloren an seine Brust.

»So«, sagte er und hauchte ihr einen Kuss auf den Scheitel. »Ich denke, meine Freundin braucht jetzt erst mal einen Kaffee, stimmt's?«

Nora musste unwillkürlich schmunzeln. »O ja. Einen großen.«

»Gehen wir im Ort etwas frühstücken und du zeigst mir, was *Mojácar City* alles zu bieten hat?« Er zog die Worte lang, machte große Augen und knabberte Nora anschließend am Hals, was ein sanftes Prickeln auf ihrer Haut hinterließ.

Sie wand sich unter seinen Berührungen, drehte sich und gab ihm einen Kuss. Es war der erste Kuss seit seiner Ankunft und trotz einer gewissen Zurückhaltung, bei der sich Nora ertappte, fühlte sich Ryans Nähe gut an.

»Ich denke, wir lassen euch dann auch mal ein wenig Freiraum«, sagte Käthe, die mit Pedro immer noch am Eingang stand.

»Es tut mir leid«, sagte Ryan lächelnd. »Wir wollten nicht den Eindruck machen …«

»Wir wollen gleich runter in den Ort fahren und eine Kleinigkeit frühstücken. Ist das okay oder können wir euch etwas helfen?«, fragte Nora, obwohl sie bereits wusste, wie die Antwort ihrer Mutter ausfallen würde.

»Nein, macht ruhig. Wir haben euch ja noch ein paar Tage«, entgegnete Käthe gut gelaunt, bevor sie auch schon mit Pedro in der Gärtnerei verschwand.

Ryan nickte Nora zuversichtlich zu. »Okay, vamos«, sagte er mit einem übertriebenen Grinsen.

Nora lachte kurz auf. »Sag bloß, du lernst jetzt doch noch Spanisch«, kicherte sie.

»Wer weiß. Aber falls ich zukünftig öfter mal in Miami sein sollte, kann ich es vielleicht gebrauchen.«

Nora sah ihn fragend an, doch er winkte direkt ab. »Ach, das war nur so eine Spinnerei von Kellerman«, sagte er und deutete auf den alten Lieferwagen ihrer Eltern. »Ist das unser Gefährt für den heutigen Tag?«

Nora sah gedankenverloren zu dem Wagen und nickte.

»Perfekt«, sagte Ryan amüsiert. »Wir werden den Ort also mit Stil erkunden. Können wir los?«

***

»Und hier bist du also als kleines Mädchen um die Häuser gestreift, hast Klingelstreiche gespielt und davon geträumt, Galeristin in New York zu werden?«, fragte Ryan, der sich sein Jackett mittlerweile über die Schulter geworfen hatte und mit einem Finger an der Schlaufe hielt.

Während ihrer Erkundungstour durch den Ort war er von allen Ortsbewohnern betrachtet worden wie ein Hollywoodstar und Nora hatte jedem erklären müssen, dass er weder bekannt noch aus Hollywood war, sondern ihr Freund aus New York. Doch obwohl Ryan die Aufmerksamkeit spürbar genoss, war es auch ihm irgendwann in der Mittagssonne zu warm geworden.

Nora hatte ihn auf einen Kaffee und einen Toast mit in Hugos Bar genommen, wo Marina ihn ausgiebig gemustert und mit ihren anerkennenden Blicken für tauglich befunden hatte. Anschließend waren sie an Noras Lieblingsstellen spaziert: zum Castillo, von dem man einen beinahe endlosen Blick über die Landschaft hatte, zur Bibliothek, in der Nora sich damals in ferne Großstädte geträumt hatte, und zum in der Altstadt gelegenen Marktplatz, an dem jedes Jahr das Melonenfest stattfand.

Ryan hatte ihr anfangs nicht geglaubt, dass Noras Vater Jahr für Jahr an dem Wettbewerb teilnahm, um eines Tages die schwerste Melone der Gegend auf die Waage zu bringen und damit Melonenkönig zu werden. Doch im Rathaus hatte Nora ihm den Beweis anhand einer Medaillensammlung und einer Fotostrecke gezeigt, die er sich ausgiebig und äußerst erstaunt angesehen hatte.

»So ungefähr muss es wohl gewesen sein mit dem kleinen Mädchen und dem Traum von einer Galerie, meine ich«, antwortete Nora gedankenverloren. »Wobei es auch mal eine Zeit gegeben hat, in der ich gern Tierärztin geworden wäre.«

Ryan grinste, nahm ihre Hand und spazierte weiter entlang der kleinen verkehrsberuhigten Gassen, die sich an diesem Mittag nahezu menschenleer zeigten.

Anfangs war es Nora noch seltsam vorgekommen, Ryan hier in ihrem Heimatdorf zu haben, mit ihm gemeinsam Menschen zu begegnen, die Nora ihr ganzes Leben lang kannte, und ihn als ihren amerikanischen Freund vorzustellen. Sie hatte sich im Vorfeld keine Gedanken darum gemacht, doch die ganze Situation war für sie überraschend intim. Sie offenbarte damit eine Seite an sich, die er noch nicht kannte und die doch so prägend für ihr Leben gewesen war. Eine Seite, die Nora an Ryan durch einen Besuch bei seinen Eltern bereits hatte kennenlernen dürfen. Zwei nette und bodenständige Menschen, die nichts mit dem Lifestyle gemein hatten, den ihr Sohn in New York lebte. Es war Nora ein wenig vorgekommen wie hier bei ihrer eigenen Familie, und das hatte ihr zu dem Zeitpunkt eine merkwürdige Sicherheit gegeben, dass er der Richtige für sie sein könnte. Eine Sicherheit, die Ryan seinerseits nicht gehabt hatte und die vermutlich ein Grund für sein Zögern war, was ihre gemeinsame Zukunft anging.

Und je mehr Nora nun darüber nachdachte, desto größer war der Schmerz, den sie wegen gestern Abend in ihrer Brust spürte. Was wäre bloß gewesen, hätte sie Bartolomé tatsächlich geküsst? Sie wusste es nicht, und Gott sei Dank musste sie sich dieser Situation nicht stellen. Im Gegenteil – jetzt hier mit Ryan zu sein fühlte sich erstaunlich normal an. Gut, beinahe selbstverständlich. Und genau so steuerten sie irgendwann auf ein Restaurant an der Plaza Nueva zu, bestellten einen Aperol Spritz und genossen den Ausblick.

Ryan berichtete von seiner Geschäftsreise nach Miami, und Nora erzählte wiederum von dem gelungenen Junggesellenabschied, bei dem sie einige Stellen mit schlechtem Gewissen ausließ. Trotz der kurzzeitigen Anspannung bemerkte Nora, wie Ryan sich zunehmend entspannte und die spanische Lebensfreude in sich aufsog.

»Warum waren wir eigentlich vorher noch nie hier?«, fragte er sogar nach dem zweiten Glas Aperol.

»Weil du nicht wolltest«, erinnerte Nora ihn herausfordernd.

Dann lachten sie, küssten sich und beobachteten die Menschen, die unterhalb der Plaza Nueva entlangspazierten, wo sich auch Tonios Bäckerei befand, die heute ausnahmsweise geschlossen blieb. Nora wollte Valentina und ihn nicht stören, also hatte sie sich trotz Ryans Drängen den Besuch mit ihm für einen der nächsten Tage aufgehoben. Stattdessen wollten sie am Nachmittag noch nach Playa de Mojácar fahren, wo Ryan ein Hotelzimmer gebucht hatte, um ein wenig am Strand zu sitzen und sich möglicherweise auch noch mit Lina und ihren Eltern zum Abendessen zu treffen. Mutter Käthe und Vater Pedro würden sicher gern dazustoßen, um die seltene Nähe der Familie zu genießen.

»Sag mal, kann man mit so einer kleinen Gärtnerei wie der deiner Eltern eigentlich wirklich Geld verdienen?«, fragte Ryan flapsig, als Noras Blick auf der Straße vor der Bäckerei hängen blieb.

Ein kalter Schauer lief ihr über den Rücken, als sie Bartolomé davor erkannte. Was machte er denn hier? Und wieso … Die Bäckerei! Er wollte sicher zu Valentina und Tonio. Als Nora einfiel, dass er möglicherweise zu ihnen hochkommen würde, wenn er sie erkannte, bückte sie sich hastig. Beinahe knallte sie dabei mit dem Kopf gegen die metallene Tischplatte. Ihre Gedanken rasten. Einige lange Sekunden verstrichen. Dann erschien Ryans Kopf ebenfalls unter dem Tisch.

Er musterte Nora mit besorgten Augen. »Gibt es hier unten irgendein Problem?«, flüsterte er geheimnisvoll.

»Ich … ich dachte, ich hätte eine Maus gesehen«, erwiderte Nora, ohne nachzudenken, fluchte innerlich über die blöde Ausrede und sah sich prüfend unter dem Tisch um. »Aber nein«, fügte sie trocken hinzu. »Ich habe mich wohl getäuscht.« Langsam hob sie den Kopf über die Höhe der Balustrade, lugte auf die Straße und erkannte erleichtert, dass Bartolomé verschwunden war.

»Ich muss zugeben«, sagte Ryan, ebenfalls wieder in normaler Sitzhöhe, »ich dachte vorhin auch schon, mir sei etwas an den Schuhen entlanggekrabbelt.« Ein Hauch Ekel lag in seinem Ausdruck, den er mit einem verzogenen Gesicht zu überspielen versuchte. Er warf noch einen Blick unter den Tisch. »Aber na ja, wir essen ja glücklicherweise nicht hier.«

Nora lächelte verlegen.

»Ach, apropos essen. Wollen wir eigentlich langsam los zum Strand? Ich könnte eine kleine Zwischenmahlzeit mit Meeresrauschen gebrauchen, bevor wir heute Abend deine Familie treffen. Und wir müssten vielleicht vorher schon deine Sachen zu Hause abholen, oder?«

»Das ist eine gute Idee«, sagte Nora, immer ein Auge auf die Straße richtend. »Dann lass uns aufbrechen.«

Als sie zurück zum Auto liefen und Ryan begann, von dem Potenzial der Kräuter- und Gewürzmischungen zu sprechen, waren Noras Gedanken immer noch bei dem plötzlichen Erscheinen von Bartolomé. Und obwohl ihre Hand sicher in Ryans lag, ertappte sie sich bei der Vorstellung, wie der Nachmittag mit dem jungen Bodega-Betreiber wohl verlaufen wäre.

KAPITEL 19

»Mann, der ist wirklich verdammt gut«, sagte Matias, steckte erneut seine Nase tief in das Weinglas und schloss beim Einatmen die Augen. »O ja, Baby«, flüsterte er, während Bartolomé ihn amüsiert musterte.

Sie hatten sich nach einem anstrengenden Tag mit einer Flasche Wein des letzten Jahrgangs raus auf das Natursteinmäuerchen vor der Restaurantterrasse gesetzt. Matias trug sein gewohntes Kochoutfit und hatte eine kleine Platte mit gemischten Vorspeisen mitgebracht, die er zur Feinabstimmung für das Team vorgekocht hatte. Bartolomé wusste um seine Fähigkeiten in der Küche und war davon überzeugt, dass damit das Restaurant mittelfristig eine ganz andere Richtung einschlagen, moderner und frischer werden konnte.

»Vielleicht solltest du deinen Vater in dieser Weinsache übergehen«, meinte Matias nach einem erneuten Schluck. »Ich meine, es ist ja fast schon eine Schande, so einen guten Tropfen zu Likörwein zu verschneiden. Ich finde, du solltest einen Teil davon unter neuem Label herausbringen«, fuhr Matias begeistert fort. »Wenn du sagst, der kommende Jahrgang wird sogar noch besser, dann erst recht.«

Bartolomé lächelte halbherzig. Es tat gut, zu hören, dass jemand seine Idee befürwortete, und an jedem anderen Tag hätte er mit Matias die Möglichkeiten bis ins Detail weitergesponnen, doch heute war ihm nicht danach.

Matias musterte ihn. Dann stellte er sein Weinglas auf die Mauer und tippte mit den Fingerspitzen auf dem Fuß des Glases herum. »Hey Mann, vielleicht war sie das gar nicht heute Morgen und du hast dich verguckt«, sagte er und verzog fragend das Gesicht. »Oder der Typ war ihr verschollener Halbbruder, ihr Bankberater oder was weiß ich. Es kann doch alles Mögliche sein.«

Bartolomé schürzte nachdenklich die Lippen. »Nein, sie war es«, erwiderte er dann. »Und er war es auch.« Bartolomés Finger glitten über den Stiel des Weinglases, bevor er es an den Mund hob und einen Schluck nahm. »Hundertprozentig war er es. Er war nicht von hier, passte nicht in diese Gegend. Er muss es gewesen sein«, beschloss er langsam nickend. Den ganzen Tag hatte er darüber nachgedacht und sich alle möglichen Erklärungen zurechtgelegt, doch natürlich hatte er Nora gesehen. Und ihren Freund.

Matias winkte unterdessen ab. »Ach, und wenn schon«, sagte er und plusterte seine fülligen Wangen auf. »Sie hat dir schließlich gesagt, dass sie einen Freund hat.«

»Vielleicht hätte ich zu ihr hochgehen sollen«, sagte Bartolomé abwesend.

Matias lachte auf. »Und dann?«, fragte er amüsiert. »Dann hättest du die beiden zum Essen eingeladen?« Er trank den Rest seines Glases in einem Zug und schenkte sich nach. »Hak die Geschichte ab, Mann. Du bist sowieso schon viel weiter gegangen, als ich dir zugetraut hätte. Diese Nummer gestern Abend. Das sieht dir überhaupt nicht ähnlich.«

»Ich weiß«, seufzte Bartolomé. Natürlich hatte Matias mal wieder recht. Er war zu weit gegangen, und das, obwohl Nora ganz klar gesagt hatte, dass sie einen Freund hatte. Wenngleich sie nicht erwähnt hatte, dass dieser noch herkommen würde. Das Ganze nagte an Bartolomé und er fragte sich, ob Noras Freund sie womöglich überrascht hatte und ob Nora möglicherweise überhaupt nicht gewollt hatte, dass er kommt. Doch letztlich änderte das nichts und ging ihn auch nichts an.

Natürlich hatte es gestern Abend zwischen ihnen geknistert und Bartolomé hatte mit jeder Faser seines Körpers gespürt, wie sehr Nora einen Kuss heraufbeschworen hatte. Genau wie er ihn heraufbeschworen hatte, indem er ihr in die Dunkelheit gefolgt war.

Er hätte das nicht tun dürfen. So einfach war das. Nicht nur, weil sie die Schwester seiner Kundin war oder sie einen Freund hatte. Auch wenn es nicht zum Kuss gekommen war, er hatte sich aufgedrängt, und alles daran war falsch.

Verdammt.

»Schau doch mal, mein Freund. Das Leben hat so vieles zu bieten«, begann Matias, rekelte sich gemütlich auf der Mauer und deutete auf einen Tisch in der Ecke der Terrasse. »Zum Beispiel die beiden Mädels dahinten«, sagte er und nickte in die Richtung. »Die mustern uns schon die ganze Zeit, fällt dir so was denn gar nicht auf?«

Bartolomé warf einen kurzen Blick auf die beiden weiblichen Gäste, die tatsächlich in ihre Richtung lächelten. Dann drehte er seufzend den Kopf zur Seite.

Matias grinste, sodass seine Nasenflügel vibrierten. Trotz seiner korpulenten Erscheinung hatte Bartolomés Kumpel schon immer bemerkenswerten Erfolg bei hübschen jungen Frauen gehabt. Zumindest wenn man Erfolg anhand der Anzahl von One-Night-Stands definierte, auf die er sich meistens beschränkte. Es war die offene, unbekümmerte und selbstsichere Art eines Chefkochs, mit der er seine Liebschaften in den Bann zog. Und obwohl Bartolomé ihm das Vergnügen gönnte, war das für ihn selbst nie etwas gewesen. Er wollte sich verlieben. Auch wenn er Angst davor hatte und damit bereits zweimal auf die Nase gefallen war.

»Na, das kann ja morgen was werden«, sagte Matias und klopfte Bartolomé kräftig auf den Oberschenkel. »Am besten versteckst du dich den ganzen Tag lang in deinem Häuschen und beobachtest die Hochzeit aus der Ferne. Sicher ist sicher.«

Bartolomé schubste seinen Freund sachte zur Seite, der sich daraufhin schlapp lachte und den beiden jungen Frauen schließlich zuwinkte.

Es dauerte nicht lange, bis Bartolomé fassungslos beobachtete, wie die beiden sich tatsächlich erhoben und tuschelnd auf sie zukamen. Die beiden waren schlank und groß und hatten sich für den Abend mit kurzen Kleidern und lockigen Frisuren ganz klar herausgeputzt.

»Jackpot«, flüsterte Matias und drückte seinen Ellbogen in Bartolomés Rippengegend. »Na, ihr beiden, hat euch das Menü geschmeckt?«

Die beiden Frauen kicherten. »Sehr«, antwortete die eine. »Sind Sie der Chefkoch?«

Matias nickte augenzwinkernd. »Und das hier ist der Betreiber dieser wunderschönen Bodega, Bartolomé Abelli. Und der Schöpfer dieses wunderbaren Weines, den es nirgends zu kaufen gibt.«

Das Interesse der beiden Damen schien geweckt und Bartolomé wollte sich am liebsten vor Scham in Luft auflösen, als sie ihn interessiert musterten.

»Wollt ihr euch auf ein Glas zu uns setzen?«, fragte Matias unverblümt und grinste Bartolomé dabei herausfordernd an. »Mein guter Freund hat nämlich ein sentimentales Problem und könnte etwas Ablenkung gut gebrauchen.«

Bartolomé verschluckte sich am Wein, hustete und sprang mit großen Augen auf.

Die jungen Frauen sahen ihn beinahe mitleidig an.

»Ich ... also ... nein. Bitte entschuldigt unseren Koch. Er ist neu und hat seine Manieren offenbar in Madrid gelassen«, stammelte Bartolomé, »wo ich ihn möglicherweise wieder hinschicken werde ...«

Matias' Stimme rasselte vor Lachen.

Bartolomé stellte sein Weinglas auf die Mauer und wandte sich den beiden Gästen zu. »Bitte entschuldigt, ich habe noch ein paar Dinge zu erledigen«, log er. »Eure Rechnung geht heute übrigens auf unseren Küchenchef.«

Die beiden Frauen sahen sich zufrieden an und nickten dankbar.

Dann suchte Bartolomé unter Rufen seines Freundes das Weite und beschloss, sich noch einige Stunden in den Steuerunterlagen zu vergraben und später noch eine Runde zu joggen, um den Kopf frei zu kriegen. Möglicherweise war Matias' Idee gar nicht so schlecht, dachte er, als er das Büro im ersten Stock des Haupthauses betrat. Vielleicht betrachtete er das Event morgen lieber aus der Ferne ...

KAPITEL 20

Das kleine italienische Restaurant direkt am Strand platzte aus allen Nähten. Es wurde gelacht, gegessen, sogar gesungen und getanzt. Restaurantbesitzer Lorenzo hatte sämtliche verfügbaren Sitzgelegenheiten aus der Garage holen lassen, um die wartenden Gäste unterbringen zu können.

Hier in dieser Pizzeria hatten Nora und Valentina sich früher Pizza zum Mitnehmen besorgt und sie mit ihren Freunden am Strand gegessen, Bier getrunken und unvergessliche Abende erlebt.

Heute saßen sie zusammen mit der Familie an aneinandergereihten Tischen, hatten nicht weniger Spaß als damals und stießen regelmäßig klirrend in der Mitte der Tafel auf Valentina und Tonio an.

Nora und Ryan hatten das Beisammensein mit Lina, Tante Hilde und Onkel Bernd initiiert. Mutter Käthe und Vater Pedro hatten die Gärtnerei ausnahmsweise früher geschlossen, um am Abend vor der Hochzeit beisammen sein zu können. Auch Marina war zeitig aus der Bar verschwunden, um das gemeinsame Essen nicht zu verpassen, und Pedros Cousin Manuel mit seiner Frau und den beiden Söhnen hatte es sich ebenfalls nicht nehmen lassen vorbeizuschauen. Nach Übersenden eines Gruppenfotos waren schließlich auch noch Valentina und Tonio gekommen und genossen die spontane Verabredung in vollen Zügen. So war die Tafel Tisch für Tisch gewachsen, bis sie beinahe auf die Straße reichte, die das Restaurant von der Strandpromenade trennte.

Nora hatte sich ohnehin schon gewundert, warum sie als Familie nicht gemeinsam in den Hochzeitstag hineinfeierten, und nun hatte es tatsächlich geklappt.

Die Pizza schmeckte köstlich und erinnerte Nora an damals, an die unbeschwerte Kindheit und Jugend, die sie mit Valentina gemeinsam erlebt hatte. Und an die intensive Zeit, die sie fest zusammengeschweißt hatte. Zu selten sahen sie sich mittlerweile und konnten nur noch über die Ferne am Leben der jeweils anderen teilnehmen. Umso wichtiger war es Nora, diese Hochzeit, diesen vermutlich wichtigsten Tag in Valentinas Leben, zu einem wunderschönen und harmonischen Tag mit der Familie und ihren Liebsten zu machen. Und diese spontane Pre-Weddingparty war ein guter Indikator dafür, wie ausgelassen die morgige Feier sein würde. Valentina strahlte bis über beide Ohren und es war einfach schön, mit anzusehen, wie glücklich sie mit ihrem neuen Leben in der alten Heimat war.

Ryan, der zwar immer wieder Übersetzungen ins Englische benötigte, um den Gesprächen folgen zu können, fügte sich nahtlos in die verrückte Runde ein. Er erzählte seinerseits Geschichten aus New York, lachte und schien sich sogar mit Vater Pedro zu verbrüdern, an dessen Seite er Platz genommen hatte. Das ungleiche Paar unterhielt sich angeregt und mit Händen und Füßen über die Gärtnerei, zu der Ryan eine Frage nach der anderen stellte. Von Grundstückspreisen in Mojácar bis hin zu Margen beim Pflanzenhandel und Möglichkeiten einer Baugenehmigung für die große ungenutzte Fläche am Rande des Grundstücks.

Es war typisch für Ryan, dass er geschäftsmäßig an das Thema heranging, doch erstaunlicherweise war Pedro mehr als angetan von seinen Ideen. Nora ertappte die beiden sogar beim gemeinsamen Leeren des ein oder anderen Schnapsglases, was für Ryan und auch für Noras Vater höchst selten war.

Kopfschüttelnd lächelte sie ihrem Freund über den Tisch zu, der ihr mit glühenden Wangen einen Kuss zuwarf und sein Weinglas erhob, um mit ihr auf seinen ersten Tag in Andalusien anzustoßen.

So ausgelassen hatte sie ihn selten gesehen, und das trotz des Jetlags, der sich vermutlich noch mit etwas Verzögerung zeigen würde. Ob es die spanische Luft war, die Sonne oder die Aussicht darauf, endlich einmal ein paar Tage Urlaub mit Nora zu verbringen, die all das hier bei ihm hervorrief? Sie wusste es nicht. Und eigentlich war es ihr auch egal. Jetzt und hier wünschte sie sich bloß, genau diesen ausgelassenen Ryan mit nach New York nehmen zu können. Einen Ryan, der nicht ständig an sein Telefon ging, um Business-Calls entgegenzunehmen, der seinen feinen Anzug auch mal gegen eine kurze Hose und ein lockeres Hemd eintauschte, und einen Ryan, bei dem sie sich als ebenbürtige Partnerin fühlte. Doch so sehr sie den heutigen Tag mit ihm genossen hatte, so sehr fragte sie sich, weswegen sie sich plötzlich all diese Eigenschaften an ihm wünschte, war er doch in New York ein ganz anderer. Was hatte diese kurze Zeit in der Heimat bei ihr ausgelöst? Und wie würde es sich anfühlen, wieder zurück in New York zu sein, täglich in ihrer Galerie zu stehen, Kaffee mit ihrem Vermieter Mister Kaulewski zu trinken und sich abends mit Ryan in schicken Restaurants oder Bars zu treffen? All diese Gedanken flogen durch Noras Kopf, während um sie herum ausgelassene Feierlaune herrschte und eine Flasche Wein nach der anderen geöffnet wurde.

Wie auf Familienfeiern dieser Art üblich, wurde wieder einmal über die Verwandtschaftsverhältnisse diskutiert, denn es war nie eine eindeutige Bezeichnung für das Verhältnis von Pedros Cousin Manuel zu Nora und Valentina sowie andersherum für Pedro zu den Kindern seines Cousins gefunden worden. Wikipedia-Einträge wurden zitiert, wilde Vergleiche gezogen und am Ende stritt man sich lachend über Großcousins, Onkel zweiten Grades oder einfach »Onkel Manuel«, wie Nora es bevorzugte, da sie keine anderen Onkel oder Tanten väterlicherseits mehr hatte.

Als sich das Restaurant langsam leerte und Restaurantbesitzer Lorenzo sich mit einem Glas Bier zu der Gruppe gesellte, begannen Valentina und Tonio mit der sich hinziehenden Verabschiedungsrunde. Wieder und wieder wurde auf die beiden angestoßen, Tante Hilde forderte zu Linas Unbehagen noch einen gemeinsamen Sherry und Onkel Manuel stimmte sogar ein kleines Ständchen an, das sich nach einer Strophe und einem Refrain glücklicherweise in einem Stimmengewirr auflöste.

Nora selbst fing bereits an zu gähnen, als Valentina und Tonio sie endlich erreichten und Nora ihre Schwester lange umarmte.

»Ich werde es wohl nicht einmal an meinem Hochzeitstag schaffen, ausgeschlafen zu sein«, scherzte Valentina, fügte jedoch flüsternd hinzu, wie froh sie war, doch noch gekommen zu sein.

»Morgen wird es bestimmt noch viel, viel schöner«, mutmaßte Nora und gab ihr einen dicken Kuss auf die Wange. »Wir brechen gleich auch auf zum Hotel, damit es auf der Hochzeit keine Verluste gibt.«

Valentina lachte. »Ich freue mich so sehr«, sagte sie mit glänzenden Augen. »Ach, und Ryan ist wirklich ein richtig cooler Typ. Ich bin froh, ihn endlich kennengelernt zu haben, und finde, ihr beide seid ein total süßes Paar.«

Nora lächelte verlegen und schluckte. Anstatt irgendetwas Gegenteiliges zu sagen und zuzugeben, dass sie nicht einmal wusste, wie es sich anfühlen würde, heute Nacht neben ihm zu liegen, nickte sie, küsste ihre Schwester erneut auf die Wange und formte ein leises »Danke« mit den Lippen. »Und jetzt ab mit euch. Ich komme dich morgen früh abholen und halte dir wie versprochen beim Styling das Händchen.«

Valentina biss sich grinsend auf die Lippen. »Bis morgen, Schwesterherz.«

Bevor Nora auch Tonio umarmen konnte, zögerte er kurz und sah Nora nachdenklich an. »Ach so«, begann er auf Englisch, sodass er auch Ryans Aufmerksamkeit auf sich zog. »Seid ihr eigentlich heute Mittag auf der Plaza Nueva gewesen?«, fragte er beiläufig.

Ein mulmiges Gefühl zog sich durch Noras Magengegend. Sie nickte wahrheitsgemäß. »Äh, ja?«, sagte sie irritiert.

»Dann hat Bartolomé doch recht gehabt«, sagte Tonio an Valentina gewandt und gab ihr fröhlich einen leichten Klaps auf den Oberschenkel. »Er meinte, euch im Restaurant gesehen zu haben, schien aber etwas verunsichert … Egal.«

Nora warf einen kurzen Blick zu Ryan.

»Wer ist Bartolomé?«, fragte der.

»Ach«, winkte Valentina ab. »Er ist der Besitzer der Bodega, auf der wir heiraten werden.«

»Jedenfalls sollen wir schöne Grüße sagen«, beendete Tonio seine Ausführung.

Ein kurzer Moment der Stille entstand zwischen den vieren, bis sich Ryan nachdenklich am Kinn kratzte.

»Hm«, machte er. »Vielleicht hattest du dich da gerade nach der Maus gebückt.«

Valentina und Tonio sahen ihn fragend an, während Noras Magen rebellierte.

»Ach …«, winkte sie mit rollenden Augen ab. »Egal. Jedenfalls danke für die Grüße. Und jetzt ab mit euch nach

Hause. Eure letzte Nacht vor dem großen Tag. Ich denke, wir machen uns auch auf den Weg«, erklärte sie in einem Atemzug.

Tonio nickte freudig. »Also«, wandte er sich an die große Runde. »Übertreibt es nicht. Wir sehen uns morgen!«

Lachend wurden die beiden verabschiedet, bis sie auf der dunklen Promenade verschwunden waren. Nora sah ihnen nachdenklich hinterher, bis Ryan sie anstupste und ihr den Platz neben sich anbot. Als sie sich setzte, nahm er ihre Hand, sah sie an und küsste sie. Und dennoch konnte Nora nichts gegen dieses mulmige Gefühl im Bauch tun, das sie schon wieder bis ins Bett begleiten würde.

KAPITEL 21

Der Morgen war angenehm kühl und eine traumhafte Ruhe lag über dem kleinen Ort in den andalusischen Bergen. Der gerade beginnende Sonnenaufgang versprach einen wundervollen Tag, den weder Nora noch ihre gesamte Familie jemals vergessen würde.

Nach dem gestrigen Abend waren sie todmüde in das weiche Hotelbett gefallen und es hatte nur Sekunden gedauert, bis Ryan eingeschlafen war. Nora hatte noch einige Zeit wach gelegen, bis sie schließlich in einen nachdenklichen Halbschlaf gedämmert war, hin und wieder unterbrochen von Ryans Schnarchen. Am frühen Morgen war sie dann mit Klingeln des Weckers leicht gerädert in ihre Klamotten gestiegen, hatte Ryan weiterschlafen lassen und war losgefahren, um zur besprochenen Uhrzeit bei Valentina zu sein.

Sie warf einen Blick durch die Schaufensterscheibe der Bäckerei, dann ging sie an die angrenzende Tür, die direkt zur Wohnung über dem Laden führte. Nora klopfte gegen die feste Holztür und trat einen Schritt zurück. Sie wartete einige Momente und sah zu den oben liegenden Fenstern, bevor sie erneut klopfte.

Dann endlich hörte sie Geräusche auf der Treppe und ihr Magen zog sich voller Vorfreude etwas enger zusammen. Als die Tür schwungvoll aufflog, trat Valentina heraus und fiel Nora direkt in die Arme, sodass diese zwei Schritte nach hinten taumelte.

»O Gott, bin ich aufgeregt«, stieß ihre Schwester aus und schüttelte fassungslos den Kopf.

Nora versah sie mit einem ruhigen Blick, ehe sie grinste und die Hände um Valentinas Gesicht legte. »Ich würde mir Gedanken machen, wenn es nicht so wäre«, sagte sie kichernd. »Hast du gut geschlafen?«

»Keine einzige Minute.«

Noras Grinsen wurde breiter. »Egal, was heute passiert, bei einer Sache kannst du dir sicher sein, Valentina: Du hast definitiv den richtigen Mann gefunden«, sagte sie und deutete auf den Treppenaufgang, auf dem Tonio mit zwei dampfenden Pappbechern herunterstieg.

»Du solltest doch noch ein bisschen schlafen«, schimpfte Valentina, legte den Kopf schief und gab Tonio einen leidenschaftlichen Kuss, sodass ihm beinahe die Becher aus der Hand fielen.

»Ich …«, begann er, bevor Valentina ihn erneut küsste und ihm damit das Wort abschnitt.

»Danke«, flüsterte sie und reichte einen der Becher an Nora weiter.

»Danke, Schwager«, sagte Nora. »Also Fast-Schwager.«

»Kümmere dich gut um meine Braut, okay?«, erwiderte Tonio augenzwinkernd. »Falls sie es noch nicht gestanden hat: Sie ist ganz schön aufgeregt.«

»Pah, bist du doch auch!«, stieß Valentina aus und trat hinaus auf den Gehweg.

Nora sah noch ein bisschen zu, wie die beiden sich liebevoll darum stritten, wer aufgeregter war und wer von ihnen später beim Tausch der Ringe stärker zittern würde, bevor Valentina siedend heiß einfiel, dass es wohl besser wäre, das Brautkleid und die gepackte Tasche mitzunehmen, die sie oben in der Wohnung vergessen hatte.

»So, haben wir alles? Bist du bereit?«, fragte Nora, als sie schließlich im Wagen saßen und sie den Motor startete.

Valentina atmete noch einmal tief durch und nickte. »Okay. Bereit. Vamos. Lass uns heiraten.«

»Hast wenigstens du gut geschlafen?«, fragte Valentina, während sie durch die kurvigen Berge fuhren, die zur Bodega führten.

Nora schüttelte den Kopf. »Ryan hat die ganze Nacht geschnarcht«, gab sie schmunzelnd zu. »Ehrlich gesagt habe ich ihn noch nie so viel Schnaps trinken sehen wie gestern mit Paps.«

Valentina gluckste. »Was ja eigentlich schon wieder ganz süß ist«, befand sie und nippte an ihrem Kaffee. »Nein, wirklich. Das hat er gut gemacht gestern. Es war fast so, als wäre er nie *nicht* dabei gewesen.«

Nora schluckte. Tatsächlich hatte sie das Gleiche gedacht. Es war erstaunlich unkompliziert gewesen. Entspannt. Nett. Und dennoch …

»Schau mal, was Tonio hingegen durchmachen musste, ehe Paps ihn akzeptiert hat. Es hat über zwanzig Jahre, einen Sieg auf dem Melonenfest, einen Herzanfall und eine Versöhnung zwischen Paps und Tonios Vater gedauert, ehe die beiden mal ein Bier zusammen getrunken haben. Und Ryan hat das innerhalb von einem Tag geschafft.«

Nora lächelte verlegen. »Ja, da magst du wohl recht haben. Aber das Warten hat sich bei euch ganz offensichtlich gelohnt.«

Valentina grinste sie an, so als wollte sie sagen, dass sie ihr und Ryan das Gleiche wünschte, tat es jedoch nicht.

Als sie eine Viertelstunde später an der Bodega ankamen, wartete Stylistin Lucia bereits an der Treppe und nahm Nora und Valentina herzlich in Empfang. Sie war eine Bekannte von Marina und würde sich in den nächsten Stunden darum kümmern, dass Noras Schwester ihre volle Schönheit in dem auf ihre Maße angefertigten Kleid entfalten würde. Valentina hatte sich eine filigrane Hochsteckfrisur mit dezentem Make-up vorgestellt. Doch zuerst wollte sie einen kurzen Blick auf die Aufbauarbeiten in Restaurant und Garten werfen, in dem die Zeremonie und die anschließende Feier stattfinden würden. Während Lucia also ihre Styling-Utensilien in einem der ebenerdig gelegenen Zimmer der Bodega aufbaute, liefen Nora und ihre Schwester Arm in Arm um das Haupthaus und blieben staunend auf der hinteren Seite stehen, wo sich die Gartenterrasse befand. Das Personal hatte bereits jetzt, am frühen Morgen, beachtliche Arbeit geleistet. Die Blumendekoration mit Gestecken, Vasen und sogar Kübelpflanzen, die Mutter Käthe gestern frisch vorbereitet und zur Bodega gefahren hatte, war beinahe vollständig aufgebaut. Der Bereich der Zeremonie vorne am grasbewachsenen Hang mit dem wahnsinnigen Blick in das Tal wurde gerade bestuhlt und sogar der Traubogen, den Valentina sich gewünscht und den Tonio gemeinsam mit seinem Freund Yago gebaut hatte, stand bereits.

Darüber hinaus waren die langen, weiß eingedeckten Tafeln im Restaurantgarten aufgestellt und das Team war dabei, verschiedenste Windlichter, Lichterketten und weitere Dekoration anzubringen.

»Ich kann gar nicht glauben, dass hier gerade für meine Hochzeit geschmückt wird«, flüsterte Valentina mit vorgehaltener Hand. »Plötzlich ist das alles so real, nach den Wochen der Vorbereitungen, und … ich weiß gar nicht, was ich sagen soll.«

Nora kicherte. »Eigentlich musst du heute nicht mehr besonders viel sagen«, scherzte sie. »Nur noch *Ja*. Und das war's auch schon. Außer du möchtest eine kleine Rede schwingen. Aber ich könnte mir vorstellen, dass du das an deinen Mann abdrückst, stimmt's?«

»O Gott, an meinen *Mann*!«, stieß Valentina aus und hakte sich wieder bei Nora ein. »Wie gut das klingt!«

»Das finde ich auch, Schwesterherz. Aber ich glaube, wir gehen jetzt mal zu Lucia und lassen dich etwas verwöhnen, was hältst du davon?«, fragte Nora fröhlich und sah sich suchend auf dem Gelände um. Sie hatte damit gerechnet, Bartolomé jeden Moment in die Arme zu laufen und in eine peinliche Situation zu geraten, doch möglicherweise hielt er sich diskret zurück und ließ sie und Valentina erst einmal in Ruhe ankommen.

»Okay, dann lass uns mal zurücklaufen«, stimmte Valentina zu und biss sich aufgeregt auf den Zeigefinger. »Kommt Mama eigentlich auch etwas früher? Ich hätte sie gern dabei, wenn wir uns dem Kleid widmen.«

Nora nickte. »Ja, sie kommt bald nach. Das lässt sie sich nicht entgehen. Und unsere Männer kommen dann später zusammen mit Paps.«

»Okay«, schnaufte Valentina erleichtert.

»Du hast alles bestens organisiert, Schwesterherz, und es wird ein perfekter Tag, das verspreche ich dir. Ab jetzt kannst du jeden Moment genießen, und wenn du irgendetwas brauchst, gibst du mir Bescheid. Ich erledige das dann.«

Valentina nickte dankbar, während sie das Zimmer betraten, in dem Lucia vor einem mobilen Schminkspiegel saß und sich auf einem Drehstuhl drehte. Das Zimmer, das Bartolomé für die Brautvorbereitungen zur Verfügung gestellt hatte, war eine kleine Suite mit einem geräumigen Bett, einer hellen Stoffcouch und einer Sitzecke mit Blick in den gepflegten Garten, der sich hinter der Restaurantterrasse erstreckte. Valentina würde später direkt durch die Terrassentür von Vater Pedro abgeholt werden und zur Zeremonie gehen. Und es bestand die Möglichkeit, hier zu übernachten, sollte es Valentina und Tonio nicht noch zurück nach Hause in ihre Wohnung ziehen. Es war perfekt.

»Na, sieht das nicht schon super aus da draußen?«, fragte Lucia, stand auf und bedeutete Valentina, Platz zu nehmen. »Ich habe ziemlich viele Hochzeiten gesehen, aber dieser Blick hier oben über die Weinberge bis hin zum Meer …« Sie pfiff anerkennend durch die Zähne.

Gerade als Valentina auf dem Drehstuhl Platz nahm und mit nach hinten gelegtem Kopf eine Drehung vollführte, klopfte es an der Tür.

»Ich gehe schon«, sagte Nora und drehte sich zur Tür. »Es ist bestimmt … Bartolomé«, beendete sie flüsternd ihren Satz und blieb wie angewurzelt stehen, als sie sein lächelndes Gesicht hinter einem Tablett mit zwei Sektflöten, einer Schale mit Früchten und einer Flasche Champagner in einem silbernen Sektkühler entdeckte.

»Hallo«, sagte er sanft.

Seine Augen fesselten Noras Blick und sorgten dafür, dass ihr Atem sich beschleunigte. Erst eine gefühlte Ewigkeit später sah er an Nora vorbei zu Valentina und begrüßte sie mit einem Nicken. »Ich wollte euch die Vorbereitungen ein wenig angenehmer gestalten«, erklärte er, und sein Blick wanderte erneut zu Nora.

Sie schluckte und hielt sich nach wie vor an dem schweren Türgriff fest. Erst als ihr das bewusst wurde, ließ sie die Tür los und trat einen Schritt zur Seite, damit Bartolomé an ihr vorbeigehen konnte.

»Das ist aber lieb, vielen Dank«, sagte Valentina überrascht, als Bartolomé das Tablett auf einem Beistelltisch nahe der Sitzecke abstellte.

»Ich glaube, ich möchte auch hier heiraten«, stellte Lucia dahinschmelzend fest.

Nora bemerkte das Schmunzeln auf Bartolomés Lippen und fragte sich, ob Lucia das wegen des Champagners oder wegen Bartolomé gesagt hatte.

»Ich war mir nicht sicher, ob Sie auch …«, sagte er und deutete auf die beiden Gläser.

»Ist schon gut, danke«, erwiderte Lucia gelassen. »Ich trinke später ein Glas mit. Erst die Arbeit, dann das Vergnügen.«

Bartolomé nickte. »Braucht ihr noch irgendwas? Etwas Kleines zum Essen vielleicht? Einen Kaffee?«

»Also ich kriege gerade vor Aufregung sowieso nichts runter, danke«, erwiderte Valentina. »Was ist mit euch?«

Nora und Lucia schüttelten die Köpfe. »Alles in Ordnung, danke«, sagte Nora und lehnte sich mit auf dem Rücken verschränkten Händen gegen die Wand.

»Okay. Dann störe ich euch mal nicht weiter. Aber bitte lasst mich wissen, falls ihr irgendetwas braucht. Ich werde vermutlich draußen bei den Vorbereitungen sein.« Er ging wieder auf die Tür zu und blieb vor Nora stehen. »Aber ihr habt ja meine Nummer«, sagte er, während der Duft seines Aftershaves Noras Sinne zu vernebeln drohte.

»Danke, Bartolomé«, sagte Valentina, deren Haare bereits von Lucia gebürstet wurden. »Und vielleicht kannst du nachher noch mal kurz den Ablauf mit Nora durchgehen, wenn alles so weit steht? Nur zur Sicherheit?«

Nora spielte mit ihrer Zunge am Gaumen herum und sah zwischen Bartolomé und ihrer Schwester hin und her.

»Das mache ich gern«, sagte er schließlich und schenkte Nora ein letztes Lächeln, bevor er sich verabschiedete und die Tür leise hinter sich zuzog.

Noras Gedanken kreisten ziellos um einen unbestimmten Punkt in ihrem Kopf.

»Ist ja schon ein Schnuckelchen, der Herr Gutsbesitzer«, stellte Lucia kichernd fest. »Weiß jemand, ob der Hübsche vergeben ist?«

»Wir können ihn ja nachher mal fragen«, erwiderte Valentina gut gelaunt, streckte ihre Arme nach der Champagnerflasche aus, erreichte sie jedoch nicht. »Nora?«

»Was? Nein, weiß ich auch nicht«, sagte sie gedankenverloren, bevor sie verstand, worauf ihre Schwester eigentlich abzielte.

Valentina lachte sie über den Spiegel an und auch Lucia grinste vielsagend.

»Ach so, okay, ja. Warte, ich schenke uns ein Glas ein«, fügte sie hastig hinzu und griff nach der Flasche, ehe sich ihre Wangen rot einfärben konnten. Erst nach und nach entspannte sie sich wieder, bis es ihr schließlich gelang, sich voll und ganz auf ihre Schwester zu konzentrieren. Sie genoss es, Valentina bei den Vorbereitungen das Händchen zu halten, mit ihr und Lucia zu plaudern, und wurde dennoch dieses seltsame Gefühl nicht los, dass der Tag noch die eine oder andere Überraschung für sie bereithalten würde.

KAPITEL 22

»Unglaublich«, murmelte Nora, als sie den von ihrer Schwester vorbereiteten Ausdruck in den Händen hielt und begutachtete. Auf dem Papier befand sich ein gezeichneter Lageplan der Location, auf der die relevanten Orte unterschiedlich farbig markiert und mit Erläuterungen versehen waren, von den Gästetoiletten bis zum Aufstellort der Fotobox. Valentina hatte an alles gedacht.

Nora schob die Glasschiebetür der Suite hinter sich zu, winkte noch einmal ihrer Schwester, deren Haare bereits zum größten Teil hochgesteckt waren, und machte sich dann auf den Weg zur Restaurantterrasse.

Auf der Rückseite des Ausdrucks befand sich der Ablaufplan, den Nora nach ihrem Kontrollgang noch einmal mit Bartolomé durchgehen sollte, selbst wenn sie keinerlei Zweifel hatte, dass alles genau so laufen würde wie besprochen. Doch sie wollte ihren Beitrag leisten und Valentina damit ein gutes Gefühl geben, die vor Aufregung aus dem Plappern mit Lucia gar nicht mehr herauskam. Selten hatte Nora sie so aufgewühlt gesehen, bewahrte sie doch sonst meist einen kühlen Kopf.

Zwei Stunden war Lucia nun schon mit Valentinas Haaren beschäftigt und Nora konnte den kurzen Spaziergang nach der unruhigen Nacht gut gebrauchen. Immerhin hatte Ryan inzwischen mithilfe eines Fotos versichert, dass er ausgeschlafen und bereit für das eigentliche Familienevent war und nur auf die Abholung durch Tonios Kumpel Yago wartete, der ihn, Vater Pedro und natürlich Tonio einsammeln und zur Location bringen würde.

Gedankenverloren spazierte Nora vor zum Traubogen, zählte die weißen Stühle, zwischen denen ein Gang nach vorne freigelassen worden war, und strich sanft über die in der Mittelreihe angebrachten kleinen Gestecke aus Olivenzweigen, Schleierkraut und Flammenblumen. Es sah wunderschön aus und würde Valentina den Atem rauben, wenn sie später mit Vater Pedro am Arm nach vorne schreiten würde. Nora entschied sich schmunzelnd, kein Foto zu machen, wie von Valentina aufgetragen. Eine kleine Überraschung wollte sie ihr zwischen all der Planung bewahren.

Auf dem Platz unter den Oliven herrschte ein wildes Treiben, das darauf hindeutete, dass sich das Team in der heißen Phase der Vorbereitungen befand. Stehtische wurden verrückt, Sektkühler mit Eis bestückt und sogar noch einmal der Gang zwischen den Bereichen gefegt. Doch auch hier saß alles an seinem vorgesehenen Platz und Nora machte einen gedanklichen Haken auf dem Lageplan. Dann ging es weiter zu den beiden langen, gedeckten Tafeln, die an das Cover einer Hochzeitszeitschrift erinnerten. Luftige weiße Leinentischdecken auf soliden Holztischen, petrolfarbenes Geschirr mit silbernem Besteck, Kristallgläser gemischt mit Vasen verschiedener Formen und Blumen, wo man nur hinsah. Genau so, wie es sich für die Tochter einer Gärtnerfamilie und mittlerweile selbst Geschäftsführerin der Gärtnerei gehörte. Als Gastgeschenke hatte Noras Mutter kleine Portionen ihrer Kräutermischungen abgefüllt und die Fläschchen zu Paaren zusammengebunden, die nun neben den Tellern mit den Namenskärtchen standen. Es war perfekt.

In einem weiteren Bereich fand Nora die von Bartolomé zur Verfügung gestellte Fotobox. Sie tippte auf den Bildschirm und ein klares Bild von ihr selbst leuchtete auf. Nora drückte den roten Auslöser, zog eine Grimasse und wartete, bis der Zähler von drei heruntergezählt hatte. Es blitzte und das erste Foto des Tages ging an sie. Über sich selbst lachend drehte sie sich um zu dem kleinen Tanzbereich, hinter dem die Band gerade ihr Equipment aufbaute. Nora winkte ihnen zur Begrüßung zu und malte zwei weitere Gedankenhaken auf den Lageplan. Zur musikalischen Begleitung der Zeremonie würde der Gitarrist der Band, der seine langen Haare zu einem Zopf gebunden hatte und eine giftgrüne Fliege zu einem weinroten Hemd trug, einige Akkorde spielen. Nora wollte dazu noch einmal mit ihm sprechen, sobald der Aufbau abgeschlossen war.

Nora ließ den Blick durch den Garten schweifen, suchte sich ein schattiges Plätzchen unter einem der alten Olivenbäume und setzte sich auf die daruntergelegene Steinbank. Sie freute sich sehr auf den Tag, bei dem der einzige Wermutstropfen war, dass sie als Trauzeugin und Schwester nicht am Empfang teilnehmen konnte. Schließlich wollte sie bis zu Valentinas großem Auftritt für sie da sein. Tonio würde stattdessen alle Gäste begrüßen, die Feierlichkeiten einleiten und darauf achten, dass jeder zur richtigen Zeit auf seinem Platz saß.

Nora würde unterdessen mit hoher Wahrscheinlichkeit ein letztes Mal mit ihrer Schwester als unverheiratete Frau anstoßen und sie dann gemeinsam mit ihrem Vater zum Traubogen bringen, so wie Valentina es sich gewünscht hatte.

Nora konnte gar nicht fassen, wie wunderschön alles hier war. Die alte Bodega, der Garten, die Dekoration, die Band … Unter normalen Umständen hätte all das sicher ein Vermögen gekostet, es war nur erschwinglich, weil Bartolomé einen Großteil dazu beigetragen hatte. Als Gegenleistung durfte er Fotos und Videos der Veranstaltung dafür nutzen, um die

Bodega zukünftig als Eventlocation zu bewerben und weitere dieser und anderer Veranstaltungen auszurichten. Noch ein Glücksfall für Valentina und Tonio, die so nicht nur den perfekten Ort, sondern auch die perfekten Umstände für ihre Trauung gefunden hatten.

Gerade als Nora an Bartolomé gedacht hatte, tauchte er plötzlich auf der Terrasse auf, zwei große Holzkisten vor sich hertragend, die augenscheinlich mit Sektgläsern bestückt waren. Nora beobachtete, wie er sich vorsichtig durch den Garten tastete, bis er die Kisten unweit von Noras Sitzgelegenheit auf einem der Stehtische abstellte.

Es war warm geworden in der Sonne und Nora erkannte feine Schweißperlen auf seiner gebräunten Stirn. Neben der nicht mehr abzustreitenden Anziehung, die Bartolomé auf sie ausübte, empfand Nora ebenso einen gewissen Respekt, eher sogar Bewunderung für ihn. Bei all dem Personal, das heute hier arbeitete, packte er dennoch mit an, trug Kisten durch die Gegend und war sich nicht zu fein dafür, überall dort zu helfen, wo Not am Mann war.

Nora bemerkte erst, wie angestrengt sie Bartolomé musterte, als er sein Shirt kurz anhob, um sich etwas Luft darunter zu fächeln. Ein leichter Ruck durchfuhr sie, als ihr sein flacher Bauch ins Auge fiel. Schnell wandte sie den Kopf ab, doch Bartolomé hatte sie entdeckt und kam prompt auf Nora zu.

Sie seufzte, während sich ihre Hände unbewusst in den Stein der Sitzbank krallten.

»Hey«, sagte er und blieb seitlich von Nora stehen.

Langsam hob sie den Kopf. »Oh, hey«, erwiderte sie, als hätte sie ihn gerade erst bemerkt. Weshalb benahm sie sich in seiner Anwesenheit immer wie eine Vollidiotin?

»Na, wie läuft es bei Valentina? Ist sie zufrieden mit allem?«

Nora nickte und hielt ihm schmunzelnd den Lageplan mit der Checkliste hin. »Ich bin gerade auf einen Kontrollgang entsendet worden«, erklärte sie und rückte etwas zur Seite, um Bartolomé Platz auf der Bank zu machen. Oder sollte sie besser aufstehen?

Bartolomé zögerte kurz, bevor er sich setzte. »Entschuldige, ich habe gerade die letzten Getränke und Gläser verräumt«, sagte er auf sein Arbeitsoutfit deutend. »Und?«, fragte er dann mit leicht schiefgelegtem Kopf.

Nora schluckte. »Hm?«, machte sie, um Zeit zu gewinnen. Was meinte er?

Sein Grinsen wurde breiter. »Na, ist alles in Ordnung? Der Kontrollgang?«

»Ach so«, entgegnete Nora und winkte schnaufend ab. »Mehr als in Ordnung. Deutlich mehr als in Ordnung. Das Anwesen, die Deko, die Aufteilung, selbst das Wetter – es ist wirklich unfassbar schön«, schwärmte sie aufrichtig. »Und ich habe sogar schon das erste Foto in der Fotobox gemacht.«

Bartolomé lachte auf. »Das kann nicht sein«, erwiderte er augenzwinkernd.

Nora sah ihn fragend an.

»Weil ich vorher schon eins gemacht habe«, sagte er mit einer diebischen Freude in den Augen.

Nora drehte sich überrascht in seine Richtung. »Das will ich sehen!«

Er zuckte mit den Schultern und hob die Hände. »Tja, das geht erst, wenn man die Speicherkarte aus dem Gerät nimmt«, sagte er mit gerunzelter Stirn.

Dennoch konnte Nora die feinen Fältchen um seine Augen erkennen, die bisher stets verraten hatten, ob er etwas ernst meinte oder nicht.

»Na ja …«, kommentierte sie zurückhaltend. »Dann ist das wohl so.« Nora ließ ihren rechten Fuß durch den Kies kreisen. »Sag mal, sind deine Eltern eigentlich hier? Ich meine, wohnen sie auch hier?«

Der plötzliche Themenwechsel schien Bartolomé nicht zu irritieren. Im Gegenteil.

»Die beiden wohnen im westlich gelegenen Teil des Haupthauses, während ich mir dieses kleine Gästehaus dort hinten zurechtgemacht habe«, sagte er auf ein Steinhäuschen mit Veranda am Rande des Hügels deutend.

Nora sah in die Ferne und ihr fiel auf, dass sie noch gar nicht darüber nachgedacht hatte, wo er wohl wohnte.

»Und meine Mutter hat meinen Vater dazu überredet, an diesem Wochenende zu meiner Tante nach Almócita zu fahren. Mein Vater ist kein Freund von Veranstaltungen hier auf der Bodega. Ich musste ihn mehr oder weniger davon überzeugen, dass es eine gute Sache ist und wir es ausprobieren sollten. So ganz kann er die Geschäfte noch nicht aus der Hand geben, was ich aber gut verstehen kann. Und meine Mutter dachte wohl, ich solle das erste Event in Ruhe und ohne ihn durchführen – sozusagen als Beweis dafür, dass es funktioniert. Mein Vater ist in der Hinsicht etwas zurückhaltend, obwohl ich weiß, dass er die Idee tief in seinem Herzen gut findet.«

»Ich finde deine Mutter jetzt schon witzig«, sagte Nora überraschend offen. »Irgendwie kann ich mir vorstellen, dass ich sie mögen würde. Und deinen Papa vermutlich auch.« Sie schenkte Bartolomé ein sanftes Lächeln, das er dankbar erwiderte.

»Vielleicht ergibt sich ja mal ein Kennenlernen«, erwiderte er ebenso sanft.

Nora zögerte erst und deutete dann auf den Plan in ihrer Hand. »Also, Valentina möchte, dass ich den ganzen Ablauf noch mal mit dir durchgehe«, sagte sie achselzuckend.

»Hat sich denn etwas geändert?«, fragte Bartolomé überrascht.

Nora schüttelte den Kopf. »Nein, einfach so. Zur Beruhigung meiner Schwester.«

»Verstehe.« Bartolomé streckte die Beine aus und legte die Füße übereinander. »Um vierzehn Uhr: Sektempfang mit Gitarrenspieler. Vierzehn Uhr dreißig: Platz nehmen am Traubogen. Vierzehn Uhr vierzig: Einmarsch der Braut. Bis fünfzehn Uhr fünfzehn: Trauung. Bis sechzehn Uhr fünfzehn: Umtrunk an den Oliven und Fotosession mit Fotografen – dazwischen der standesamtliche Akt. Bis achtzehn Uhr: Freizeit mit Musik und Drinks. Ab achtzehn Uhr: Abendessen. Ab neunzehn Uhr: Livemusik. Zwanzig Uhr: Kuchen anschneiden. Anschließend: Party bis open end«, ratterte Bartolomé auswendig herunter, offenbar, ohne nachdenken zu müssen.

Nora sah ihn verdutzt an. »Okaaay«, brachte sie heraus und blinzelte ihre Überraschung weg. »Das … stimmt so weit alles. Ich sehe, du bist vorbereitet.«

Er nickte grinsend.

Eine kurze Stille entstand zwischen ihnen, während um sie herum die Blätter der Olivenbäume im lauen Wind raschelten.

»Und du bist hier mit deinem …«

»Freund«, ergänzte Nora.

Die Stimmung zwischen ihnen veränderte sich spürbar, obwohl Bartolomé sich weder anders verhielt noch seine Körperhaltung irgendetwas preisgab.

»Er hat mich mit seinem Besuch etwas … überrascht«, gab Nora zu, schlug die Beine übereinander und veränderte ihre Sitzposition. »Es war nicht geplant, dass …« Sie stockte. »Er hatte ein Projekt in Miami, das schneller abgeschlossen war als gedacht.«

Bartolomés Augenbrauen wanderten leicht nach oben.

»Ich …« Nora wollte zu gern irgendetwas sagen, doch unter seinem Blick fiel ihr nichts Passendes ein und sie drehte den Kopf zur Seite. Als sie an Bartolomé vorbeisah, spürte sie, wie ihr Herzschlag für einen Augenblick aussetzte.

»Da bist du ja, Darling«, hörte sie Ryan rufen, der in Begleitung von Tonio, Yago und Vater Pedro auf sie zulief.

Nora sah Hilfe suchend zwischen Ryan und Bartolomé hin und her, bevor sie hastig aufstand und beinahe über ihre eigenen Füße stolperte.

Bartolomé musterte Nora erstaunt und stand ebenfalls auf.

»Hey«, sagte Ryan, als er vor ihr stehen blieb und sie zur Begrüßung küsste.

Nora wollte am liebsten vor Scham im Erdboden versinken und räusperte sich heftig, bevor sie Tonio, Yago und ihrem Vater, die ein paar Meter entfernt warteten, verlegen winkte. Ryan grinste hingegen zufrieden und wirkte makellos in seinem beigefarbenen Anzug.

Genau diese Situation hatte Nora vermeiden wollen.

»Das ist …«, stammelte Nora und atmete hörbar aus.

»Bartolomé«, vervollständigte er.

Ryan nickte ihm kurz zu.

Erst als Nora erklärte, dass er es war, dem das Anwesen zusammen mit seiner Familie gehörte, pfiff Ryan anerkennend durch die Zähne, reichte ihm die Hand und stellte sich vor.

»Beeindruckende Location«, sagte er aufrichtig überrascht. »Wirklich sehenswert.«

»Vielen Dank. Das gebe ich gern an meinen Vater weiter, der das Anwesen über viele Jahre in Schuss gehalten und stets modernisiert hat.«

»Sag mal …«, machte Ryan nachdenklich. »Du warst das doch gestern an der Bäckerei«, sagte er und sah Nora fragend an. »Ja, genau. Als diese Maus …«

Ein flaues Gefühl legte sich über Noras Magen und sie vergrub ihre Hände in den Hosentaschen.

»Möglich«, sagte Bartolomé, und Nora konnte in seinen Augen erkennen, dass er wusste, dass *er* die Maus gewesen war, vor der Nora sich versteckt hatte. Sie spürte Hitze in sich aufsteigen.

Bartolomé ließ Ryans Blicke mit beeindruckender Ruhe und Professionalität über sich ergehen, begrüßte dann auch Tonio, Yago und Vater Pedro, bevor er vorschlug, den Männern das Zimmer für Tonios Vorbereitungen zu zeigen.

Noras Papa, der ihr freudestrahlend einen Kuss auf die Wange gab und sie damit ein wenig beruhigte, sagte, Mutter Käthe sei zeitgleich mit ihnen angekommen und bereits bei Valentina. Ein Mitarbeiter der Bodega habe ihr den Weg gezeigt.

»Okay«, sagte Nora, erleichtert darüber, gleich wieder zu ihrer Schwester flüchten zu können. »Dann sehen wir uns nachher, wenn du Valentina abholst, ja?«

Pedro nickte. So glücklich und gleichzeitig aufgeregt hatte sie ihn selten gesehen und sie war sich sicher, heute noch das ein oder andere Freudentränchen von ihm zu erleben.

»Ich gehe dann mal mit den Jungs zum Zimmer«, sagte Ryan mit nachdenklicher Miene und gab Nora einen Kuss auf den Mund, den sie halbherzig erwiderte.

»Danke«, flüsterte sie ihm zu, nicht genau wissend, ob es die Situation mit Bartolomé oder die Tatsache war, dass er sich selbstständig in jeder Gesellschaft zurechtfand.

»Dann bis nachher«, sagte Bartolomé etwas verhaltener.

Nora nickte ihm unsicher hinterher, bis die Männer schließlich im Restaurant verschwanden und auf dem Weg zu den hinten gelegenen Zimmern waren. Dann ließ sie sich schnaufend auf die Steinbank sinken und atmete tief durch, bevor sie sich auf den Weg zurück zu Valentina machte. Als sie gerade um die Ecke bog, sah sie sich noch einmal nach dem kleinen Steinhaus am Rande des Hügels um, in dem Bartolomé wohnte. Eine angenehme Gänsehaut legte sich über ihre Unterarme, während ihre Gedanken abschweiften. Doch dann schüttelte sie den Kopf und verschwand kurz darauf in Valentinas Zimmer.

KAPITEL 23

So fühlte sich das also an, wenn man den Freund der Frau traf, die man zwei Abende zuvor noch beinahe geküsst hätte. Bartolomé atmete tief durch, bevor er das Restaurant betrat. Das gesamte Team hatte sich bereits in der Mitte versammelt und er hatte glücklicherweise keine Zeit, seinen Gedanken nachzuhängen.

Er nickte Matias zu, der ein paar Schritte entfernt von seiner Küchencrew gegen einen Pfeiler lehnte, nahm sich einen Barhocker von der Bar und stellte ihn zu den im Halbkreis sitzenden Mitarbeitern. Bartolomé war angespannt. Nicht bloß wegen der Begegnung gerade eben, sondern auch, weil er es nicht gewohnt war, vor so vielen Mitarbeitern irgendwelche Reden zu halten oder Besprechungen zu leiten. Er bevorzugte hingegen die familiäre Atmosphäre der Bodega, die Arbeit draußen in der Natur, den Bezug zu den Pflanzen und die persönliche Ebene, mit der auch sein Vater jahrelang die Geschäfte geleitet hatte.

Doch heute war die Stimmung eine andere. Heute musste alles auf die Minute passen, damit Braut und Bräutigam sowie die zahlreichen Gäste zufrieden waren und nichts von den Anstrengungen bemerkten, die bereits seit Tagen im Hintergrund stattfanden.

Bartolomé suchte erneut Matias' aufmunternden Blick, bevor er sich gegen den Barhocker lehnte und die Lippen befeuchtete. »Sind wir komplett?«, fragte er in die Runde.

Gemurmel entstand, bevor sich einer der Aushilfskellner zu Wort meldete, die den Service heute erweiterten.

»Marga fehlt noch«, sagte er halblaut.

Bartolomé sah gerade auf seine Armbanduhr, als die Schiebetür zum Restaurant aufging und eine junge Frau nach drinnen huschte. Sie verzog entschuldigend das Gesicht und nahm leise Platz.

Bartolomé lächelte ihr verständnisvoll zu. »Okay«, begann er. »Zuallererst möchte ich mich für die tolle Arbeit bedanken, die ihr bis hierher schon geleistet habt.« Er nickte anerkennend und suchte die Blicke des Teams, auf deren Gesichtern sich ein zufriedenes Lächeln abzeichnete. »Der Aufbau steht – Bestuhlung, Deko, Getränkebereiche, Laufwege, Küche. Das alles sieht absolut top aus, vielen Dank.«

Matias stimmte einen kurzen Applaus an, der die Stimmung weiter auflockerte.

»Nun steuern wir auf das eigentliche Event zu. Die ersten Gäste treffen ein, der Bräutigam und sein Trauzeuge werden den Empfang übernehmen, und unsere Aufgabe ist es, allen eine möglichst angenehme Zeit zu bereiten, ohne zu sehr in Erscheinung zu treten.«

Zustimmendes Nicken.

»Matias, Lola, Salva, eure Teams sind gebrieft und alles ist startklar?«

Die drei nickten und Matias ergänzte die Zustimmung mit einem Daumen nach oben.

»Super. Gibt es darüber hinaus noch irgendwelche Unklarheiten, Fragen, offene Punkte?«

Jeder beäugte seinen Sitznachbarn, doch niemand meldete sich zu Wort.

»Dann danke euch allen, viel Spaß und auf geht's!«, sagte Bartolomé erleichtert.

Umgehend löste sich die Versammlung in ein Gewusel wie in einem Ameisenbau auf und jeder ging zurück an seine vorher mit den Teamleitern besprochenen Aufgaben.

Es würde reibungslos funktionieren, sagte sich Bartolomé. Ganz offensichtlich fehlte ihm jegliche Erfahrung in der Ausrichtung eines solchen Events, doch möglicherweise war es gerade das, was ihn alles so gut hatte durchdenken lassen. Und wenn er selbst im Service aushelfen musste – er würde diese Hochzeit zu einem unvergesslichen Event für alle machen. Was sollte darüber hinaus noch passieren? Selbst für einen Stromausfall waren sie für heute abgesichert.

»Gute Ansprache«, sagte Matias, schob quietschend einen zweiten Barhocker neben Bartolomé und nahm schnaufend Platz.

Bartolomé nickte dankbar.

»Tut mir leid wegen gestern«, begann Matias ruhig. »Ich wollte dich nicht in Verlegenheit bringen.«

»Ist schon gut«, erwiderte Bartolomé ebenso ruhig.

»Nein, wirklich.« Matias rutschte auf dem Hocker hin und her, bis er die richtige Sitzposition gefunden zu haben schien. »Aber ich glaube, diese Sache mit den Mädels hat mir zwei Dinge gezeigt.«

»Aha?«, fragte Bartolomé und sah seinen Freund erwartungsvoll an.

Matias schmunzelte. »Ja. Nämlich erstens: Du bist immer noch der alte, spießige und verträumte Typ, der an die eine wahre Liebe glaubt ...«

Bartolomé schlug ihm lächelnd gegen die Brust.

»Nur meine Meinung«, erwiderte Matias und hob unschuldig die Arme.

»Und zweitens?«

Matias legte beide Hände auf den Hinterkopf und atmete hörbar aus. »Und zweitens glaube ich, du hast dich tatsächlich ein bisschen in die Trauzeugin verguckt.« Er biss sich ungläubig auf die Unterlippe und fügte leise ein »Verdammt!« hinzu.

»Na toll.« Bartolomé seufzte.

Sie saßen einige Momente lang schweigend in der Mitte des leeren Restaurants. Bartolomé dachte an Nora. Daran, wie sie vermutlich mit einem Glas Champagner in der Hand neben ihrer Schwester saß und möglicherweise auch noch über das skurrile Kennenlernen mit Ryan vorhin nachdachte.

»Du hattest übrigens unrecht«, sagte Bartolomé dann, und Matias hob fragend die rechte Augenbraue.

»Es war weder ihr verschollener Halbbruder noch ihr Anwalt oder Finanzberater gestern in dem Restaurant.«

»Shit«, zischte Matias und verzog das Gesicht. »Ist er hier? Hast du ihn schon getroffen?«

Bartolomé nickte.

»Verdammt.« Matias rieb sich nachdenklich den runden Bauch. »Passen sie denn zusammen? Ich meine … machen sie einen glücklichen Eindruck?«

Bartolomé schluckte. »Ehrlich gesagt«, begann er zögerlich, »bin ich unsicher, was das angeht.«

Matias stöhnte auf und drehte den Kopf. Einer seiner Mitarbeiter winkte ihn von der Küche aus zu sich. »Vielleicht lehne ich mich damit zu weit aus dem Fenster«, sagte er, während er sich von dem Barhocker abdrückte und aufstand. »Aber möglicherweise solltest du alles vergessen, was ich zu dem Thema gesagt habe.«

Jetzt war es Bartolomé, der fragend die Augenbrauen hob.

»Ihre Zeit in Andalusien ist offenbar begrenzt«, fuhr Matias fort. »Und seit sie in deinem Kopf herumspukt, bist du abwesend und komisch.«

»Na danke«, antwortete Bartolomé verlegen lachend.

»Du kannst jeden fragen, inklusive deines Vaters.«

»Du hast mit meinem Vater ...«

»Ja, habe ich«, ging Matias grinsend dazwischen. »Er ist übrigens eine echt coole Socke. Wir haben eine Flasche ... Aber egal, darum geht es nicht«, unterbrach er sich selbst und winkte ab. »Ich muss in die Küche. Jedenfalls, was ich sagen will: Wenn sich die Gelegenheit ergibt, ihr etwas näher zu kommen und herauszufinden, was Miss New York in dir auslöst ... Dann solltest du die Chance möglicherweise ergreifen.«

Bartolomé ließ den Kopf in den Nacken sinken und starrte bewegungslos an die Decke.

»Hey, ich habe gesagt *möglicherweise*«, sagte Matias gestikulierend. »Also nagel mich nicht darauf fest, wenn es schiefgeht.« Grinsend bewegte er sich rückwärts auf den Kücheneingang zu. »So, und jetzt muss ich an die Arbeit, sonst kriege ich Ärger mit dem Chef ...«

Dann war Matias durch die Schwingtür verschwunden und Bartolomé saß mit seinen Gedanken allein da. Er rappelte sich auf, stellte den Barhocker zurück an seinen Platz und sah nach draußen. Weder hatte er eine Ahnung, was sein Freund ihm da hatte sagen wollen, noch, was er mit dieser unausgereiften Erkenntnis anfangen sollte.

Lediglich eines wusste er: Auf keinen Fall würde er sich in eine funktionierende Beziehung drängen.

Niemals.

Ohne Ausnahme.

KAPITEL 24

Der Arm ihrer Mutter lag fest um Noras Hüfte. Gemeinsam sahen sie dabei zu, wie Valentina sich im Spiegel betrachtete, und funkelnde Tränchen sammelten sich in ihren Augenwinkeln.

Nora konnte nicht fassen, dass es wirklich ihre kleine Schwester war, die hier vor ihr stand. Valentina sah bezaubernd aus, beinahe magisch, wie einem modernen Märchen entsprungen. Das eigens angefertigte Kleid, die filigran hochgesteckte Frisur und das dezente Make-up, das ihre natürliche Schönheit unterstrich – alles war in Noras Augen so stimmig, wie es nur sein konnte.

»Jetzt hört schon auf«, sagte Valentina, die Kiefer fest aufeinandergepresst, um ihre Tränen noch eine Weile unter Kontrolle halten zu können. »Euretwegen muss Lucia gleich mein Make-up reparieren.« Sie fächelte sich Luft zu, bevor sie auf Nora und ihre Mutter zutrat und sie zusammen behutsam, aber liebevoll in die Arme schloss.

Ein dumpfes Klacken ertönte aus der Ecke, wo Fotografin Fernanda sich positioniert hatte und die intimsten Momente für ein Hochzeitsalbum festhielt.

»Wir wünschen dir alles Glück der Erde«, flüsterte Käthe Valentina ins Ohr, und Nora nickte. »Dein Papa wartet schon vor der Tür. Bist du so weit?«

Noras Schwester atmete einige Male tief durch und sah sich ein letztes Mal im Spiegel an, bevor sie sich über die Lippe leckte und aufgeregt lächelte.

»Genieße es, Schwesterherz«, sagte Nora und strich ihr sanft über den Rücken. »Du bist die schönste Braut, die ich je gesehen habe. Und zusammen mit Tonio bist du das tollste Paar, was ich mir vorstellen kann.«

Valentinas Kiefermuskeln traten hervor und ihre Lippen zuckten, doch sie schaffte es gerade noch, sich zu beruhigen, und flüsterte ein leises »Danke« zurück.

»Wir sehen uns vorne«, sagte Käthe zum Abschied, dann nahm sie Valentina an der Hand und die beiden verließen das Zimmer durch die Terrassentür.

Draußen stand Vater Pedro auf der kleinen gepflasterten Terrassenfläche und trat nervös von einem Bein auf das andere. Nora sah ihm in die Augen und lächelte. Er trug einen dunkelblauen zeitlosen Anzug, der im Tageslicht einen feinen Seidenglanz hatte. Sogar eine passende Weste schaute unter dem Jackett hervor und die schwarzen Schuhe rundeten den Eindruck ab. Nora konnte sich nicht erinnern, ihn je in solch einer schicken Garderobe gesehen zu haben.

»Du siehst richtig gut aus, Paps. Das solltest du öfter tragen«, sagte Nora und gab ihm einen Kuss auf die Wange.

»Das sehe ich auch so«, stimmte Käthe zu, nahm seine Hand und drückte sie sanft.

Pedro lachte verlegen auf, bevor die Nervosität wieder seinen Ausdruck bestimmte. »Nicht wenn ich dann auch immer so aufgeregt wäre, kurz bevor ich eines unserer Pflänzchen in die große weite Welt freigebe.«

Nora lächelte ihm sanft zu. »Paps, Valentina war euch nie näher als jetzt. Ihr wohnt im selben Ort und arbeitet in derselben Gärtnerei.«

»Ach, du weißt schon, was ich meine«, sagte er schwer ausatmend. »Und von dir fange ich gar nicht erst an. Sechstausendunddreiundsiebzig Kilometer weit bist du entfernt. Ich habe das mal auf diesem Onlinedingsbums nachgemessen.«

Ein Gefühl der Liebe und Zuneigung rauschte durch Noras Bauch. Sie legte beide Hände auf seine Schultern und sah ihn aufmunternd an. »Eins nach dem anderen, okay? Erst mal bringst du meine kleine Schwester zu ihrem zukünftigen Ehemann und dann sehen wir weiter.«

Er lächelte. »Na gut.«

»Bis gleich, Schatz«, sagte Käthe, gab Pedro einen Kuss, und dann gingen Nora und ihre Mutter in Richtung des Traubogens. Als sie in Sichtweite der Hochzeitsgesellschaft kamen, reckten sich viele Köpfe zu ihnen, ein paar Leute winkten und einige standen sogar auf, um sehen zu können, ob es möglicherweise schon Valentina war, die zur Trauung erschien. Anders als Käthe, die hin und wieder beim Sektempfang vorbeigeschaut und vor allem die Familie begrüßt hatte, war Nora ihrer Schwester nicht mehr von der Seite gewichen und hatte dementsprechend noch keinen der Gäste gesehen. Umso aufregender war es, viele bekannte Gesichter, Familie, Freunde, Kollegen, die sie bloß von Fotos oder Erzählungen kannte, sowie Studien- und Schulfreunde zu sehen. Alle hatten sich für diesen besonderen Tag herausgeputzt, trugen wunderschöne Kleider und schicke Sommeranzüge und Nora freute sich jetzt schon auf die vielen tollen Bilder, welche die Fotografin schießen würde.

Fünfundsechzig Personen waren zusammengekommen, um Valentina und Tonio auf dem Weg in ihren neuen Lebensabschnitt zu begleiten und ihr Glück zu teilen. Die Location sah traumhaft aus und das Wetter war perfekt. Zwar zeigte sich die Sonne intensiv wie die Tage zuvor, doch auf dem Hügel ging ein lauer Wind und hin und wieder zogen kleine Wölkchen vorbei.

Nora winkte einigen Gästen in den hinteren Stuhlreihen zu und begrüßte den einen oder anderen, während sie aufgeregt an ihnen vorbeischritt. Sie ging vor bis zu Tonio, der unter dem blumengeschmückten Traubogen stand, den Kopf vor Anspannung nach hinten gelegt hatte, sich abwechselnd die Finger massierte und vor Vorfreude auf seine Braut schier verrückt zu werden schien.

»Wie sieht sie aus?«, fragte er mit großen Augen, als Nora vor ihm stehen blieb und ihn mit einem aufmunternden Lächeln auf die Wange küsste.

»Vermutlich noch schöner, als du es dir vorgestellt hast«, erwiderte Nora stolz.

Tonio atmete laut durch die Nase aus und biss sich grinsend auf die Unterlippe. »Hey, Nora ...«, sagte er, als sie sich bereits umgedreht hatte, um sich in der ersten Reihe auf den frei gehaltenen Platz neben Ryan zu setzen.

»Du siehst übrigens auch richtig gut aus. Nur falls dir das heute noch keiner gesagt hat.«

Nora nickte ihm lachend zu. Sie trug ein helles luftiges Kleid mit einem Muster aus Zitronenzweigen mit satten gelben Früchten darauf, dazu helle halbhohe Sommerschuhe. Ihre dichten braunen Haare trug sie offen über die Schulter. Für ihre Verhältnisse war sie weniger schick gekleidet, als Ryan es vermutlich erwartet hatte, doch sie fühlte sich sehr wohl und freute sich über Tonios Kompliment.

»Viel Spaß«, sagte sie so leise, dass Tonio die Worte von ihren Lippen ablesen musste.

Dann setzte sie sich neben Ryan, der sich mit dem kleinen Programmheftchen Luft unter das Jackett fächelte.

»Gleich geht es los«, flüsterte Käthe von der Seite, die neben Tante Hilde, Onkel Bernd und Lina Platz genommen und einen Stuhl für Pedro frei gehalten hatte.

»Warum flüstern wir eigentlich?«, flüsterte Nora grinsend zurück und brachte ihre Mutter zum Kichern. Dann drehte sie sich um, um Ausschau nach ihrem Vater zu halten, der wie besprochen das Signal für den Einmarsch geben sollte.

Als Nora den Blick über die Gäste und die Location schweifen ließ, konnte sie wieder einmal nicht glauben, wie Valentina das angestellt hatte. Die ganze Koordination der Hochzeit mit kirchlicher und standesamtlicher Trauung, und das alles zwischen Arbeit, Familie, Bäckerei und Umbau von Tonios Wohnung.

Doch wenn Valentina sich etwas in den Kopf gesetzt hatte, dann schaffte sie es auch. Mit ein Grund dafür, dass Tonio dort vorne auf sie wartete und in wenigen Minuten sein Jawort geben würde.

Es dauerte nicht mehr lange, bis Nora erkannte, wie ihr Vater am Rande des Hauses einen Daumen in die Luft streckte. Es war so weit. Sie gab dem Gitarristen ein Zeichen, der daraufhin die ersten sanften Akkorde zupfte. Es wurde still auf der Anhöhe und alle warteten bedächtig auf Valentinas Auftritt. Dann bog sie mit ihrem Vater gemeinsam um die Ecke und Nora konnte ihr bereits aus der Ferne ansehen, wie überwältigt sie von dieser Situation war. Mit unsicheren Schritten tasteten die beiden sich vor, bis sie die Anhöhe erreichten. Nora sah, wie Vater Pedro mit den Tränen kämpfte und wie Valentinas Gesichtsausdruck unter den sanften Gitarrenklängen zwischen Aufregung und unendlicher Freude hin und her sprang. Sie hatte weder Augen für die Gäste, die sie allesamt ansahen, winkten und Handykameras auf sie richteten, noch für die Blumen oder den traumhaften Ausblick über das von Weinstöcken bewachsene Tal – Valentina sah einzig und allein zu ihrem Tonio, in dessen Ausdruck sich ihr Glück widerspiegelte.

Nora tupfte sich mit einem Taschentuch die Augenwinkel. Sie musterte ihre Mutter, die ebenfalls um ihre Fassung rang, und ließ den Blick über die Gäste schweifen. Alle sahen berührt dem Einmarsch der Braut zu. Alle bis auf einen, der sich an der Schläfe kratzte und unauffällig auf seinem Handy herumtippte.

Ryan.

Das konnte doch nicht wahr sein, dachte Nora und stupste ihn leicht an. Verärgerung stieg in ihr hoch. Wie konnte er bloß …?

»Okay, okay«, flüsterte er, sendete die Nachricht noch ab, ehe er das Handy wegsteckte, und drehte den Kopf dann ebenfalls zu Valentina und Pedro.

Nora versuchte, den Ärger herunterzuschlucken. Zu sehr genoss sie den Moment, in dem sich alles um ihre wunderschöne Schwester drehte. Als Valentina ganz vorne angekommen war, zitterten ihre Lippen vor Freude. In der linken Hand trug sie den schlichten Brautstrauß, mit der rechten übergab Pedro sie behutsam an Tonio, klopfte ihm väterlich auf die Schulter und setzte sich dann mit wackeligen Beinen neben Käthe und Tonios Vater Lazaro, der ihm aufmunternd zunickte.

Tonio musterte seine Braut von oben bis unten, schüttelte fassungslos den Kopf über ihre traumhafte Erscheinung und wandte sich dann gemeinsam mit ihr dem Priester zu, der genügsam hinter dem Traubogen wartete.

Nora spürte den sanften Druck von Ryans Fingern auf ihrer Hand. Sie sah ihn an und er schenkte ihr einen Blick, in dem der Anflug einer Entschuldigung lag. Nora schluckte, blinzelte ihm zu und konzentrierte sich dann mit gemischten Gefühlen auf die Zeremonie.

Priester Vicente, der Valentinas und Tonios gesamte Geschichte aus zwei Vorgesprächen kannte, fand einen überraschend witzigen Einstieg in die Trauung, indem er die Anekdote aus der zweiten Klasse wiedergab, in der Tonio Valentina aus Verlegenheit einen Miguelito mit Cremefüllung ins Gesicht geklatscht hatte. Die kleine Geschichte aus der Kindheit löste Valentinas Anspannung und es schien, als könnte sie den Rest der Zeremonie förmlich in sich aufsaugen und jeden Moment davon genießen. Es wurde mehrstimmig und schief gesungen, gebetet, Auszüge aus der Bibel und weitere Geschichten von Valentina und Tonio vorgetragen, gelacht und geweint, bis der Moment gekommen war, auf den alle gewartet hatten.

Filias kleine Tochter Aurora, die ein süßes orangefarbenes Kleid mit einer Schleife auf dem Rücken trug, rückte zwischen den Stühlen hervor und brachte die Ringe nach vorne. Der Priester holte noch etwas aus, schien diesen magischen Moment in alle Ewigkeit verlängern zu wollen, sodass Nora nervös hin und her rutschte und vor Anspannung die Lippen aufeinanderpresste, bis sie schließlich ihre Schwester die Worte »Ja, ich will« sagen hörte.

Applaus ertönte, als das Brautpaar sich überglücklich ansah und mit einem leidenschaftlichen Kuss ihre Ehe einläutete.

Valentinas Strahlen nahm Noras volle Aufmerksamkeit ein, als sich die beiden durch einen Schleier aus Freudentränen ansahen. Eine Gänsehaut breitete sich auf Noras Armen aus und ließ sie vor Glück und Freude erschaudern.

Dann lief das Paar unter Jubelrufen, Applaus und fröhlicher Gitarrenmusik zwischen den Gästen entlang auf den für die Glückwünsche und den Umtrunk vorbereiteten Platz unter den Olivenbäumen.

Die Familie folgte den beiden als Erste und Nora konnte es kaum erwarten, Valentina und Tonio in die Arme zu schließen, ihnen alles Glück der Welt zu wünschen und Tonio zu ermahnen, bloß gut auf ihre Schwester aufzupassen.

Als das Brautpaar schon beinahe unter den Olivenbäumen angekommen war, griff Ryan nach Noras Hand und küsste sie. Nora sah ihn an und Tausende Gedanken schossen ihr durch den Kopf. Vor sich sah sie ihre strahlende Schwester, die alles zu haben schien, was sie zum Glücklichsein brauchte. Und neben sich sah Nora denjenigen, mit dem sie sich dasselbe gewünscht hatte. Ryan war ein guter Kerl, liebevoll, vernünftig, meistens zuverlässig, anziehend und zuvorkommend. Doch Noras Schritte wurden schwerer, als sich eine Frage in ihren Kopf drängte und sie die Antwort plötzlich nicht mehr mit absoluter Sicherheit wusste. Würde sie jetzt und hier »Ja« sagen, wenn Ryan sie fragte, ob sie den Rest ihres Lebens miteinander verbringen wollten?

KAPITEL 25

Noras Wangen glühten von den vielen Begrüßungen, Küsschen und Umarmungen nach der Zeremonie. Sie wechselte von einem Grüppchen zum nächsten, stieß mit Freunden, Kollegen, der Familie und sogar mit Doctor Rafael Vicario an, dem Arzt, den Valentina zeitgleich mit Tonio gedatet hatte, und versprach, im Laufe des Abends immer mal wieder vorbeizuschauen und die Tische zu wechseln. Gleichzeitig spürte sie eine große Erleichterung über die wunderschöne Zeremonie, die genau so verlaufen war, wie Valentina es sich erträumt hatte. Nach der kirchlichen Trauung mit den Gästen war Nora noch kurz mit Valentina und Tonio sowie Tonios Trauzeugen Yago an einen ruhigen Ort hinter dem Haupthaus verschwunden, um den standesamtlichen und damit formellen Akt der Trauung zu vollziehen. Der Standesbeamte hatte sich wie besprochen kurz gefasst, und getragen von den vorangegangenen Emotionen hatten sich Nora und Valentina bereits nach wenigen Minuten schon wieder vor Freude weinend in den Armen gelegen. Anschließend war das Brautpaar mit der Fotografin weitergezogen, um Bilder in den Weinhängen, den Gemäuern und am Haupteingang der Bodega zu machen. Es würden Momentaufnahmen werden, die sich die beiden immer wieder gemeinsam ansehen und mithilfe derer sie sich unter Freudentränen an diesen Tag zurückerinnern würden, da war Nora sich sicher.

Zufrieden sah sie sich unter den Schatten spendenden Olivenbäumen um, unter denen die Gäste sich aufhielten, und genoss die ausgelassene Stimmung. Sie hörte die spanischen, englischen und deutschen Geschichten über das Brautpaar und das Klirren von Sektgläsern, während immer wieder auf Valentina und Tonio angestoßen wurde.

Als Nora sich wieder zu Ryan, ihren Eltern, Marina und ihrem Vater sowie Filia mit Mann und Kindern gesellte, ging es offensichtlich gerade um ihre zu erwartende Rede.

»Wenn man vom Teufel spricht«, sagte Marina, und alle Augen richteten sich auf Nora. »Wir rätseln gerade, ob du schon jemals in deinem Leben eine Rede vor so vielen Leuten gehalten hast«, sagte sie und kicherte. »Also ich an deiner Stelle bräuchte noch den ein oder anderen Sekt dafür.«

Nora grinste. »Der Abend ist ja noch lang«, erwiderte sie und streckte ihr Glas in die Mitte, sodass alle mit ihr anstießen.

»Ich besorge noch mal eine Runde«, sagte Ryan, strich Nora kurz über den Arm und ging auf die kleine Bar am Rande der Bäume zu.

Lina stellte sich neben Nora und gemeinsam sahen sie Ryan hinterher. »Sag mal, ist alles in Ordnung mit ihm?«, flüsterte sie, sodass bloß Nora es hören konnte. »Sollten wir vielleicht mehr Englisch sprechen, damit er sich nicht ausgegrenzt fühlt?«

»Ryan fühlt sich normalerweise nie ausgegrenzt«, erwiderte Nora nachdenklich. »Vielleicht ist er einfach erschöpft von den vielen Meetings in den letzten Tagen und dem Jetlag«, mutmaßte sie achselzuckend, auch wenn sie vermutete, dass ihn etwas anderes beschäftigte. »Ich werde nachher in Ruhe mit ihm sprechen.«

Lina nickte. »Hast du eigentlich deine Rede noch fertig bekommen? Bist du zufrieden?«

Nora machte eine unschlüssige Geste. »Ich habe mich kurz gefasst. Aber es ist mir erstaunlich leichtgefallen, das auszudrücken, was ich denke und vor allem, was ich fühle«, sagte sie und schluckte. »Das ist ... nicht immer so.«

Nora spürte Linas Blick auf sich. Sie konnte nicht abschätzen, ob ihre Cousine wusste, dass sie den Umgang mit ihren Gefühlen zu Ryan meinte, doch sie ließen Noras Anspielung unkommentiert.

Etwa eine Stunde später kamen Valentina und Tonio strahlend und mit geröteten Wangen zurück von ihrem Shooting, bedankten sich nochmals bei allen Gästen für ihr Erscheinen und die schöne Zeremonie und tranken ein Glas Sekt mit. Dann zog die Hochzeitsgesellschaft weiter zur feierlich hergerichteten Außenterrasse des Restaurants und die Gäste nahmen entsprechend den Namensschildern auf den beiden langen Tafeln ihre Plätze ein. Etwas anders als in Valentinas Planung gab es einen fließenden Übergang von der weiteren Getränkebestellung zu den köstlichen Vorspeisenplatten und dem umfangreichen Hauptgang, bei dem zwischen Fisch, Fleisch und einer vegetarischen Variante gewählt werden konnte. Die Zeit verflog nur so während der vielen Gespräche, Trinksprüche und innigen Momente mit Freunden und Familie. Nach dem Hauptgang ließ Tonio sein Glas erklingen, bekam ein Mikrofon in die Hand, bedankte sich noch einmal herzlich für den gelungenen Tag und freute sich auf den bevorstehenden Abend. Er schmückte das Ganze zu einer kurzen, amüsanten und emotionalen Rede aus, in der er Valentinas und seine Liebesgeschichte noch einmal aus seiner Perspektive schilderte, die guten Ratschläge seines Vaters mit einbezog und seiner frisch angetrauten Frau erneut seine Liebe versprach, solange ihre Herzen schlugen. Das Ganze endete tränenreich, mit einem lang gezogenen Kuss unter Beifall und jeder Menge begleitender Fotos und Videos. Im Augenwinkel bemerkte Nora, dass Bartolomé, der sich den ganzen Tag über im Hintergrund gehalten hatte, extra nach draußen gekommen war, um Tonios Rede zu lauschen. Am Ende der Rede spürte Nora seinen Blick auf sich und sie sahen sich für einen kurzen Moment an, bevor Nora sich mit klopfendem Herzen abwandte und sich etwas Wasser zum Wein einschenkte.

Die Sonne hatte mittlerweile ihre Kraft verloren und ergänzte bloß noch in zarten Orange- und Rottönen die warme Beleuchtung der Bodega, die mit den Lampions und Lichterketten in den Bäumen ein magisches Bild bot.

Als Tonio schließlich seine Liebste bat, mit ihm auf die seitlich angrenzende kleine Tanzfläche zu kommen, sah Nora ihnen lächelnd nach. Erneuter Applaus ertönte, als die beiden sich in der Mitte der Fläche positionierten und die Arme umeinanderlegten. Die ersten Gäste standen auf, um sich am Rand der Tanzfläche zu positionieren, und plötzlich machten alle mit und bildeten einen Kreis für das Brautpaar.

Die Band saß wie abgesprochen bereit, klopfte leise den Takt an und spielte einen langsamen Walzer, den Valentina sich zur klassischen Eröffnung gewünscht hatte. Ryan schmiegte sich eng an Nora und hauchte ihr einen Kuss in den Nacken. Sie hatten noch keine freie Minute gehabt, um miteinander zu sprechen, und Nora nahm sich vor, das nach ein paar Liedern in Ruhe etwas abseits des Trubels zu tun. Sie wollte ihm sagen, dass sie froh war, ihn bei sich zu haben, auch wenn sie zu mehr nicht imstande war und morgen und die nächsten Tage weitersehen musste.

Nichts von Noras innerem Konflikt ahnend, schwebten Valentina und Tonio unterdessen langsam und romantisch über die Tanzfläche, strahlten sich gegenseitig an, und Nora kam es vor, als könnten sie in diesen intensiven Momenten alles um sich herum ausblenden. Das Schauspiel dauerte etwa zwei Minuten an, bis die Band plötzlich eine überraschende Pause machte, in der Valentina sich von Tonio löste und im Abstand von etwa einem Meter vor ihm stehen blieb. Sie senkte den Kopf nach unten. Die Gäste pfiffen und johlten vor Neugier. Dann wechselte schlagartig der Rhythmus der Band, Bongos mischten sich unter die Schlagzeugklänge und der Takt wurde schneller.

»Salsa!«, johlte jemand aus der Menge, als Valentina ihr Hochzeitskleid schwang und einige gekonnte Schritte um Tonio herum machte. Er griff nach ihrer Hand, wirbelte sie in eine weitere Drehung und die beiden präsentierten einen offensichtlich einstudierten Tanz zu einem Hit von Leoni Torres, während im Hintergrund die Sonne hinter den Weinbergen unterging.

Die Gäste klatschten mit und begannen ihrerseits, die Füße zur Musik zu bewegen, allen voran Tante Hilde, Käthe und Marina, die kurz davor waren, den Hochzeitstanz zu sprengen.

Als das Lied endete, blieben Valentina und Tonio um Atem ringend voreinander stehen und küssten sich unter weiterem Jubel, bevor sie die Tanzfläche eröffneten und einige der Gäste die Einladung umgehend annahmen.

Nora drehte sich zu Ryan, der mittlerweile neben ihr stand und mit interessiertem Blick in die Menge sah.

»Tanzt du mit mir?«, fragte sie und legte ihre Hand in seine.

Er zögerte, sah ihr lächelnd in die Augen und schüttelte dann sachte den Kopf. »Du weißt, ich bin kein großer Tänzer. Und das sieht mir alles ziemlich professionell aus, was deine Familie da so zeigt.« Er deutete mit einer Kopfbewegung auf Marina, die sich mit Yago gekonnt zwischen den Gästen drehte.

Nora legte lächelnd den Kopf schief. »Darum geht es doch nicht«, sagte sie und griff nach Ryans anderer Hand, um ihn in Richtung der Tanzfläche zu bewegen. »Lass uns einfach etwas Spaß haben.«

Ryan entzog sich windend Noras Versuch, ihn für den Tanz zu gewinnen, und hob lachend die Arme. »Später vielleicht, okay?«, sagte er mit entschuldigendem Blick.

Nora wusste, dass er nicht gern tanzte. Sie dafür umso mehr, und schließlich waren sie auf der Hochzeit ihrer Schwester. War es also so schlimm, sich einmal etwas gehen zu lassen? Enttäuscht ließ sie von ihm ab.

»Will er etwa nicht?«, rief Lina und kam Nora schwer atmend von der Tanzfläche entgegen.

»Ryan ist …«

Noch bevor Nora ausreden konnte, wurde sie von Lina an der Hand gepackt und schwungvoll zwischen die tanzenden Gäste gezogen. Lina wirbelte sie herum, bis ihr schwindelig wurde und sie sogar anfing, vor Freude zu kreischen.

Immer wieder sah Nora auffordernd zu Ryan herüber, der dem Spektakel aus sicherer Entfernung folgte, bis er nach einigen Drehungen plötzlich verschwunden war.

Zwei weitere schnelle Lieder und wilde Kreistänze mit Valentina und Käthe später hatte Nora glänzende Augen und winzige Schweißperlen auf der Stirn. Als die Musik leiser wurde, fächelte sie sich mit einer Menükarte etwas Luft ins Gesicht. Es war noch früh am Abend und Nora war bereits aus der Puste. Morgen würde sie jeden Muskel in ihren Beinen spüren und zu nichts mehr imstande sein, als sich an den Strand zu legen und sich hin und wieder im Meer abzukühlen, so viel stand fest.

Das Klopfen von Fingern auf einem eingeschalteten Mikrofon ertönte aus den Lautsprechern der Gesangsanlage. Dann ein Räuspern. »Mikrofoncheck, eins, zwei.«

Alle sahen sich suchend um, bis Lina auf den Gitarrenverstärker stieg und mit der Hand auf sich aufmerksam machte.

Nora sah gespannt zu ihr hoch. Ihres Wissens nach waren keine fraglichen Hochzeitsspiele, Vorführungen oder Ähnliches geplant.

»So, meine Lieben«, begann sie und fuhr in einem Mix aus Englisch, Spanisch und Deutsch fort, was gleichermaßen für Konfusion wie Begeisterung sorgte. »Da wir heute zwei so pflichtbewusste Eheleute vermählt haben, die noch nicht einmal über eine Hochzeitsreise nachgedacht haben, dachte ich, wir beginnen zumindest damit, etwas Geld für die beiden zu sammeln.«

Pfiffe der Zustimmung ertönten.

»Also werden wir eine kleine Tanzversteigerung machen. Ich habe dazu sechs wundervolle Frauen und Männer ausgewählt, mit denen ihr, liebe Gäste, jeweils einen Tanz ersteigern könnt. Und als Höhepunkt wird auch noch unsere Braut versteigert.«

Nora grinste amüsiert, während aus dem Publikum Jubel ertönte. Eine schöne Idee. Warum hatte Lina ihr nichts davon erzählt?

»Also, seid ihr bereit?«

Der Drummer kündigte den Start der Auktion mit einem Trommelwirbel an.

»Marina, wo bist du? Du bist die Erste«, sagte Lina und suchte nach Valentinas bester Freundin, die sich verwundert den Weg nach vorne bahnte. Offenbar waren die Teilnehmerinnen nicht eingeweiht worden und eine gewisse Aufregung erfasste Nora, weil sie fürchtete, gleich ebenfalls nach vorne gebeten werden zu können.

»Marina ist eine ausgezeichnete Salsa-Tänzerin, trinkt jeden von euch Möchtegernmännern unter den Tisch und hat mir erzählt, dass sie mit neun Jahren den gelben Gürtel im Karate erworben hat.«

Einige Gäste lachten.

»Wer bietet zwanzig Euro für einen Tanz mit Marina?«, rief Lina im Stil eines Auktionators bei Christie's.

Eine Hand schnellte nach oben.

»Fünfundzwanzig Euro?«

Valentina hob ihre Hand.

»Das Brautpaar darf leider nicht teilnehmen«, erklärte Lina trocken und ging nicht weiter auf Valentinas Versuch ein, das Gebot für ihre Freundin in die Höhe zu treiben.

Weitere Gebote wurden gesetzt und Nora verfolgte das Spektakel mit gedrückter Begeisterung, denn Ryan war immer noch nicht wieder aufgetaucht. Entweder er machte eine Entdeckungstour auf dem Gelände oder er war auf der Toilette, vermutete sie.

»Hundertzwanzig Euro«, rief Marinas Vater Hugo und hielt drei Scheine in die Luft, als Zeichen dafür, dass er es ernst meinte und kein weiteres Gebot dulden würde. Einer von Valentinas Berliner Singlefreunden runzelte enttäuscht die Stirn, gab sich jedoch geschlagen.

»Zum Ersten, zum Zweiten, verkauft!«, rief Lina begeistert. »Ein Tanz zwischen Vater und Tochter, wie schön! Und du hast bestimmt nachher auch noch deine Chance«, fügte sie lachend an den überbotenen Berliner hinzu, der sich sichtlich über die Aussicht freute.

Weiter ging es mit Tante Hilde, die sich vor Aufregung über die ganze Aufmerksamkeit für ihre Person ständig durch die Haare fuhr.

Einige Gebote wurden abgegeben, natürlich von Onkel Bernd, der es vermutlich als seine Pflicht ansah, aber auch von Pedros Cousin Manuel und schließlich sogar von Sommelier Marcos, der zufällig an der Bar aushalf und von der Auktion Wind bekommen hatte. Doch Onkel Bernd ließ sich zu Tante Hildes Enttäuschung nicht lumpen und ersteigerte den Tanz mit seiner Frau für fünfundachtzig Euro. Er holte sie sogar unter Beifall vorne an der Bühne ab und gab seinem weitaus jüngeren Bieterrivalen per Handzeichen zu verstehen, dass er sich nicht mit ihm anlegen solle.

Nora krümmte sich vor Lachen, denn so hatte sie ihren sonst so brummeligen und unscheinbaren Onkel noch nie gesehen. Erst als ihr eigener Name ausgerufen wurde, verstummte sie und sah sich suchend nach Ryan um. Doch er war immer noch nicht zu sehen.

»Komm zu mir nach vorne, Nora«, rief Lina ins Mikrofon und lockte sie mit dem Zeigefinger. »Wo ist dein Freund? Will er den Tanz nicht für sich entscheiden?«

Nora zuckte ratlos mit den Achseln.

»Na ja, er wird schon noch kommen. Wir starten mit vierzig Euro. Wer bietet vierzig Euro für diese andalusische Schönheit, erfolgreiche New Yorker Galeristin und mehr als vorzeigbare Tänzerin?«

Sofort schoss die Hand ihres Vaters in die Höhe, der sie mit einem liebevollen Blick versah. Nora wurde warm ums Herz.

»Fünfundvierzig Euro?«

Der Single aus Berlin versuchte noch einmal sein Glück, wurde jedoch erst von Tonios Freund Yago, dann von Filia und schließlich noch einmal vom Sommelier überboten, der offenbar Gefallen an dem Konzept der Versteigerung gefunden und sich an den Rand des Geschehens gesellt hatte.

Die Gebote stiegen bis auf hundertvierzig Euro, während Nora enttäuscht zur Kenntnis nahm, dass Ryan immer noch nicht aufgetaucht war. Sie erwischte sich sogar bei der Frage, ob er sie möglicherweise bloß ersteigert hätte, ohne den Tanz mit ihr anzutreten.

»Hundertvierzig Euro zum Ersten, zum Zweiten …«, setzte Lina an, als noch ein Gebot vom Rande des Platzes ertönte und den Zuschlag unterbrach.

»Zweihundert Euro.«

Noras Herz setzte erst aus und überschlug sich dann, um schließlich weiterzurasen.

Alle Köpfe drehten sich zur Seite, wo Bartolomé an der Schiebetür zum Restaurant lehnte, die Arme locker vor der Brust verschränkt und den Blick fest auf Nora gerichtet.

Ihr Puls beschleunigte sich immer weiter, als erst Lina und dann weitere Gäste zwischen ihr und Bartolomé hin und her sahen. Die feinen Härchen auf Noras Unterarmen stellten sich auf, und ein Schauer durchlief ihren gesamten Körper.

»Zweihundert Euro?«, wiederholte Lina verdutzt.

Nora sah, wie Bartolomé ruhig nickte. Es schien ihn nicht zu kümmern, dass er plötzlich im Mittelpunkt der Hochzeit stand. Außerdem schien es ihn auch nicht zu kümmern, dass sich die Mehrheit der Gäste fragte, wer er eigentlich war, während sich die anderen wunderten, warum er und nicht Ryan für den Tanz mit Nora bot.

»Zum Ersten, zum Zweiten, verkauft für zweihundert Euro an Bartolomé, den Besitzer dieser wunderschönen Bodega«, rief Lina genau in dem Moment in das Mikrofon, als Ryan aus dem Restaurant trat.

Nora zuckte unwillkürlich zusammen, als er sie durch die Menge hinweg anblickte. »Verdammt«, stieß sie aus, als sich sein Gesichtsausdruck verfinsterte.

Sekundenbruchteile später machte Ryan auf dem Absatz kehrt und verschwand schnellen Schrittes in Richtung der Olivenbäume, wo vorhin der Empfang stattgefunden hatte.

Schwer atmend bahnte Nora sich den Weg durch die Menge und steuerte ebenfalls auf die Olivenbäume zu. Auf Höhe der Terrasse verharrte sie für einen kurzen Moment, unschlüssig darüber, ob sie irgendetwas zu Bartolomé sagen sollte. Sie wechselten einen intensiven Blick, doch Nora gab sich einen Ruck, lief seufzend an ihm vorbei und eilte Ryan hinterher, sich unablässig fragend, wie er die aus dem Ruder gelaufene Auktion wohl aufgefasst hatte.

✳✳✳

Bartolomé zog mit klopfendem Herzen die Tür der dunklen Vorratskammer hinter sich zu und lugte durch das kleine Fenster nach draußen. Verdammt, er hatte es getan. Er hatte sich nicht zusammenreißen können. Und ausgerechnet in dem Moment war Noras Freund wieder nach draußen gekommen, nachdem er sie die ganze Zeit über allein gelassen hatte.

Verdammter Mist.

Bartolomé fuhr sich nachdenklich durch die Haare. Er hatte seinem Team großspurig gesagt, sie sollten sich weitestgehend im Hintergrund halten, und was tat er? Mischte sich in die Tanzauktion ein und ersteigerte die hübscheste Frau des Abends. Zumindest in seinen Augen.

Doch er hatte Noras Hilfe suchenden Blick genau gesehen, da ihr Freund nicht dort war, wo er hätte sein sollen. Nämlich an ihrer Seite. Oder redete sich Bartolomé das nun ein, um seinen dämlichen Auftritt zu rechtfertigen? Vermutlich Letzteres. Doch damit musste er jetzt zurechtkommen.

Er dachte angestrengt nach und beobachtete das Geschehen vor der Bühne. Die kurze Aufregung schien sich wieder gelegt zu haben und es war beinahe nahtlos mit der Versteigerung weitergegangen. »Gott sei Dank«, murmelte er.

Den ganzen Abend lang hatte er einen weiten Bogen um den Außenbereich gemacht und war lediglich zu Tonios Rede nach draußen gekommen, um einen kurzen Blick auf Nora zu werfen. Sie war so unglaublich hübsch gewesen, dass er bei ihrem Anblick weiche Knie bekommen hatte. Wann war ihm so etwas zuletzt passiert? Noch nie. Anschließend hatte er sich wieder verzogen und wirklich versucht, sich fernzuhalten, doch bei der Auktion waren plötzlich die Pferde mit ihm durchgegangen. Und jetzt stand er vor der großen Frage, was er bloß tun sollte, um weder Nora vor den Kopf zu stoßen noch weiteren Ärger zwischen ihr und ihrem Freund zu verursachen. Er hatte das doch nicht gewollt. Es war bloß … Er wusste nicht, was es war.

Grübelnd stützte sich Bartolomé am Fenstersims ab. Er konnte Nora nachlaufen, sie suchen und den Rest auf sich zukommen lassen. Doch das würde alles nur noch schlimmer machen. Oder er konnte sich von nun an heraushalten und hoffen, dass der Abend bald vorüber war.

Was sollte er bloß tun?

KAPITEL 26

Bereits zum dritten Mal lief Nora über das gesamte Anwesen, sah drinnen in den Zimmern nach, im Restaurant, sogar in den Produktionshallen. Ryan war wie vom Erdboden verschluckt. Als Nora zurück zur Feier ging, hörte sie aus der Ferne das dumpfe Dröhnen der Band, die das Tempo immer weiter anzog, sodass die Gäste johlend über den Tanzboden flogen.

Die Tanzauktion war längst vorbei und Nora hatte nicht nur die Versteigerung von Tonios Vater, sondern auch den Höhepunkt, die Versteigerung des Tanzes mit ihrer Schwester, verpasst. Zähneknirschend ging sie zu ihrem Platz an der Tafel und trank einen Schluck Eiswasser. Sie ärgerte sich über sich selbst, aber auch über Bartolomé und am meisten über Ryan. Wäre er doch bloß da gewesen und hätte mitgeboten. Während Nora ihr Handy aus der Handtasche kramte und Ryans Nummer wählte, fragte sie sich, ob Bartolomé auch gegen Ryan geboten hätte oder bloß für ihn eingesprungen war. Ihr Atem beschleunigte sich bei diesem Gedanken und erst Sekunden später bemerkte sie, dass der Anruf längst abgebrochen war. Entweder war Ryans Handy ausgeschaltet, im Flugmodus oder er hatte keinen Empfang, was hier oben in den Bergen durchaus vorkommen konnte.

Verdammt.

»So, meine Lieben«, sagte Tonio in das Mikrofon. »Bevor es gleich weitergeht, werden wir die Torte anschneiden. Also kommt bitte noch einmal vorne zusammen.«

Nora atmete laut aus, schloss die Augen und dachte nach. Zu gern würde sie mit Ryan sprechen. Aber auch mit Bartolomé, der wieder nach drinnen verschwunden war. Außerdem hatte sie ihre Rede vor dem Anschneiden der Torte halten wollen, war aber nun weder in der Stimmung noch fühlte sie sich in der Lage dazu.

»Gleich geht es los, Leute«, rief Tonio aufgeregt, als ein Rollwagen mit der mehrstöckigen Hochzeitstorte auf den Platz gerollt wurde, die Tonio selbstverständlich selbst gebacken und künstlerisch verziert hatte.

Nora trank noch einen Schluck, schüttelte dann den Kopf und ging nach vorne zu den anderen, um nicht auch noch den nächsten unwiederbringlichen Moment aus dem Leben ihrer Schwester zu verpassen.

* * *

»Ich weiß nicht, wie die anderen das aushalten, aber ich kann nicht die ganze Nacht durchtanzen«, sagte Valentina und ließ sich erschöpft auf den Stuhl neben Nora sinken. Dann stellte sie ihren leeren Kuchenteller auf den Tisch, streifte ihre flachen Schuhe ab, die sie längst gegen ihre hohen Brautschuhe eingetauscht hatte, und legte ihre Hand auf Noras Oberschenkel. »Ist alles in Ordnung, Schwesterherz?«

Sie saßen allein an der langen Tafel und Nora seufzte. Sie stierte an Valentina vorbei und hörte, wie Tonio mit seinen Jungs lautstark das nächste Lied begleitete. Außerdem hatte sich mittlerweile eine regelrechte Traube vor der Fotobox gebildet und es blitzte ununterbrochen.

»Ist Ryan sauer wegen der Versteigerung?«, hakte Valentina nach und stupste Nora an der Schulter an. »Er war eben einfach ein bisschen spät dran.«

»Ja«, sagte Nora abwesend. »Er war wohl sauer.«

Einen kurzen Moment dachte Nora darüber nach, ihrer Schwester zu erzählen, was beinahe zwischen Bartolomé und ihr vorgefallen war, doch es war der absolut falsche Zeitpunkt für solch eine Offenbarung. Valentina hatte den größten Tag ihres bisherigen Lebens und es sollte sich alles ausschließlich um sie und Tonio drehen. Nora musste sich also zusammenreißen, Ryan beruhigen, sofern sie ihn endlich fand, und alles Weitere auf morgen verschieben.

»Sag mal, wo ist Ryan eigentlich?«, fragte Valentina und sah sich suchend um. »Ich habe ihn schon länger nicht mehr gesehen. Er hat auch gar keinen Kuchen gegessen, oder?«

Nora hob die Schultern und verzog unwissend das Gesicht. »Vielleicht braucht er auch etwas Zeit für sich«, sagte sie und bereute sofort, was sie gesagt hatte.

»Auch?«, fragte Valentina umgehend und sah Nora ernst an. Im Hintergrund verstummte zeitgleich die Musik. Lediglich ein einzelner Gitarrenakkord schwang noch über den Platz und verlor sich in der Dunkelheit der Berge.

Ein furchtbares Piepen ertönte durch das Mikrofon.

Einige der Gäste verzogen schmerzhaft das Gesicht.

Dann fiel krachend eine Trommel zu Boden.

»Oops«, hörte Nora ihren Freund in das Mikrofon sagen. Ruckartig stand sie auf, suchte Ryan und fand ihn mit einer Flasche Sherry in der Hand zwischen der Band. Er sah furchtbar mitgenommen aus und schien zu taumeln. Nora presste die Kiefer aufeinander, ihr Atem ging stoßweise.

»Alter, pass doch auf«, rief der Drummer und schüttelte fassungslos den Kopf.

»Sorry«, sagte Ryan, hob flüchtig die Arme und machte sich dann daran, auf den Gitarrenverstärker zu steigen.

Nora stand wie gelähmt da, nicht fähig, einen klaren Gedanken zu fassen, geschweige denn, etwas zu unternehmen.

Ryan kippte unterdessen beinahe vorneüber, konnte sich gerade noch so ausbalancieren und lachte hysterisch ins Mikrofon. Dann verstummte das Lachen und sein Gesicht wurde ernst. »Meine lieben Gäste, liebe Valentina, lieber Tonio. Das ist ein … Ja, ein gelungener Abend, würde ich sagen. Wirklich schön.«

Mit jeder Silbe, die er sagte, schnürte sich Noras Brust noch weiter zu.

»Ich bin mit Nora hier. Oder *wegen* ihr, besser gesagt. Nur für alle, die es noch nicht mitbekommen haben.« Er sah zu der Stelle, an der Bartolomé vorhin für Noras Tanz geboten hatte.

Ein kalter Schauer lief Nora den Rücken entlang und schien jeden Quadratzentimeter ihres Körpers gefrieren zu lassen.

»Sie ist meine Freundin«, fügte Ryan nickend hinzu, bevor er einen Schluck aus der Sherry-Flasche nahm, die er vermutlich aus dem Weinlager hatte mitgehen lassen.

»Ich …«, begann Nora, bekam aber keinen weiteren Ton heraus. Ein Pochen an ihrer Schläfe legte ihren gesamten Sprechapparat lahm. Warum holte ihn denn niemand da runter, dachte sie und ballte ihre Finger zu Fäusten zusammen, bis es schmerzte.

»Ich habe ihr in New York Ohrringe geschenkt«, erzählte Ryan weiter. »Huiuiui, war sie sauer.« Er verzog das Gesicht zu einer Grimasse, als einige dumpfe Lacher ertönten. Sherry schwappte aus dem Flaschenhals auf den Verstärker.

»Aber ich habe ihr versprochen: Das war nur ein kleiner Vorgeschmack.« Er streckte den Arm mit der Flasche in Noras Richtung. »Nora, ich sehe dich am Tisch mit Valentina. Kommst du bitte kurz nach vorne?«

Noras Magen zog sich auf die Größe einer Murmel zusammen. Ihr wurde übel vor Anspannung.

Endlich ergriff Yago die Initiative, ging auf Ryan zu und bat ihn sachlich, aber bestimmt, bitte von dem Verstärker herunterzukommen und ihm das Mikrofon zu überreichen. »Es reicht jetzt!«, setzte er nach, als dieser sich weigerte.

Nora spürte die vielen Blicke auf sich und wollte am liebsten in der Dunkelheit verschwinden. Aber gleichzeitig war es die Hochzeit ihrer Schwester und sie musste Ryan irgendwie weg von der Band und der Tanzfläche bekommen. Plötzlich setzten sich ihre Beine in Bewegung. Erst langsam, dann schneller werdend, bis sie schließlich vor Ryan stand.

»Ryan, komm jetzt bitte da runter«, zischte sie, doch er ließ sich nicht abhalten und wandte sich an die anderen Gäste, die ihn allesamt anstarrten.

»Ich bin mit dem Shuttle kurz ins Hotel gefahren«, erklärte er, was für Nora zwar die Erklärung für sein Verschwinden war, sie jedoch hier und jetzt überhaupt nicht interessierte.

»Ich habe etwas geholt«, setzte er nach und zog eine kleine Schachtel aus der Hosentasche.

Noras Blick war wie versteinert. Das Blut rauschte in ihren Ohren, und ihr drohte schwindelig zu werden. »Bitte nicht«, flüsterte sie ihm beinahe flehend zu. Das konnte er doch nicht machen. Nicht jetzt, nicht hier und nicht so!

»Bitte nicht?«, wiederholte Ryan irritiert und verlor den Halt auf einem Bein. Die Sherry-Flasche fiel krachend zu Boden, Glassplitter verteilten sich bis auf die Tanzfläche.

Nora zuckte vor Schreck zusammen.

Yago sah sie mitfühlend an, dann zog er Ryan, der sich weiterhin mit erstaunlicher Vehemenz am Mikrofon festklammerte, mit einem Ruck vom Gitarrenverstärker.

»Okay«, rief er, als Yago ihn mit einem festen Griff fixierte. »Dann frage ich dich eben nicht, ob du meine Frau werden willst«, krächzte er unter dem Druck von Yagos starken Armen.

Nora legte mit entsetztem Blick beide Hände vor den Mund. Nein, Ryan, dachte sie. Bitte tu das nicht!

»Dann machen wir das eben morgen.«

Endlich ließ Ryan das Mikrofon fallen, zeigte zum Beweis für seine gute Absicht die geöffnete Schatulle, in der ein funkelnder Verlobungsring steckte, und sah Nora eindringlich an.

Noras Magen verkrampfte sich. Niemals in ihrem Leben hatte sie sich elender gefühlt als in diesem Moment. Der Druck in ihren Augen schien sich ins Unermessliche zu steigern und ihr Kopf drohte vor Scham und Ärger zu platzen. Tränen schossen in ihre Augen, als sie Yago schließlich zunickte und der Ryan schleifend von der Tanzfläche transportierte.

KAPITEL 27

Nora stützte sich auf der groben Holzplatte vor dem Waschbecken ab und sah abwesend in den Spiegel. Die vorhin noch so dezent aufgetragene Wimperntusche zog dicke Schlieren entlang ihrer Wangen und ihre Augen brannten vor Scham und Enttäuschung. Nora zwang sich, immer regelmäßiger zu atmen, bis sie sich nach und nach beruhigte. Dann ließ sie kaltes Wasser in das Waschbecken laufen und schöpfte es sich vorsichtig ins Gesicht.

Die kühle Erfrischung tropfte von ihrer Nase, ihren Lippen und als sie sich wieder aufrichtete, lief das Wasser langsam den Hals hinunter. Nora griff nach einem frischen Handtuch aus dem Stapel neben dem Becken und tupfte sich erst zaghaft, dann nachdrücklicher das Gesicht ab, bis sie es schließlich fest trocken rieb.

Fassungslos starrte sie auf ihr Spiegelbild und konnte einfach nicht glauben, was gerade passiert war. Es war wie ein Albtraum, aus dem sie hoffte, jeden Moment aufzuwachen. Doch dazu würde es nicht kommen. Es war tatsächlich geschehen. Ryan hatte im betrunkenen Zustand einen völlig dämlichen und missglückten Heiratsantrag gemacht. Er hatte sich und Nora lächerlich gemacht, sich völlig daneben benommen. Mitten auf der Hochzeit ihrer Schwester!

Ryan hatte einen Verlobungsring mit nach Andalusien gebracht, schoss es ihr im nächsten Moment durch den Kopf. Er hatte offenbar wirklich die Absicht gehabt, Nora um ihre Hand zu bitten. Hatte es indirekt auch irgendwie getan, selbst wenn Nora sich innig herbeiwünschte, es wäre nicht geschehen.

»Warum?«, flüsterte sie hilflos und seufzte.

Als sie den Tag Revue passieren ließ und Ryans seltsames Verhalten sich ihr quasi in die Gedanken drängte, konnte sie nicht anders, als zu vermuten, dass es möglicherweise Aufregung gewesen war, die ihn hatte mehr trinken lassen, als er es normalerweise tat. Aufregung wegen der Frage, die er ihr hatte stellen wollen. Schon wieder eine neue Seite an ihm. Eine andere Facette. Ein anderer Ryan.

Dass er den Ring nicht bei sich gehabt, sondern aus dem Hotel geholt hatte, ließ Nora vermuten, dass die Ereignisse des Tages ihn veranlasst hatten, seinen eigentlichen Plan zu verwerfen und das Vorhaben vorzuziehen. Konkret war es mit ziemlicher Sicherheit die Tanzversteigerung gewesen, die den letzten Ausschlag gegeben hatte.

Bartolomé.

Nora fühlte sich elend, konnte sich selbst nicht in die Augen sehen. Kraftlos hing sie über dem Waschbecken und schnaufte. Dann klopfte es an der Tür.

»Nora?«

Langsam hob sie den Kopf, sah sich erst bis zu ihren Schultern an, dann ein Stückchen weiter, bis sie sich selbst in ihre dunklen braunen Augen blickte.

Es ging um Valentina, rief sie sich ins Gedächtnis. Es war ihr Tag, ihr Abend.

»Ich komme«, sagte Nora und räusperte sich, bevor sie sich vom Waschtisch abdrückte und die Tür zum Badezimmer öffnete.

»Hey«, hauchte Valentina mit sorgenvoller Miene und nahm Noras Gesicht in beide Hände. »Bist du okay?«

Nora schluckte schwer. »Ich weiß es nicht genau«, antwortete sie schließlich.

Valentina machte Anstalten, etwas zu sagen, als Nora ihr zuvorkam. »Schwesterherz, bitte tu mir einen Gefallen. Und das meine ich völlig ernst.«

Valentina sah sie erstaunt an.

»Bitte vergiss, was passiert ist, und genieße deine Hochzeit.« Nora legte die Hände ihrer Schwester in ihre und drückte sie sanft. »Es tut mir wirklich leid, was Ryan gemacht hat, und ich weiß nicht, ob ich ihm das je verzeihen kann. Doch ich wünsche mir und dir, dass du es dabei belässt, und morgen oder übermorgen sprechen wir in Ruhe darüber, okay? Hier geht es nicht um mich und erst recht nicht um Ryan. Es geht um dich und Tonio. Das ist euer Tag.«

Eine große Schwere lag in Valentinas Augen, doch Nora wusste, dass sie es verstand. Langsam nickte ihre Schwester, die Zähne fest zusammengebissen, um die aufkommenden Tränen zu unterdrücken.

»In Ordnung.«

»Gut«, sagte Nora. »Ich werde jetzt Ryan suchen und mich bei Yago bedanken. Und anschließend komme ich vermutlich ohne Ryan wieder zur Party. Und bis dahin wünsche ich mir, dass du mit deinem Traummann tanzt, bis eure Füße schmerzen. Machst du das für mich?« Nora lächelte ihre Schwester zaghaft an.

»Okay«, antwortete Valentina mit dem Versuch eines ebenso zaghaften Lächelns. Dann trat sie einen Schritt nach vorne und drückte Nora so fest, wie sie es vermutlich noch nie getan hatte. »Ich liebe dich, Schwesterherz. Ich hoffe, das weißt du.«

Ein Schleier aus Tränen legte sich über Noras Augen und ihre Unterlippe begann zu zucken. »Ich dich auch«, antwortete Nora. »Und die Rede, die ich für euch vorbereitet hatte, lese ich dir ein anderes Mal vor, okay?«

Valentina schmunzelte. »Ist gut.«

Daraufhin löste sich Nora aus der Umarmung, atmete einmal kräftig aus und nahm eine gerade Haltung ein.

»Dann sehen wir uns gleich.«

Nora nickte. »Ich bin gleich wieder da. Versprochen.«

Valentina behielt Augenkontakt, während sie an der Natursteinwand entlangging, und nickte Nora noch einmal vertraut zu, als sie schließlich aus dem Flur nach draußen verschwand.

Nora zog ein Papiertaschentuch aus dem Spender vor der Tür, neben dem sich weitere Hygieneartikel befanden, und putzte sich die Nase. Dann ging sie los, um Ryan und Yago zu suchen.

Nora klopfte an der Tür und betrat kurz darauf das Zimmer, in dem sich Tonio noch vor einigen Stunden für die Zeremonie fertig gemacht hatte. Es war nicht abgeschlossen, was für ihre Vermutung sprach, dass Yago Ryan zum Ausnüchtern hergebracht haben könnte.

Schon beim Betreten des Zimmers stellte sich heraus, dass sie recht behielt. Sofort erfasste sie Ryan, der auf einem grünen Sessel in der Ecke saß. Sein Kopf war zur Seite geneigt, die Augen geschlossen, zwei seiner Hemdknöpfe aufgerissen.

Yago trat auf Nora zu und legte den Zeigefinger auf seine Lippen. »Ryan ist gerade weggepennt«, flüsterte er und hob entschuldigend die Schultern. »Er ist ein paar Mal hingefallen, aber ich habe nichts …«

»Danke«, unterbrach Nora ihn und legte ihre Hand auf seinen Arm. »Wirklich. Danke.«

Yago nickte bedächtig. »Alles in Ordnung bei dir?«, fragte er sanft.

»Ja«, log sie. »Alles okay.«

Yago schnaufte, wohl wissend, dass Nora nicht die Wahrheit sagte. »Na gut. Dann lassen wir ihn mal schlafen und gehen zurück, oder was meinst du?«

Nora sah rüber zu Ryan. Es war ein seltsames Gefühl, ihn so ramponiert dasitzen zu sehen. Einige Sekunden verstrichen, in denen Yago und sie einfach nur dastanden und das Bild auf sich wirken ließen.

»Ich bleibe noch kurz bei ihm, okay? Dann komme ich gleich nach.«

Yago legte den Kopf schief und ließ zischend Luft durch die Schneidezähne entweichen. »Ich halte das für keine gute Idee, Nora. Aber wenn du das möchtest …«

»Danke, Yago.«

»Wenn du in fünfzehn Minuten nicht zurück bist, sehe ich noch einmal nach dir.«

Nora nickte dankbar.

»Dann bis gleich«, sagte Yago mit skeptischem Gesichtsausdruck und verließ nach kurzem Zögern leise das Zimmer.

Nora blieb einige Momente lang im Flur stehen, bevor sie sich auf die Bettkante setzte und Ryan betrachtete. Bilder flogen durch ihren Kopf. Bilder der Vernissage, auf der sie sich kennengelernt hatten. Ryans Zeichnung auf der Serviette hatte

Nora gut zu Hause aufbewahrt. Sie hatte sich immer vorgestellt, wie sie die gemeinsam einmal aus ihren alten Sachen herauskramen würden, mit faltigen Gesichtern und Gehhilfen neben dem Schaukelstuhl, und Ryan sagen würde, dass Nora noch genauso schön wäre wie damals.

Tränen tropften von Noras Nasenspitze, doch sie ließ es einfach geschehen. Sie hatte in Ryan den perfekten Mann gesehen. Hier und jetzt war sie sich jedoch nicht mehr sicher, ob er das je gewesen war. Jedenfalls nicht für sie.

Auf dem Beistelltisch neben dem Sessel stand die kleine Schatulle mit dem Ring. Eine ganze Minute lang starrte Nora sie an, bevor sie leise danach griff und den samtigen Deckel aufschnappen ließ. Es dauerte eine weitere Minute, bis Nora sich schließlich traute, den Ring aus der Schatulle zu nehmen, ihn von allen Seiten zu betrachten und sogar über den Finger zu streifen.

Er passte perfekt.

Doch als sie das Schmuckstück an ihrer Hand betrachtete, fühlte es sich einfach nicht richtig an.

Hastig zog sie den Ring wieder ab, steckte ihn mit zittrigen Fingern in die Schatulle und klappte sie zu, als müsste sie einen bösen Geist damit in Zaum halten.

Auf ihrer Unterlippe kauend dachte sie zwei Wochen zurück. Was wäre passiert, hätte Ryan ihr den Ring an jenem Abend über den Finger gestreift? Hätte sie Ja gesagt? Wären sie glücklich gewesen? Oder hätte sie es in ein oder zwei Jahren bereut und sich getrennt? Was war in der Zwischenzeit mit ihnen beiden passiert? Was war mit *ihr* passiert?

Gedankenschwer stand Nora auf und stellte die Schatulle wieder zurück an ihren Platz. Sie wusste nicht, was morgen wäre. Sie wusste nicht einmal, was heute war. Doch sie wusste, sie wollte Ryan nicht heiraten.

Vorsichtig beugte sie sich zu ihm hinunter und gab ihm einen zärtlichen Kuss auf die Stirn.

Tränen tropften auf sein Hemd.

Dann verließ Nora das Zimmer und zog leise die Tür hinter sich zu.

KAPITEL 28

»Puh«, machte Nora, als sie nach draußen trat und den Kopf für einen Moment lang in den Nacken legte. Was auch immer sie von dem heutigen Tag erwartet hatte, das alles war es nicht gewesen. Ganz bestimmt nicht.

Sie sah nach rechts, wo hinter den Oleanderbüschen und Palmen die Musik spielte und die Party ihren Lauf nahm. Etwas gedämpfter vielleicht, und dennoch ging es weiter. So wie alles weitergehen würde. Ihr graute vor den unzähligen Fragen, die gleich auf sie einprasseln würden. Von ihren Eltern genauso wie von Lina, Marina, Yago oder den anderen. Jeder würde wissen wollen, wie Nora sich fühlte und was sie nun gedachte zu tun. Aber wie sollte sie sich schon fühlen? Natürlich wäre sie jetzt am liebsten allein, würde sich in ihrem Stockbett vergraben und in die Federn weinen. Doch das war keine Option. Stattdessen würde sie ein Lächeln aufsetzen, sich ein Glas Wein einschenken und den Abend zu Ende bringen, bis der letzte Gast zufrieden im Shuttle zu seiner Unterkunft gefahren war. Erst dann würde auch Nora nach Hause fahren und hoffen, dass sie ihrer kleinen Schwester den Hochzeitstag nicht vollständig versaut hatte.

Je länger sie über die zu erwartende Situation nachdachte, desto unsicherer wurde sie. Ein paar Minuten Ruhe, dachte

Nora und lugte nach links, wo sich die Anhöhe der Zeremonie verlassen in der Dunkelheit zeigte. Sie brauchte nicht lange zu überlegen und steuerte genau auf den Traubogen zu, dessen Blumenschmuck im lauen Wind wehte. Der Blick ins dunkle Tal war atemberaubend. Das sanfte Rascheln der Weinblätter im Licht des Mondes. Der Duft nach Olivenholz, Wein und Sommer. Die dumpfe Musik, die über die Anhöhe wummerte. Hinter ihr der Schein der Lampions und Lichterketten, die einsam in den Kronen der Bäume wankten. All das verlieh diesem Ort eine besondere Magie, die Nora an jedem anderen Tag in einen Zustand der absoluten Zufriedenheit versetzt hätte.

Doch heute war es anders.

Als sie für einen Moment die Augen schloss, meinte sie, Schritte im Gras zu hören. Hastig drehte sie sich um und zuckte unweigerlich zusammen, bevor sie die hochgewachsene Silhouette vor sich sah.

»Ich wollte dich nicht erschrecken«, sagte Bartolomé mit seiner tiefen Stimme, die Nora umgehend beruhigte.

»O Gott, das hast du aber«, erwiderte sie und hielt die Hand vor die Brust. »Ich dachte ...« Sie beendete den Satz nicht.

Als Bartolomé aus dem Schatten des Traubogens trat, erkannte Nora in seinem Gesicht, dass er wusste, wen sie hinter sich geglaubt hatte.

»Nein ...«, sagte er. Dann senkte er für einen Moment den Kopf. »Ich wollte mich bei dir entschuldigen. Und das Gleiche sollte ich wohl auch bei deiner Schwester tun.«

Nora sah ihn mit festem Blick an, wusste nicht so recht, was sie darauf sagen sollte.

»Ich hätte dich nicht ...«, begann Bartolomé, zögerte und setzte erneut an. »Ich hätte nicht auf den Tanz mit dir bieten sollen.«

Noras Konzentrationsfähigkeit ließ nach, als sie an den Abend vor zwei Tagen zurückdachte, an dem sie ebenfalls in der Dunkelheit ganz nahe beieinandergestanden hatten. Das Wummern der Bässe wurde durch das Wummern ihres Herzens übertönt.

»Warum hast du es dann getan?«, flüsterte sie, überrascht von ihrer plötzlichen Kühnheit.

Sein Gesichtsausdruck verriet, dass er mit der Frage nicht gerechnet hatte.

Die Musik verklang in der Dunkelheit. Applaus mischte sich unter das Rascheln der Blätter. Dann begann ein deutlich langsameres Lied.

»Darf ich dir später darauf antworten?«, fragte Bartolomé.

Noras Atem ging stoßweise.

»Wann später?«, fragte sie, während sich ihr Brustkorb immer schneller hob und senkte.

Einige Sekunden verstrichen, in denen Bartolomé sie eindringlich ansah. »Nach diesem Tanz«, antwortete er und streckte langsam seine rechte Hand nach vorne.

Nora folgte der Bewegung, zögerte jedoch. Ihr Herzklopfen steigerte sich mit jedem Zentimeter, den er näher kam. Dann legte sie schließlich ihre Hand in seine, ließ es einfach geschehen.

Nur ein Tanz, redete sie sich ein.

Bartolomés andere Hand legte sich auf Noras Hüfte. Ein Kribbeln zog sich über die Stelle und breitete sich rasant auf Noras gesamten Körper aus.

Im nächsten Moment begann sie, sich ganz selbstverständlich im Takt zu bewegen. Vertraut kamen sie sich noch näher. Nora spürte seinen Atem, seine starken Arme, roch den Duft seines Aftershaves, das er auch schon vorgestern getragen hatte.

Als Bartolomé sie in eine langsame Drehung entließ, folgte Nora seinen Bewegungen, drehte sich einmal um die eigene Achse und landete behutsam und sicher wieder an seiner Brust.

»Warum hast du für meinen Tanz geboten?«, hauchte Nora noch einmal in die Dunkelheit und legte ihren Kopf an seiner

Schulter ab. Sie schloss die Augen und genoss seine Nähe, während sie sich dicht aneinandergeschmiegt hin und her bewegten. Bartolomé verursachte eine plötzliche Vertrautheit, Ruhe und Geborgenheit in Nora. Und dennoch gleichzeitig dieses Kribbeln, das sich bis in die Zehenspitzen zog.

Als die Musik zwischen den Bäumen verklang und Nora die Augen wieder öffnete, blieb Bartolomé stehen und beendete damit den Tanz.

»Nora ...«, sagte er, legte ihre Hände in seine und ließ seine Finger zwischen ihre gleiten. »Ich hätte nicht ...«

Sie sah ihn mit großen Augen an.

Er schnaufte. »Ryan ...«

Schritte knirschten auf Kies.

»Da ist sie!«, hörte Nora in der Dunkelheit. Das Knirschen ging in ein Trampeln auf festem Erdboden über, bis plötzlich Lina und Yago im Schein der Lampions erschienen.

Reflexartig entzog Nora ihre Finger aus Bartolomés Berührung, trat einen Schritt zurück und sah ihn wehmütig an.

»Oh«, machte Lina. Ihr Blick wechselte zwischen Nora und Bartolomé und ging dann zu Yago. »Ich glaube ...«, begann sie langsam. »Ich glaube, wir geben Nora noch etwas Zeit.«

»Okay?«, fragte Yago mehr, als dass er sein Einverständnis kundtat. Seine Irritation stand ihm förmlich ins Gesicht geschrieben.

Nora sah Lina Hilfe suchend an.

»Wir wussten bloß nicht, wo du warst«, erklärte sie sofort. »Ryan ... ist mit dem Shuttle ins Hotel gefahren.«

Nora atmete mit hörbarer Erleichterung aus. Dennoch schwangen unzählige Gefühle dabei mit, die sie noch nicht einordnen konnte.

»Nora kommt doch klar, stimmt's?«, richtete Lina das Wort nun an Bartolomé, der daraufhin einen kurzen Blick zu Nora warf und schließlich nickte.

»Ich bringe sie gleich wieder zurück. Versprochen.«

Sein Versprechen hinterließ eine gewisse Enttäuschung bei Nora.

Lina nickte, zog Yago am Ärmel, bis der sich unfreiwillig umdrehte, und verschwand schließlich mit ihm zurück in der Dunkelheit, aus der sie gekommen waren.

Nora ließ sich auf einen der nahe stehenden Klappstühle sinken, schüttelte den Kopf und presste die Augenlider fest aufeinander, bis kleine Sterne vor ihrer inneren Dunkelheit tanzten. »Ich dachte, ich könnte mich nicht *noch* mehr zum Idioten machen. Aber ganz offensichtlich war das möglich.«

»Du machst dich nicht zum Idioten«, erwiderte Bartolomé sanft und setzte sich auf den Stuhl neben Nora.

Einige Fledermäuse kreischten über den Weinhängen.

»Ich mag dich«, sagte Bartolomé plötzlich.

Noras Augenlider wurden weich, bis sich ihre Augen schließlich öffneten und sie langsam wieder den Kopf hob.

»Deswegen habe ich für den Tanz mit dir geboten.« Nun war es Bartolomé, der den Kopf senkte. »Aber du hast einen Freund. Und er möchte dich heiraten. Du …«

»Nicht, Bartolomé«, unterbrach Nora ihn.

Stille stand zwischen ihnen.

Einige Zeit blieben sie einfach so da sitzen, sahen sich immer wieder an, um den Blick anschließend wieder in die Dunkelheit gleiten zu lassen.

Noras Kopf fühlte sich an wie eine Mühle, die Gedanken und Emotionen schmerzvoll zu Feinstaub machte. Und dennoch wollte dieses Kribbeln in ihrem Bauch, das sie bei jedem von Bartolomés Blicken verspürte, einfach nicht verschwinden. Auch wenn sie wusste, dass es weder heute noch morgen oder übermorgen zu irgendetwas führen würde.

Nora seufzte. Dann stand sie irgendwann auf. »Ich denke, ich sollte langsam wieder zurück zu den anderen gehen.«

Bartolomé sah Nora direkt in die Augen. Eine Schwere und Traurigkeit lag in seinem Blick und Nora konnte ihm förmlich ansehen, wie schwer es ihm fiel, nicht zu widersprechen.

Dann nickte er, drückte sich auf die Beine und begleitete Nora zu den Oliven. Als sie von dort aus den Rest des Weges allein zurücklegte, spürte sie seinen Blick auf sich, so lange, bis sie schließlich das Licht erreicht hatte.

KAPITEL 29

Nora schreckte auf.

Was war das für ein Geräusch?

Es rasselte, als würden sieben Presslufthammer auf einem Stück Stahl herumtackern. Ruckartig richtete sie sich auf und knallte mit dem Kopf gegen einen Widerstand.

»Verdammt!«

Panisch schob sich Nora die Schlafmaske von den Augen, rollte sich mit schmerzverzerrtem Gesicht aus dem Bett und stampfte auf die Zimmertür zu. Panisch drückte sie den Knauf nach unten und riss die Tür auf.

Auf dem Boden stand ein alter Wecker, dessen Schlägel unablässig gegen zwei symmetrische Metallglocken prasselten. Mit einem unsanften Tritt kickte Nora den Wecker gegen die Flurwand und das Geräusch verstummte.

Da, wo eben noch der Wecker gestanden hatte, kam ein Zettel zum Vorschein.

> Guten Morgen, Spatz. Wir wollten nicht, dass
> du den Hochzeitsbrunch verschläfst. Kaffee ist
> in der Küche, wir sind bei den Pflanzen.

Nora schnaufte. Dann ging sie zum auf dem Boden liegenden Wecker, bückte sich danach und las die Uhrzeit ab. Der kleine Zeiger zeigte auf die Neun. Um fünf Uhr waren sie gemeinsam zu dritt heute Nacht zu Hause gewesen, und ihre Eltern waren sicher bereits seit sieben Uhr bei den Pflanzen. Wie machten sie das bloß? Und warum? Und wieso konnten sie nicht einfach anklopfen, statt ihr diese Höllenmaschine vor die Tür zu stellen wie einen gemeinen Aprilscherz. War die Nacht nicht schon schlimm genug gewesen? Musste der Morgen auch gleich in der Presslufthammerhölle beginnen?

Nora rieb sich die pochende Stirn. Bereits zum zweiten Mal hatte sie sich an dem verdammten Lattenrost gestoßen. Diesmal würde es eine Beule geben, dessen war sie sich sicher. Und ebenso sicher war sie, dass sie bei ihrem nächsten Heimatbesuch das obere Bett nehmen würde.

Nora stellte den verstummten Wecker auf den Schreibtisch und griff nach ihrem Handy. Drei Nachrichten. Keine davon von Ryan. Vermutlich saß er schon im nächsten Flieger nach New York, würde morgen ihre Sachen vor die Tür ihrer ... *seiner* Wohnung stellen und Noras Nummer blockieren. Zumindest hatten all ihre Anrufe und Nachrichten der letzten Nacht bisher ins Leere geführt. Doch daran wollte sie jetzt nicht denken.

Kopfschüttelnd legte Nora das Handy wieder weg und kämpfte gegen den leichten Schwindel an, der bei dem in Gang gesetzten Gedankenkarussell entstand.

Nein.

Sie musste sich zusammenreißen, denn zu allem Überfluss fand in einer Stunde auch noch der Hochzeitsbrunch statt, zu dem sich alle Gäste erneut versammelten. Sie hatte den schlimmsten Abend ihres Lebens überstanden und würde auch noch diesen Brunch hinter sich bringen. Auch wenn *hinter sich bringen* die falsche Bezeichnung war. Und so schmerzvoll der gestrige Abend gewesen war, ihn als den schlimmsten ihres

Lebens zu bezeichnen, war ebenfalls unfair. Es war immerhin der Hochzeitsabend ihrer Schwester gewesen. Und sie hatten nach Ryans Verschwinden das Beste daraus gemacht. Mit einer Flasche Sherry, zwei Zigaretten von Marina und wilden Tanzeinlagen, bei denen Nora jeden, aber auch jeden Gedanken über Ryan aus sich herausgeschüttelt hatte. Doch jetzt waren sie wieder da, verfolgten sie beim Zähneputzen, unter der wohltuenden Dusche und bis runter in die Küche, in der Nora eine Kopfschmerztablette mit einem schwarzen Kaffee herunterspülte. Dann stieg sie in ihre bequemen Sandalen, die zu dem luftigen Sommerkleid passten, für das sie sich entschieden hatte, und machte sich auf den Weg zur Gärtnerei.

Es war bereits zu spät, um einen angenehm kühlen Morgen zu erleben, doch der Wind wehte kräftiger als gestern über ihre Stirn und ließ Noras Kopfschmerz für einige Momente verblassen.

Gerade als sie auf die Gärtnerei zusteuerte, kamen ihre Eltern aus dem Haupteingang und befestigten irgendetwas an der Tür, bevor sie Nora bemerkten.

»Hallo, ihr beiden«, sagte sie mit rollenden Augen. »Und danke für den Weckdienst ...«

Noras Vater sah sie mit unschuldiger Miene an.

»Ich wäre beinahe an einem Herzanfall gestorben. Und dann habe ich mir auch noch den Kopf gestoßen«, brummte Nora und zeigte zum Beweis die gerötete Stelle an ihrer Stirn.

»Ich habe dir doch gesagt, das alte Ding ist zu laut!«, stieß Käthe aus und schlug ihrem Mann sanft gegen den Oberarm.

»Bist du wach geworden?«, fragte dieser trocken.

Nora nickte augenrollend.

»Na also«, sagte Pedro und breitete zufrieden seine Arme aus. »Mission erfolgreich.«

Nora schmunzelte zähneknirschend, bevor sie ihm einen Kuss auf die Wange gab und ihre Mutter umarmte. Dann erst sah sie das Schild, das an der Tür baumelte.

Wegen Hochzeit geschlossen.

»Irre ich mich oder ist heute nicht ohnehin Sonntag?«

»Sie hat es aus Prinzip noch mal aufgehängt, weil ich es vorhin abgenommen habe«, erklärte Noras Vater und winkte amüsiert ab.

»Ich wollte es eben noch hängen lassen. Es liest sich so schön, oder nicht?«, fragte Käthe energisch und ließ sich auf keine weitere Diskussion ein.

»Dann soll es so sein. So, wir müssen jetzt aber auch los«, stellte Pedro mit einem Blick auf die Uhr fest. »Wir sind schon fast ein bisschen spät dran.«

»Ich denke, es werden alle etwas später kommen, Paps. Mindestens der harte Kern, zu dem ihr erstaunlicherweise auch gehört.«

»Was soll das denn heißen?«, fragte Noras Vater lachend. »Ihr jungen Dinger. Denkt, ihr seid die Einzigen, die ordentlich feiern können. Wenn du wüsstest, was wir früher …« Er schüttelte grinsend den Kopf. »Na ja, das ist lange her.«

Nora lächelte. »Nein, ihr wart wirklich cool gestern«, gab sie zu. »Mit allem, meine ich …«

Käthe legte ihren Arm um Nora und zog sie sanft zu sich heran. »Du warst auch cool«, sagte sie augenzwinkernd und brachte Nora damit unvermittelt zum Grinsen. »Und jetzt machen wir uns noch ein paar schöne Tage und blicken positiv nach vorne, okay? Und wenn du darüber reden möchtest, sind wir für dich da.«

Nora seufzte gerührt. »Danke«, sagte sie und sah ihren Eltern abwechselnd in die treuen Augen. Die beiden waren immer für sie da gewesen, auch wenn sie ihre Hilfe selten in Anspruch genommen hatte. Doch allein zu wissen, dass sie da waren, gab Nora Kraft und Hoffnung für alles, was noch vor ihr lag.

»Und jetzt gehen wir brunchen und sehen, was der Tag bringt, einverstanden?«, fragte Käthe und ging mit Nora zum Wagen.

»Brunch ... Das ist ja schon Mittagessen«, schnaubte Pedro amüsiert. »Brunch ist eine Erfindung von Großstädtern, die bis elf Uhr schlafen, Abendveranstaltungen als Arbeit und grüne Getränke mit drei Esslöffel Zucker als gesund bezeichnen. Na ja, wem es gefällt ...«

Erstaunlich unbeschwert stieg Nora hinten in das Auto ihrer Eltern und ließ das Fenster herunterfahren. Nicht nur hatten es die beiden binnen zwei Minuten geschafft, Noras schlechte Laune abzumildern, sie hatten ihr außerdem die Freiheit gelassen, über Ryan zu sprechen, wann sie es wollte, und ihr das so offensichtliche Thema nicht aufgedrückt.

»Alle bereit?«, fragte Pedro und ließ den Motor an. »Dann fahren wir mal Mittagessen.«

»Brunchen!«, korrigierte Käthe kopfschüttelnd.

Nora sah schmunzelnd aus dem Fenster. Sah, wie die hochgewachsenen Palmen und Sträucher an ihr vorbeizogen, bis das Auto die Straße erreichte. Und dann dachte sie seufzend daran, wie es wohl wäre, Bartolomé in einer Viertelstunde gegenüberzustehen.

Der Motor des alten Kombis klackerte noch, als Nora mit ihren Eltern ausstieg und an der Fassade der herrschaftlichen Bodega emporsah. Irgendwo dadrin vermutete sie Bartolomé.

Er hatte sein Häuschen am Rande des Grundstücks sicher längst verlassen, hatte vermutlich schon einen Kaffee auf der Veranda getrunken, vielleicht ein Hörnchen mit Marmelade gegessen und dabei den spektakulären Ausblick genossen. Oder aber er war direkt mit seinem Team an die Arbeit gegangen, um den zweiten Teil des Hochzeitsevents auszurichten – den Hochzeitsbrunch.

Noras Mutter hakte sich bei ihr ein und sie gingen voraus in die Eingangshalle. Käthe trug ein beigefarbenes Kleid mit Sandaletten und einem ausladenden weißen Hut. Sie sah toll aus und schützte sich gleichzeitig vor der starken Sonne, für den Fall, dass es keinen Schattenplatz mehr gab.

Pedro folgte ihnen durch den Gang, das leere Restaurant und durch eine der breiten Schiebetüren hinaus auf die Terrasse.

Kaum waren sie draußen angekommen, erfüllte eine seltsame Stimmung den Platz. Es kam Nora beinahe vor, als stierten sie sämtliche Augenpaare der bereits eingetroffenen Gäste an.

Da waren Marina mit ihrem Vater, Pedros Cousin Manuel mit seiner Familie, Carla, Filia und die Kinder, Agnes, die Grüppchen aus Berlin. Beinahe alle waren schon da, schienen zu tuscheln und sahen Nora beinahe mitleidig an, so als hätte sie einen Kopfkissenabdruck im Gesicht, dessen Falten sie aussehen ließen wie über Nacht gealtert.

Sie schluckte.

Gestern waren doch alle so verständnisvoll und zuvorkommend gewesen, hatten Nora aufgebaut und schließlich sogar mit ihr getanzt, bis die Feier vorüber gewesen war.

Lina stand rechts am Büfett und winkte hektisch, als sie Nora entdeckte. Sie machte irgendwelche Zeichen in die andere Richtung, die Nora nicht einordnen konnte, auch wenn sie dringlich wirkten.

Und dann war es zu spät.

Als sie sich schließlich herumdrehte und den Tisch von Valentina und Tonio im Schatten eines Olivenbaums entdeckte, sah sie den Grund für die erdrückende Stimmung.

Ryan.

Sein bloßer Anblick schnürte Nora den Brustkorb zu.

Was zum Teufel?

»Spatz, wollen wir …«, begann Käthe und versuchte Nora in eine andere Richtung zu manövrieren, doch sie schüttelte den Kopf und steuerte direkt auf Ryan zu. Was fiel ihm verdammt noch mal ein, nach all den unbeantworteten Anrufen und der Aktion gestern? Musste er ihr und ihrer Schwester auch noch den Brunch kaputt machen?

»Was machst du hier?«, zischte sie mit gedämpfter Stimme. Sie konnte nicht mehr klar denken, wollte jedoch keine Szene machen und riss sich unter größter Anstrengung zusammen.

Valentina stand ruckartig auf und es schien Nora fast, als wollte sie sich zwischen die beiden stellen.

»Er … er hat sich entschuldigt«, erklärte sie, und ihr Blick wanderte Hilfe suchend zu ihrem Mann.

Tonio nickte zustimmend. »Ja, das hat er.«

»Ich hatte dir eben eine Nachricht geschrieben …«, murmelte Valentina in Noras Richtung.

»Okay«, antwortete Nora, ohne den Blick von Ryan zu wenden. »Ryan, was …«

»Nora …«, unterbrach er sie leise. »Können wir kurz sprechen? Dann bin ich auch schon wieder weg, wenn du das möchtest.«

Sie war irritiert von der Ruhe und Vernunft, die er ausstrahlte, hatte er sich doch gestern dermaßen danebenbenommen. Nun stand er allerdings gut angezogen und frisch duftend wie immer da, die Haare akkurat zur Seite gekämmt, und sah sie mit diesem Blick an, dem Nora noch nie wirklich hatte standhalten können.

»Ich … Okay«, gab sie seufzend nach.

Ryan bedachte sie mit einem dankbaren Blick, bevor er Noras Eltern freundlich zunickte, die nun ebenfalls am Tisch standen und nicht recht zu wissen schienen, was sie tun sollten.

»Wir gehen«, begann Nora und sah sich kurz um, »eine kleine Runde durch die Weinfelder«, beschloss sie dann in die Richtung schauend, bei der die geringste Gefahr bestand, beobachtet zu werden.

Ohne auf Ryan zu warten, ging sie voraus, rechts am Trauhügel vorbei und auf einen kleinen Pfad, der auf den dahinterliegenden Weinhang führte. Unterwegs zog sie ihr Handy aus der schmalen Handtasche und entdeckte Valentinas Nachricht.

Ryan ist hier!

Zu spät.

Ihr Herz gab den Takt für ihre schnellen Schritte vor. Tausend Gedanken rasten durch ihren Kopf. Es gab so viele Dinge, die Nora ihm sagen wollte. Zum Beispiel, wie unfair sie es empfunden hatte, sie in so eine Situation zu bringen, oder dass sie sich gestern Abend bereits von ihm verabschiedet hatte, als er schlafend auf dem Sessel gesessen hatte. Doch sie brachte kein Wort über die Lippen. Stattdessen blieb sie am Rande der Weinreben stehen und versuchte, aus Ryans Augen abzulesen, was er vorhatte. Der staubige Boden unter ihren Füßen fühlte sich brüchig an, beinahe so, als würde sie jeden Moment den Halt verlieren. Doch es geschah nichts dergleichen.

Einige Sekunden verstrichen, bevor Ryan die Stille auflöste. »Gehen wir noch ein paar Schritte?«, fragte er sanft.

Nora nickte, gegen die Tränen ihrer Unsicherheit ankämpfend. Dann gingen sie langsam, beinahe schlendernd nebeneinander den Hang entlang, und erst als sie in eine Reihe aus

Weinstöcken abbogen, die sie schützend umgab, schien Ryan bereit zu sein, über seine Gefühle zu sprechen.

»Nora, ich kann mir gar nicht vorstellen, wie sauer du gestern Abend gewesen sein musst«, sagte er mit gedämpfter Stimme. Immer wieder suchte er dabei erfolglos ihren Blick. »Ich weiß nicht, welcher Teufel mich geritten hat, aber dieses Land, diese Umgebung scheint irgendetwas in mir zu bewirken ... So, wie es etwas in dir bewirkt.«

Seine Worte ließen Nora aufblicken. Sie sah in seine blauen Augen, verzweifelt nach der Bedeutung seiner Formulierung suchend.

»Unsere Zeit in Andalusien war verdammt kurz – und dennoch kommt es mir vor, als seist du hier ein völlig anderer Mensch, mit anderen Erwartungen, anderen Sehnsüchten ...«

Ein Ruck durchfuhr Noras Körper, als stünde sie mit dem Rücken zu einer dicken, schweren Wand. Es war beinahe so, als formulierte Ryan die Klarheit, die sie seit ihrer Ankunft in Madrid suchte. Auch wenn es nicht so einfach war, wie es in diesem Augenblick schien.

Ryan verursachte Gefühle in ihr. Gute Gefühle und schlechte. Doch die guten hatten stets überwogen. Selbst hier und heute.

Nora seufzte schwer.

»Aber das ist nicht alles«, fuhr Ryan fort. Sein Blick schweifte in die Ferne, wo das Spiel aus Licht und Schatten künstlerische Muster in die Landschaft zeichnete. »Ich hatte schon so eine Vorahnung. Schon in den letzten Wochen in New York. Irgendetwas ist mit uns passiert, oder?«

Tränen drängten sich in Noras Augenwinkel. Sie konnte die Mauer, die sie zum Schutz aufgebaut hatte, nicht mehr lange aufrechterhalten.

»Dieser Antrag gestern«, sagte Ryan und seufzte ebenfalls. »Ja, es war nicht so geplant. Und ja, es ist sogar völlig aus dem Ruder gelaufen, was mir unendlich leidtut und peinlich ist. Vermutlich war ich eifersüchtig auf diesen Typen ... Aber egal ...«

Noras Schutzwall brach und Tränen nahmen ihr die Sicht.

»Aber irgendwie war das für mich so eine Art Test«, sagte Ryan.

Nora rieb sich die Augen. »Ein Test?«

Sie nahm wahr, wie Ryan zögerlich nickte. »Ob wir zueinandergehören. Ob das alles so funktioniert mit uns.«

Sie erreichten eine Weggabelung, die links wieder nach oben auf den Hügel und rechts weiter ins Tal führte. Nora sah in beide Richtungen, unschlüssig darüber, welchen Weg sie einschlagen sollte – welchen Weg Ryan einschlagen würde. Sie blieb mitten auf der Weggabelung stehen und versuchte zu verstehen, was Ryan meinte. Machte er etwa gerade Schluss mit ihr?

»Versteh mich nicht falsch«, sagte er, ebenfalls um Fassung ringend. »Ich liebe dich. Und ich konnte mir tatsächlich vorstellen, dich zu heiraten. Aber ich habe mich gefragt, ob *du* das je wirklich in Betracht gezogen hast.«

Ryans Äußerung traf Nora unerwartet hart. Mit einem Mal fühlte sie sich mies. Das Verhältnis von Schuld und Schuldner hatte sich gewendet, denn genau diese Frage hatte sie sich besonders in den letzten zwölf Tagen viele Male selbst gestellt. Nie direkt, sondern immer subtil mitschwingend, und dennoch hatte sie im Raum gestanden. Hatte sie ihn je wirklich heiraten wollen? Oder war es nur der Wunsch gewesen, im Leben voranzukommen? So wie ihre Schwester, die förmlich in ihr Glück hineingestolpert war?

Nora verschränkte die Arme vor der Brust, so als müsste sie sich schützen. »Ich weiß es nicht, Ryan«, hauchte sie. »Ich weiß es wirklich nicht.«

»Es kam mir manchmal vor, als wolltest du zwar heiraten«, sagte er und schluckte schwer, »aber als wärst du dir nicht sicher, ob ich der Richtige bin.«

Nora ließ schnaufend den Blick über die Weinstöcke schweifen.

Der Richtige, hallte es in ihren Gedanken nach. Es war erst vier Tage her, dass sie zuletzt an Mister Kaulewskis Worte gedacht hatte, an die Wildpferde in ihrem Herzen, daran, ob Ryan der Richtige war.

»Liebst du mich?«, fragte Ryan nach einem Moment der Stille.

Nora antwortete nicht sofort. Sie suchte nach diesem Gefühl, nach den richtigen Worten. Doch zwischendurch kam es ihr vor, als wüsste sie gar nicht, was sie suchte.

Ryan atmete hörbar aus.

»Nein, Ryan. Ich meine …« Hilflos sah sie ihm in die Augen. Diese Augen, die so wundervoll im Morgenlicht seines Apartments leuchteten, wenn er noch friedlich in das Bettlaken eingewickelt aufwachte. Dann schweiften ihre Gedanken ab. Hin zu einer hügeligen Landschaft, in deren unendlicher Weite das Trommeln von Pferdehufen ertönte. Wildpferde, dachte Nora.

»Ryan, darf ich etwas ausprobieren?«

Er sah sie fragend an, hob dann jedoch machtlos die Schultern und willigte ein.

»Schließ deine Augen«, sagte Nora.

Er zögerte, folgte der Aufforderung jedoch.

Nora leckte sich nervös über die Oberlippe. Dann schloss sie ebenfalls die Augen. Im Halbdunkel tastete sie vor sich, bis sie Ryans Hemd zu fassen bekam. »Lass die Augen zu«, sagte sie wohl wissend, dass er mit dem Gedanken spielen würde, nachzusehen, was sie vorhatte.

Er atmete hörbar aus.

Sein Atem kitzelte auf Noras Nasenspitze.

Ihre Hände wanderten an seinem Hemdkragen empor, bis sie seinen Hals erreichten. Ihre Brust berührte seine. Ihre Finger glitten an seiner Schulter entlang, die Zehenspitzen drückten sich durch, sodass Noras Lippen Ryans immer näher kamen und sie schließlich berührten.

Nach einem Moment der Verwunderung erwiderte Ryan den Kuss. Erst langsam und zart, dann leidenschaftlicher. Nora legte ihre rechte Hand auf Ryans Brustkorb. Sein Herz ging ruhig und kräftig. Nach einigen Sekunden lösten sich ihre Lippen und Nora ließ das, was sie gefühlt hatte, noch einige Momente in sich nachwirken. Dann öffnete sie die Augen.

»Was hast du gespürt?«, fragte sie, machte einen halben Schritt zurück und musterte Ryans erstaunten Gesichtsausdruck.

»Ich …«, begann er und blinzelte beinahe verlegen. »Ich weiß nicht«, sagte er. »Das kam überraschend. Es … es war ein schöner Kuss.«

Nora lächelte zaghaft. »Das stimmt«, gab sie zu. »Aber hat es sich angefühlt wie eine Horde Wildpferde in deinem Herzen?«

Ryan runzelte die Stirn. »Hm«, machte er. »Nicht ganz so intensiv, nein. Und bei dir?«

Nora schürzte nachdenklich die Lippen. Dann schüttelte sie langsam den Kopf. »Auch nicht.«

Ryan sah sie forschend an. »Und was bedeutet das jetzt?«

Nora verzog unsicher das Gesicht. »Vermutlich …«, begann sie. »Vermutlich, dass du recht hattest …«

Sie standen noch einige Zeit da, ließen den Moment einfach geschehen, bevor Ryan auf den Pfad hinauf zum Hügel deutete.

»Wollen wir zurück nach oben gehen?«, fragte er, als wäre all das, was in den letzten zehn Minuten passiert war, völlig normal gewesen.

Nora nickte. Einerseits dankbar darüber, wie offen sie mit Ryan umgehen konnte. Andererseits fühlte es sich beinahe so an, als hätte sie ihn betrogen.

»Ich, ich wollte dir noch etwas sagen«, begann sie vorsichtig, während sie die ersten Schritte den Hang hinauf machten. »Dieser Typ ... Bartolomé. Ich habe ihn schon am Flughafen in Madrid kennengelernt«, gestand Nora und schluckte. »Ich habe seinen Laptop kaputt gemacht.«

Ryan sah Nora ernst an, bevor sich ein zaghaftes Lächeln unter seinen Blick mischte. »Das hat er vermutlich verdient.«

Nora wusste nicht, wie ihr geschah, doch plötzlich hörte sie sich selbst lachen. Es war bloß ein leises, unsicheres Lachen. Doch sie lachte. Und Ryan lachte mit.

KAPITEL 30

»Und was machen wir jetzt, Ryan?«, fragte Nora, als sie oben auf dem Hügel ankamen und in einiger Entfernung zur Restaurantterrasse stehen blieben. »Ich meine ...« Sie hielt inne und sah ihn lange an, bevor er das Wort ergriff.

»Ich denke, ich werde jetzt gehen«, sagte er gefasst, doch die Traurigkeit in seinem Blick verriet, wie er sich wirklich fühlte.

Nora verzog die Mundwinkel. Wusste nicht, was sie darauf erwidern sollte. Es fühlte sich seltsam an, so vermeintlich sachlich über ihre Trennung zu sprechen. Denn das war es wohl, was gerade passiert war. Sie hatten sich getrennt. Zwar irgendwie in beidseitiger Übereinkunft, und dennoch.

»Darf ich dich umarmen, Ryan?« Nora lächelte ihn sanft an und er nickte. Dann drückte sie sich an seine Brust, vergrub den Kopf in seiner Halsbeuge und spürte seine Arme an ihrem Rücken. Es war eine feste Umarmung, in der Trauer und Schmerz, aber auch Ehrlichkeit und Aufrichtigkeit lagen.

»Ich werde dann heute Abend wieder nach New York fliegen«, sagte er und strich zaghaft über ihren Rücken.

»Okay«, erwiderte sie flüsternd.

»Dann besprechen wir alles Weitere, wenn du wieder da bist?«

Sie nickte. Mit *alles Weitere* meinte er vermutlich ihren Auszug aus dem Apartment. »Danke«, sagte sie, wohl wissend, dass das auch alles anders hätte ablaufen können.

»Es tut mir leid, Nora.«

»Mir auch«, sagte sie und löste sich aus der Umarmung.

Dann gab Ryan ihr noch einen Kuss auf die Wange, strich mit der Hand langsam über ihren Ringfinger und ging.

Nora sah ihm hinterher, bis er durch den Garten und um das Haus herum verschwunden war. Sie versuchte, ihre Gedanken und Gefühle zu sortieren, doch es drehte sich alles und war nicht greifbar.

»Nora ...«, rief plötzlich jemand aus einer anderen Richtung kommend. Es war Lina, die förmlich auf sie zurannte, sodass ihre blonden Haare hin und her hüpften. »Was ist ... Ich meine ... Habt ihr euch ...?«

»Ja«, erwiderte Nora und schluckte ihre Tränen weg.

Lina blieb vor ihr stehen und trat nervös von einem Bein auf das andere. »Okay, also ist es so. Ich denke, was auch immer ihr da im Weinberg gemacht habt ... Bartolomé hat es vermutlich gesehen.«

Nora sah Lina fragend an und blinzelte nervös. »Was ... Wie meinst du das?«

Lina strich sich eine Strähne aus dem Gesicht. »Er kam eben aus der Richtung, aus der ihr gekommen seid«, begann sie und deutete auf den Pfad, der aus dem Weinhang führte. »Und er sah richtig beschissen aus ... Also, sofern man das von ihm sagen kann. Du weißt, was ich meine.«

Nora schloss die Augen und seufzte. Als sie sie wieder öffnete, sah Lina sie erwartungsvoll an.

»Was ist denn passiert?«

Nora legte beide Hände in den Nacken und versuchte, angestrengt nachzudenken. »Wir haben uns geküsst«, sagte sie schließlich.

»Ihr habt euch geküsst und anschließend getrennt?«, stieß Lina fassungslos aus.

Nora wog unsicher den Kopf hin und her. »So in etwa. Nur ein bisschen anders.«

»Äh, okay.« Lina sah sie mit großen Augen an.

»Wo ist Bartolomé?«, fragte Nora, nahm die Hände wieder nach unten und knetete ihre Finger.

Lina drehte sich herum und musterte die Umgebung. »Er ist in die Richtung gegangen«, sagte sie und deutete auf sein Haus am Rande des Anwesens.

Nora dachte nicht lange nach. Ihre Beine setzten sich automatisch in Bewegung. »Danke, Lina. Ich bin gleich wieder da«, rief sie im Gehen, überquerte das Rasenstück mit den Olivenbäumen, in deren Baumkronen immer noch die Lampions von gestern Abend hingen, und hoffte, dass sie die richtigen Worte finden würde.

KAPITEL 31

Bartolomé drückte die Haustür hinter sich zu und lehnte sich mit zusammengepressten Kiefern dagegen. Es hatte ja so kommen müssen, verdammt. Seine innere Zerrissenheit schien sich förmlich durch jeden seiner Muskeln zu fressen und tauchte seine Gedanken in ein tiefes schwarzes Loch.

Er atmete einige Male tief durch, bevor er sich von der Tür abdrückte und die Küche betrat. Hilfe suchend sah er sich in der Wohnküche um. Dann ging er auf die Küchenzeile zu, öffnete den Kühlschrank und steckte seinen Kopf ins Innere. Bartolomé schloss die Augen, während sich eine angenehme Kühle über seine Haut legte.

Nora und ihr Freund hatten sich geküsst. Und das nach diesem denkwürdigen Hochzeitsabend. Sie hatte ihm ganz offensichtlich verziehen. Und dann hatten sie sich geküsst. Oder hatte sie sogar bereits die kurze Nacht bei ihm verbracht?

Bartolomé konnte sich das alles beim besten Willen nicht erklären. Gestern hatte alles noch ganz anders auf ihn gewirkt.

Er dachte zurück an den kurzen, aber sehr intimen Tanz auf dem dunklen Hügel. Wie sanft sich ihre Berührungen angefühlt hatten und wie selbstverständlich ihre Hand in seiner gelegen hatte. Er hätte es gewesen sein können, der sie geküsst hätte. Doch er hatte es nicht gekonnt. Und es wäre nicht richtig gewesen.

Natürlich war der Heiratsantrag völlig daneben und Nora stocksauer auf ihren Freund. Aber die beiden hatten eine Geschichte miteinander, eine Beziehung. Und offenbar war ihr diese Beziehung doch noch mehr wert, als sie möglicherweise beide gestern noch vermutet hatten.

Die kühle Luft fiel beinahe aus dem halb geöffneten Kühlschrank, floss an Bartolomés Körper entlang und lenkte ihn ein wenig von den vielen Gedanken ab. Nach einer Weile zog er den Kopf zurück, griff nach einer Wasserflasche und trank einen großen Schluck.

Was war bloß mit ihm los? Er kannte diese Frau so gut wie überhaupt nicht. Was hatte er sich für absurde Hoffnungen gemacht? Und warum fühlte er sich gerade so verdammt mies?

Hätte er doch bloß auf Matias' erste Einschätzung gehört, rechtzeitig die Notbremse gezogen und sich möglicherweise mit einer der beiden hübschen Frauen aus dem Restaurant verabredet. Aber nein. Er war seinem Herzen gefolgt, hatte sich mit Anlauf in eine Schlammgrube geworfen und musste nun zusehen, wie er dort wieder herauskam.

Unsanft schloss Bartolomé den Kühlschrank, stapfte in sein Schlafzimmer und zog sich seine Sportklamotten an, bevor er wieder zum Hauseingang ging.

Er musste sich den Kopf freilaufen. Ja, das musste er. Er hatte bereits die Türklinke in der Hand, als er Noras Visitenkarte auf dem Schränkchen liegen sah.

Seufzend lehnte er sich erneut gegen die verschlossene Tür, doch dieses Mal ließ er sich daran zu Boden gleiten, winkelte die Beine an und stützte seine Arme darauf. Bilder von gerade eben schossen durch seinen Kopf. Er sah Nora, wie sie sich an Ryans Hemd hinauftastete, bis sie seinen Hals umschlang. Dann der Kuss.

Bartolomé schüttelte den Kopf und ließ ihn in seine Handflächen sinken.

Dann dachte er an die Worte seines Vaters.

Eins nach dem anderen, sagte er immer. Doch was sollte er nun damit anfangen? Das war doch alles Mist. Das eine *und* das andere. So hatte er sich das Wochenende nicht vorgestellt.

Bartolomé hob den Kopf und zog sein Handy aus der Hosentasche. Zögerlich entsperrte er das Display und öffnete den Nachrichtenverlauf mit Nora. Sein Herz machte einen Sprung, als er ihr Profilbild entdeckte. Sie hatte es geändert. Vermutlich heute Nacht. Oder gestern Abend. Hatte sie zuvor noch ein dezentes und professionell wirkendes Schwarz-Weiß-Bild in ihrem Profil hinterlegt, sah Bartolomé nun in ein Paar strahlende Augen, um die sich kleine Lachfältchen abzeichneten. Noras dunkle Haare wehten im Wind und im Hintergrund erkannte Bartolomé das türkisfarbene Meer, über dem sich ein blauer Himmel abzeichnete. Das Bild musste bei der Bootstour entstanden sein, vermutete Bartolomé. Nora wirkte darauf völlig losgelöst und frei. So, als hätte sie all die Sorgen des normalen Lebens über Bord geworfen und wäre einzig und allein in diesem wunderschönen Moment.

Seufzend ließ Bartolomé das Handy auf den kühlen Boden sinken und lehnte den Hinterkopf gegen das schwere Holz der Tür.

Verdammt, er konnte nichts dagegen machen, egal, wie eindeutig die Situation nun war.

Er hatte sich in Nora verguckt.

KAPITEL 32

Noras Lunge füllte sich mit warmer Luft, die sie stoßweise durch die Nase entweichen ließ. Sie hatte keine Ahnung, was sie Bartolomé sagen sollte. Sie wusste auch nicht, ob er den Kuss gesehen hatte oder nicht. Doch sie musste ihm erklären, was passiert war. Mit Ryan, mit ihr. Sie musste ihm erklären, wie gern sie diesen Tanz weitergetanzt hätte, wie sehr sie seine Berührungen und seine Nähe genossen hatte.

Jetzt oder nie.

Ihr Herz raste im gleichen Tempo wie ihre Füße, die sich in schnellen Schritten über den schmalen Pfad bewegten. Einige Meter weiter ließ ein plötzlicher Schmerz Nora ruckartig anhalten. Mit zusammengepressten Lippen fummelte sie ein Steinchen aus ihren Sandalen und lief weiter.

Auf halber Strecke ließ etwas sie erneut anhalten. Diesmal war es kein Steinchen, sondern das Klingeln ihres Handys. Nora zögerte. Dann griff sie hastig in ihre Handtasche, zog das Telefon heraus und drückte auf stumm, noch ehe sie den Anrufer identifizieren konnte. Sie war drauf und dran, das Handy unverrichteter Dinge wieder in die Handtasche zu verdammen, als sie im Augenwinkel Mister Kaulewskis Namen auf dem Display wahrnahm.

Verdammt. Ausgerechnet jetzt.

Nora plusterte die Wangen auf, sah zu Bartolomés Haus und wieder zurück auf ihr Handy. Mister Kaulewski war es gewesen, der ihr diese Sache mit den Wildpferden erzählt hatte. Was für ein Zufall war es, dass er ausgerechnet jetzt anrief? Nora legte den Kopf in den Nacken und drehte sich um die eigene Achse, als ihr bewusst wurde, dass es in New York gerade einmal fünf Uhr morgens sein musste.

Nora spürte ein Stechen in ihrer Magengegend.

War irgendetwas passiert? Brauchte er möglicherweise Hilfe? Oder war etwas mit der Galerie? Ein Wasserschaden?

»Hallo? Mister Kaulewski? Hier ist Nora.«

Es knisterte in der Leitung.

»Hallo«, erwiderte eine Frauenstimme, so unerwartet zart und zögerlich, dass Nora die Stirn in Falten legte.

»Hallo, wer ist denn da?«, fragte sie verdutzt.

»Hier ist Margret. Margret Wells«, antwortete die Frau. »Eine Bekannte von Mister Kaulewski. Ich bin in seiner Wohnung.«

Das seltsame Gefühl in Noras Magen breitete sich schmerzhaft aus und kroch Zentimeter um Zentimeter ihre Speiseröhre hinauf.

»Margret, wie kann ich Ihnen helfen? Ist irgendetwas passiert?« Sie meinte sich an eine Frau zu erinnern, zu der die Stimme passen könnte. Nora hatte sie möglicherweise ein, zwei Mal vor der Galerie getroffen. Dennoch war sie nicht in der Lage, die Anruferin eindeutig zuzuordnen.

Margret räusperte sich. Dann raschelte es in der Leitung, so als wollte Margret den Hörer verdecken. Dennoch drang etwas in Noras Ohr, das wie ein dumpfes Schniefen klang.

»Margret?«, fragte Nora.

Erneutes Rascheln.

»Ja, ich bin noch dran«, sagte die Anruferin leiser werdend. »Es ist so, ich habe Ihre Nummer hier auf Mister Kaulewskis Schreibtisch gefunden. Es war die einzige Nummer, die ich auf die Schnelle gefunden habe. Soweit ich weiß, hat er keine Familie, nicht wahr?«

Die Frage schnürte Nora die Kehle zu. Sie schlang ihren linken Arm fest um den Bauch und stützte den anderen darauf ab. Ihre Speiseröhre brannte, ein bitterer Geschmack legte sich auf Noras Zunge. »Ja, das ist richtig«, presste sie hervor. »Ich bin seine Mieterin von unten. Nora Navarro.«

»Okay«, entgegnete Margret. Das leise Schniefen entwickelte sich zu einer Art Schluchzen, das Nora einen Stich ins Herz versetzte.

»Wo ist Mister Kaulewski, Margret? Ist etwas passiert?«

Bartolomés Haus verschwamm vor ihren Augen zu einem undefinierbaren Objekt. Dicke Tränen tropften auf ihren Arm.

»Er ist …«, begann Margret betroffen. »Er ist gestern Nacht verstorben.«

KAPITEL 33

Nora starrte in den Garten und ließ die Eiswürfel in ihrem Eiskaffee kreisen. Sie mochte das Geräusch, wenn sie gegen das Glas schwappten. Es erinnerte sie an wundervolle Sommer hier in ihrer Heimat, in denen sie mit Valentina durch das Dorf geflitzt war, bei Hugo eine Cola mit zwei Strohhalmen getrunken und anschließend mit ihren Eltern Fangen im Gewächshaus gespielt hatte. Jetzt, fünfundzwanzig Jahre später sah die Welt ein wenig anders aus.

Nora saß mit ihrer Schwester auf der Terrasse ihrer Eltern, dachte an ihren Vermieter, mit dem sie nach außen hin kein inniges Verhältnis gepflegt hatte, der jedoch einer der wenigen Menschen auf der Welt gewesen war, von dem sie sich verstanden gefühlt hatte.

Nora senkte den Kopf und starrte auf einen der Miguelitos, die Tonio vorbeigebracht hatte, nur wenige Stunden nachdem der Anruf von Mister Kaulewskis Telefon den Hochzeitsbrunch für Nora vorzeitig beendet hatte.

»Es tut mir so leid, Valentina«, sagte Nora und betrachtete den Miguelito, den ihre Schwester ihr auf den Teller gelegt hatte. »Ich habe dir gestern den schönsten Tag in deinem Leben versaut. Und heute den zweitschönsten noch dazu.« Sie drehte das Gebäck mit der süßen Cremefüllung einmal um die eigene Achse. Dann biss sie ein kleines Stück ab.

»Du musst eines wissen«, sagte Valentina gedankenschwer und sah Nora mit großen Augen an. »Die Nacht war dafür ziemlich gut …«

Nora verschluckte sich, röchelte und schluckte das Stück Miguelito schließlich hinunter, bevor sie Valentina mit großen Augen ansah.

»Na, also«, sagte Valentina zufrieden über ihr erfolgreiches Aufmunterungsmanöver. »Geht doch.«

Nora lächelte zaghaft.

»Nein, aber im Ernst, Schwesterherz. Erstens hast du überhaupt nichts versaut, okay?«, sagte Valentina und rückte etwas näher an Nora heran. »Sei nicht so streng mit dir. Denn was die Hochzeit betrifft, siehst du das alles viel schlimmer, als es war. Und zweitens hast du dir sicher nicht ausgesucht, dass heute auch noch so eine traurige Nachricht kommt. Niemand kann etwas dafür, hörst du? Schon gar nicht du.«

Nora nickte langsam, sah hinaus in den Garten und dann in Valentinas große dunkle Augen. Eine Woge der Trauer überkam Nora und sie dachte an die letzten Momente mit Mister Kaulewski. »Er war so nett«, sagte sie und schluckte. »Ein bisschen wie Papa.«

Valentina lächelte sanft.

»Ich wollte ihn zum Essen einladen, sobald ich zurück in New York bin. Das hatte ich ihm versprochen …«

Nora spürte Valentinas Hand auf ihrer.

»Möglicherweise hat er sich genau darauf gefreut, als er … gegangen ist«, sagte sie.

Nora seufzte, begleitet von einem wehmütigen Lächeln. Genau wie bei ihrem letzten Besuch endete ihr Aufenthalt in der Heimat mit einer verfrühten Rückreise. Im letzten Jahr waren es Noras finanzielle Schwierigkeiten gewesen, die sie hatten abreisen lassen. Jetzt war es ein weitaus traurigerer Anlass. Ryan hatte für sie die gleiche Maschine gebucht, in der er in wenigen Stunden sitzen würde. Somit konnte Nora übermorgen bei Mister Kaulewskis Beerdigung sein, um ihm die letzte Ehre zu erweisen. Nora war noch nie auf der Beerdigung eines Menschen gewesen, über den sie so wenig wusste. Und dennoch fühlte sie sich ihm stärker verbunden, als sie es für möglich gehalten hätte. So als wäre er einer der wenigen Menschen gewesen, dem Nora Einblick in ihre Gefühlswelt gestattet hätte.

Nora zog ein Taschentuch aus der Hosentasche und putzte sich die Nase. Dann biss sie erneut in den Miguelito.

»Ich weiß, das ist vielleicht etwas früh«, begann Valentina vorsichtig. »Aber weißt du schon, was das für deine Galerie bedeutet?«, fragte sie mit angespannter Miene. »Ich meine ... Du hast gesagt, er hätte keine Verwandtschaft? Niemanden?«

Nora schüttelte den Kopf, pickte abwesend mit dem Finger einen Krümel vom Tisch und ließ ihn auf ihren Teller fallen.

Über dieses Thema hatte sie natürlich auch schon nachgedacht, obwohl sich Nora für diese eigennützigen Gedanken umgehend geschämt hatte. Doch ihre Existenz hing nun mal an der Galerie, und es hatte sich einfach verselbstständigt.

»Ich muss gestehen«, begann Nora leise, »ich weiß nicht genau, was jetzt passiert. Möglicherweise wird das Gebäude zwangsversteigert, ich habe keine Ahnung. An wen zahle ich jetzt die Miete? Und wie lange darf ich noch in dem Gebäude bleiben?« Hilflos hob sie die Schultern. Ryan hatte Nora vor einigen Monaten prophezeit, das Gebäude würde irgendwann versteigert und abgerissen werden, um ein Projekt mit Luxusapartments hochzuziehen, so wie es überall in der Gegend geschah. Nora hatte nichts davon wissen wollen, war Mister Kaulewski doch ein vehementer Gegner dieser Art gewesen, mit den geschichtsträchtigen Mauern der Fabrikhallen und anderen

Gebäuden umzugehen. Doch nun war es plötzlich ein Szenario, das sich immer präsenter in Noras Gedanken zeigte.

»Das ist doch alles scheiße«, fasste Valentina die Lage zusammen, stand auf und ging auf der Terrasse auf und ab.

Nora nickte abwesend. Dann stand sie ebenfalls auf, nahm ihren Eiskaffee und setzte sich auf die oberste Terrassenstufe. »Komm, setz dich zu mir.«

Valentina nahm ihr Glas vom Tisch und setzte sich neben Nora. »Ich sage gleich mal Mama und Paps Bescheid, dass wir bald aufbrechen können, oder?«, fragte sie und trank einen Schluck.

Nora sah auf ihr Handy und nickte.

Obwohl Noras Eltern darauf gedrängt hatten, bei ihr bleiben zu wollen, hatte sie gesagt, sie sollten ruhig wie geplant zu Tante Hilde und Onkel Bernd fahren. Schließlich sah Käthe ihre Schwester viel zu selten und die beiden hatten bisher wenig Zeit für sich gehabt. Außerdem hatte Nora vor ihrer Abreise noch ein Versprechen einzulösen, und das wollte sie gern unter vier Augen machen, bevor sie zu viert zum Flughafen fahren würden.

Als Nora sich etwas beruhigt hatte, entschied sie, dass der Moment gekommen war. Sie griff in ihre hintere Hosentasche ihrer Shorts und zog einen Zettel heraus. »Ich habe das Gefühl, als würde uns schon wieder die Zeit davonlaufen, Valentina«, sagte sie wehmütig und entfaltete den Zettel. »Dabei hatte ich dir noch etwas versprochen, das mir sehr wichtig ist. Weil du mir wichtig bist.«

Valentina sah Nora gerührt an. »Deine Rede?«

Nora nickte. »Meine Welt sah zu dem Zeitpunkt zwar noch ein wenig anders aus. Aber einige essenzielle Dinge haben sich nicht geändert …« Sie nahm den Zettel in beide Hände und blinzelte Valentina dankbar zu, bevor sie begann vorzulesen.

Liebes Schwesterherz, lieber Tonio,

wie wir alle wissen, hat eure Liebesgeschichte bereits in der zweiten Klasse begonnen und sich ohne euer Wissen beinahe zwanzig Jahre später fortgesetzt. Obwohl ihr euch im ersten Moment nicht mal wiedererkannt habt, wusstet ihr: Das war der Mensch, für den all die Jahre mein Herz geschlagen hat. Ich war zwar nicht direkt dabei, aber so stelle ich es mir von Filmen und Büchern romantisiert vor. (LACHER.) In der echten Welt habt ihr euch allerdings weitaus mehr Problemen stellen müssen, bis ihr endlich eingesehen habt, oder eher gesagt, bis du, Valentina, endlich eingesehen hast, dass ihr verdammt noch mal füreinander bestimmt seid. (APPLAUS.) Valentina, du bist meine kleine Schwester und dennoch habe ich immer zu dir aufgeschaut. Schon damals, in der Schule, während des Studiums und im Berufsleben. Selbst in unserem Stockbett habe ich zu dir aufschauen müssen, weil ich ja unbedingt immer unten schlafen wollte. (LACHER.) Du bist ein wundervoller, liebevoller, vertrauter und offener Mensch und ich wünsche dir alles Glück der Erde, hier im wunderschönen Andalusien, unserer Heimat, mit diesem gut aussehenden Bäcker, der dich hoffentlich eines Tages kugelrund füttern wird. Ja, neben deiner Liebesgeschichte war ich übrigens auch schon immer neidisch auf dein gutes Aussehen. Ich weiß nicht, ob das rübergekommen ist. (LACHER.) Spaß beiseite. Ich sehe gern zu dir auf, denn du bist ein

Teil von mir, und dich so glücklich zu erleben wie heute ist mehr, als ich mir jemals für dich hätte erträumen können. Darum heben wir unser Glas und stoßen auf das Unerwartete an, das, was unser Leben lebenswert macht, auf Wassermelonen in Mojácar und auf die Liebe zwischen Valentina und Tonio. (APPLAUS.)

KAPITEL 34

Die Tür fiel hinter Nora ins Schloss. Erschöpft ließ sie ihr Gepäck in den Flur fallen. »O mein Gott«, flüsterte sie. »Ich kann nicht fassen, dass wir wieder in New York sind.«

Ryan nickte erschöpft. »Willst du zuerst ins Bad? Dann mache ich uns einen Kaffee.«

»Danke«, flüsterte Nora, streifte ihre Schuhe ab, ging durch den hohen Flur ins Schlafzimmer, um sich einige frische Klamotten aus dem Kleiderschrank zu nehmen, und stellte im angrenzenden Badezimmer die Dusche an. Als der Wasserdampf schließlich eine angenehme Wassertemperatur versprach, ließ sie ihre Kleidung auf den Boden fallen und betrat die Dusche. Heißes Wasser rieselte über ihren Körper und Nora schloss seufzend die Augen.

Was für eine Reise.

Über zwanzig Stunden mit Zwischenstopp in Casablanca. Sie hatte nicht geahnt, dass der nächste verfügbare Flug nach New York derart lang und beschwerlich werden würde, doch es hatte nicht viele andere Optionen gegeben, um rechtzeitig wieder zu Hause zu sein.

Zu Hause.

Nora schüttelte den Kopf und war drauf und dran, erneut zu weinen. Wegen Mister Kaulewski, aber auch wegen Ryan, der ihr in den letzten zwanzig Stunden eine große Stütze gewesen war. Er hatte denselben Flug für Nora gebucht, in dem er auch gesessen hatte, und eine missmutig dreinschauende Frau überredet, ihren Platz mit ihm zu tauschen, damit er neben Nora sitzen konnte. Und dann war er einfach für sie da gewesen.

Erst nachdem sie in Casablanca zwischengelandet und nach einem sich ewig ziehenden Aufenthalt wieder in der Luft gewesen waren, hatten sie angefangen, über das, was geschehen war, zu reden. Ryan hatte Noras Hand genommen und sich geduldig ihre Sorgen um die Galerie und alles Weitere angehört. Er hatte versichert, dass sie erstens so lange in seiner Wohnung wohnen könne, wie sie wolle. Notfalls wollte er sich sogar übergangsweise etwas anderes suchen. Und zweitens, dass er sie unterstützen werde, falls es zu einer Räumung ihrer Galerie kommen sollte. Denn das sei es, was seiner Einschätzung nach kurz- oder mittelfristig die wahrscheinlichste Option sei. Die Lage des Gebäudes sei einfach zu wertvoll, um den nächsten Eigentümer, sei es nun eine Bank oder der glückliche Gewinner einer Zwangsversteigerung, nicht mit einem Abriss und Neubau von Luxusapartments zu verlocken. Doch Genaueres müsse ein Notar oder ein anderer Bevollmächtigter klären.

Etwa auf halber Strecke über dem Atlantik hatte Nora Ryan schließlich auch etwas mehr von dem Kennenlernen mit Bartolomé in Madrid erzählt. Sie war es ihm irgendwie schuldig gewesen. Zumindest hatte es sich so angefühlt. Einige Details ließ sie zwar aus, wie den Abend des Junggesellenabschieds und den Tanz auf der Hochzeit. Doch Ryan zog vermutlich seine eigenen Schlüsse.

Zwei Flugzeugfläschchen Wein später hatte er seinerseits zugegeben, dass die Sache mit dem Heiratsantrag eigentlich die Idee seiner Assistentin Sally gewesen sei. Er habe sich wohl selbst noch nicht so weit gefühlt, doch sie meinte, es sei das, was Nora an dem Abend vor Andalusien erwartet habe. Also sei er in Miami zum Juwelier gelaufen und habe diesen Ring besorgt. Ein Fehler, wie er nun wisse.

Den Rest des Fluges hatten sie schweigend verbracht, ihre Hände ineinandergelegt und die Augen geschlossen. Nora war müde und erschöpft. Doch sie war die gesamte Reise über nicht in der Lage gewesen zu schlafen.

Zu viele Gedanken.

Zu viele Ereignisse.

Zu viel. Einfach zu viel.

Eine Viertelstunde später stieg Nora aus der Dusche, wickelte sich in ein weiches Handtuch und machte sich fertig. Es war elf Uhr vormittags und sie wollte unbedingt in die Galerie. Selbst wenn es in ihrem Zustand und in Anbetracht der jetzigen Lage keinen Sinn ergab. Sie wollte nur kurz nach dem Rechten sehen, etwas allein sein und möglicherweise mithilfe von Margret herausfinden, wer für Mister Kaulewskis Gebäude verantwortlich sein würde.

Eine halbe Stunde und einen doppelten Espresso später machte sie sich auf den Weg. Der Himmel zeigte sich trüb und unfreundlich, doch Nora entschied sich, zur Galerie zu laufen, den Kopf etwas freizubekommen und ein wenig New Yorker Luft einzuatmen.

Es dauerte nur zwei Querstraßen, bis Bartolomé sich in Noras Gedanken zeigte. Was wäre passiert, wäre nicht der Anruf von Margret gekommen?, fragte sie sich unablässig. Hätte sie plausibel erklären können, was zwischen ihr und Ryan passiert war? Und wie hätte er reagiert?

Doch so weit war es nicht gekommen. Auf halber Strecke zu Bartolomés Haus hatte Nora umgedreht, war weinend zu Valentina und ihren Eltern gelaufen und kurz darauf mit ihrer Mutter nach Hause gefahren. Der Moment war verstrichen und jetzt war sie wieder hier in New York. Mit anderen Problemen, die es zu bewältigen gab.

Nora warf einen Blick auf ihr Handy, spielte mit dem Gedanken, Bartolomé zu schreiben, tat es dann aber doch nicht.

Wo sollte das hinführen?

Ja, sie mochte ihn. Vermutlich sogar mehr, als sie sich momentan wegen Ryan eingestehen wollte. Doch er führte eine Bodega in ihrer alten Heimat Andalusien. Und sie eine Galerie in New York. Zumindest noch.

Und außerdem war das Leben, das sich Nora aufgebaut hatte, gerade dabei, in tausend Scherben zu zerspringen. Sie musste etwas unternehmen, musste sich um sich selbst kümmern. Eine neue Wohnung suchen, ihren neuen Künstler aufbauen und Geld verdienen, sich möglicherweise nach neuen Räumlichkeiten umsehen. Und das, obwohl sie so gern herausgefunden hätte, ob die Wildpferde mit ihr durchgegangen wären, hätte sie etwas mehr Zeit mit Bartolomé verbringen können.

Auf der Flushing Avenue machte Nora kurz halt, um sich einen Bagel zu besorgen, bevor sie weiter zur Galerie lief. Zwanzig Minuten später entriegelte sie dann das Schloss der metallenen Rollläden vor der Eingangstür und dem Schaufenster und schob sie ratternd nach oben.

Es fühlte sich ein wenig an wie der Zugang zu einer fremden Welt. Obwohl es genau die Welt war, die sie liebte, für die sie hart gearbeitet hatte.

Nora betrat die Galerie und atmete tief ein und aus. Es roch nach Leinwand, Ölfarbe und Freiheit. Seufzend ging Nora an den mit Bildern behangenen Wänden entlang und legte klimpernd ihren Schlüsselbund auf den Tresen.

Dann schaltete sie die Kaffeemaschine an, die wie immer eine gefühlte Ewigkeit brauchte, um warm zu werden. Sie freute sich auf die Arbeit mit ihrem neuen Künstler, freute sich auf die geplante Ausstellung und die Gespräche mit ihren Kunden. Sie wollte wieder loslegen. Ja, genau das würde sie tun. Loslegen.

Als Nora nach einer Tasse suchte, fiel ihr ein Notizblock ins Auge, der normalerweise nicht dort lag.

Sie stellte die Tasse wieder zurück und griff nach dem Block. Als sie die kurzen Zeilen überflog, die auf der ersten Seite standen, legte sie schluchzend die Hand vor den Mund. Erneut liefen Tränen an ihren Wangen herunter, hinterließen weitere Kerben in ihrer Erinnerung an diese emotionale Woche.

> Liebe Nora,
> durch die Rollläden habe ich gesehen, dass einer der Ventilatoren noch lief, nachdem Sie gefahren waren. Ich war so frei, ihn abzuschalten, und hoffe, das war in Ordnung.
> Ich freue mich sehr auf unser Abendessen und darauf, von der Hochzeit Ihrer Schwester und der Zeit in Andalusien zu erfahren. Vielleicht werde ich mir die Gegend auch eines Tages noch ansehen.
> Bis dahin
> Ihr Walter Kaulewski

Langsam ließ Nora den Zettel auf den Tresen sinken, rieb sich die Augen und seufzte. Es verging eine Stunde, in der sie gegen eine der weißen Wände gelehnt auf dem Boden saß und nachdachte. Doch sie kam nicht weiter, musste sich aufraffen, etwas tun. Auch wenn es ihr momentan so vorkam – die Welt stand nicht still. Morgen würde die Sonne wieder über der Skyline von Manhattan aufgehen und neue Möglichkeiten bieten, neue Chancen, neue Wege.

Nora stemmte sich auf die Beine, ging zum Tresen und machte sich einen Kaffee. Dann klappte sie ihren Laptop auf und begann, einige Dinge für ihre nächste Ausstellung zu planen, E-Mails zu beantworten und all das zu tun, was sie in den letzten beiden Wochen vernachlässigt hatte.

KAPITEL 35

Dunkle Wolken lagen über Brooklyn, als wollte der Himmel diesem Dienstagvormittag eine besondere Bedeutung verleihen. Tropfen fielen vor Nora auf den trockenen Boden und versickerten im Staub. Doch es war kein Regen, wie Nora zuerst vermutete, sondern ihre eigenen Tränen.

Mister Kaulewski hatte hier im Green-Wood Cemetery seine letzte Ruhestätte an der Seite seiner längst verstorbenen Frau gefunden, unaufgeregt und in weiser Voraussicht. Denn offenbar hatte Mister Kaulewski die Art seiner Bestattung, den schlichten Ablauf bis hin zur Grabdekoration bereits zu Lebzeiten arrangiert.

Gestern, zwei Tage nach seinem Tod, war sein Leichnam eingeäschert worden, um heute im südwestlichen Brooklyn beigesetzt zu werden. Nora war noch nie hier auf dem Green-Wood Cemetery gewesen, nahm sich jedoch vor, dies in Zukunft öfter zu tun. Das von Bäumen, kleinen Seen, Mausoleen und historischen Stätten übersäte Gelände war riesig und Nora hatte zwei Mal fragen müssen, um die richtige Grabstätte zu finden.

Nun lag Mister Kaulewskis Asche neben der seiner Frau Zuzanna vergraben, von der Nora gern mehr erfahren hätte. Doch auch Margret, die als einer der wenigen Gäste ebenfalls zur Beisetzung erschienen war, schien nicht besonders viel über die Vergangenheit ihres Nachbarn zu wissen. Und die beiden älteren Herren, die in Stille getrauert hatten und bereits gegangen waren, hatte Nora in diesem emotionalen Moment nicht stören wollen.

Mister Kaulewski würde Nora als netter und liebenswürdiger Mensch in Erinnerung bleiben, der ihr mehr über die Liebe und das Leben beigebracht hatte, als sie zunächst geglaubt hatte. Das war alles, was sie über ihn wissen musste.

Ryan reichte ihr ein Taschentuch.

Er hatte seine Termine ohnehin wegen der Reise nach Andalusien abgesagt und von sich aus angeboten mitzukommen.

Nora nickte dankbar und schniefte in das Taschentuch. Sie wusste, dass er sich auch bei vollem Terminkalender die Zeit dafür genommen hätte. Vor zwei Wochen möglicherweise noch nicht, doch er hatte sich in der kurzen Zeit verändert. Genau wie sie.

Nora spürte erst einen Tropfen auf dem Handrücken. Dann noch einen auf dem Arm. Sie sah nach oben, und dieses Mal war es tatsächlich der Himmel, der einige Tränen vergoss.

»Sollen wir Sie mitnehmen, Margret?«, fragte Nora, in Richtung Haupteingang des Friedhofs deutend. »Wir wollten ohnehin noch einmal in die Galerie.«

Ryan nickte.

Margret richtete ihren schwarzen Hut, der ihre Perlenohrringe betonte, zu denen sie die passende Kette über einem dunklen Kleid trug. Dann tupfte sie sich die Augen mit einem Stofftaschentuch und winkte ab. »Das ist ganz lieb, danke. Aber ich bin noch verabredet.«

»Ah, okay«, sagte Nora überrascht. Sie hatte gehofft, noch etwas Zeit mit der alten Dame verbringen zu können, um mehr über die Umstände von Mister Kaulewskis Tod und das weitere

Vorgehen zu erfahren. Sie zögerte. Es kam ihr seltsam vor, noch an Mister Kaulewskis Grab über seinen Nachlass zu sprechen. Doch Nora musste es wissen.

»Margret, könnten Sie mich möglicherweise anrufen, wenn Sie etwas über das Haus erfahren?«, fragte sie schließlich.

Margret lächelte einfühlsam. »Wir bleiben in Kontakt«, antwortete sie. »So oder so. Versprochen.« Dann deutete sie in südliche Richtung, während Nora und Ryan nach Norden mussten. »Ich bin dann mal weg«, sagte sie, drückte Noras Hand zum Abschied und ging gemächlich los in Richtung Borough Park.

Nora sah ihr noch einen Augenblick hinterher.

»Wollen wir?«, fragte Ryan auf den sich weiter zuziehenden Himmel deutend, aus dem immer dickere Tropfen herunterprasselten. Dann spannte er den Schirm auf, den er trotz positiver Wettervorhersage mitgenommen hatte, und bot seinen Arm an.

Nora hakte sich ein und gemeinsam gingen sie zum Haupteingang des Friedhofs, wo sie in ein Taxi zurück nach Williamsburg stiegen.

Ryan hatte vorgeschlagen, nach der Beerdigung in die Galerie zu fahren, um die Werke von Noras neuem Künstler anzuschauen. Nora wusste nicht, ob Ryans Interesse ehrlicher Natur war oder ob er es ihretwegen tat, doch sie freute sich darüber und konnte etwas Ablenkung gut gebrauchen.

»Das Verhängnis von Galerien«, hatte Ryan einmal gesagt, »ist, dass niemand bei gutem Wetter hineingeht und bei schlechtem Wetter niemand in Kauflaune ist.«

Ganz unrecht hatte er mit der Einschätzung nicht, doch Nora hatte geantwortet, dass es auch durchaus Tage zwischen Sonne und Regen gab.

Im Taxi kramte Nora schon einmal in der Handtasche nach ihrem Schlüssel, als sie mit der Hand ihr Handy berührte und es im Inneren der Tasche aufleuchtete. Nora hielt in der Bewegung inne und starrte auf das Display, bis es wieder dunkel wurde.

Bartolomés Name war darauf aufgeleuchtet.

Er hatte eine Nachricht geschickt.

Nora blinzelte einige Male, zog dann den Schlüsselbund aus der Handtasche und klappte sie schnell wieder zu. Sekunden verstrichen, in denen ein immer stärker werdendes Gefühl der Aufregung in ihr hochstieg. Mehrfach hatte sie sich schon gefragt, ob er sich melden, eventuell sogar anrufen würde. Zugegebenermaßen hatte sie einige Stunden des langen Fluges damit verbracht, darüber nachzudenken, wie sie in diesem Fall reagieren würde. Doch sie hatte keine Antwort darauf finden können.

Das Taxi hielt an einer Ampel. Der Scheibenwischer ging im gleichmäßigen Takt hin und her. Ein Fahrrad zog mit aufspritzender Wasserspur an ihnen vorbei.

Noras Kopf ratterte ununterbrochen, bis sie endlich die Handtasche aufklappte, das Handy herausnahm und die Nachricht las, während Ryan auf der anderen Seite aus dem Fenster sah.

Liebe Nora, meine Mitarbeiter haben mir von dem Vorfall mit deinem Vermieter erzählt. Du sollst wissen, dass es mir sehr leidtut. Auch wegen allem anderen. Könnten wir nachher kurz sprechen? Ich möchte dir etwas sagen. Bartolomé

Nora krallte sich an ihrem Telefon fest und sah mit zusammengepressten Kiefern nach draußen. Noras ganzer Körper schrie förmlich: *Ja, rede mit ihm!* Doch ihr Kopf sagte immer wieder:

Was soll das bringen, Nora? Verletze dich nicht mehr als nötig. Das kann nicht gut gehen.

Plötzlich donnerte es über den Dächern der Stadt. Dann verstärkte sich der Regen, bis er eine dichte Wasserwand bildete, durch die sich das Taxi förmlich hindurchkämpfen musste.

»Alles in Ordnung?«, fragte Ryan, der Nora anzusehen schien, dass sie mit sich kämpfte.

Sie nickte und schluckte ihre Unsicherheit weg.

An der nächsten Kreuzung öffnete Nora Bartolomés Nachricht erneut. Sie las sie einige Male und versuchte, ihr Herzklopfen unter Kontrolle zu bekommen. Sie dachte an Andalusien, an den Abend von Valentinas Hochzeit, an den Moment, als sie Bartolomé mit geschlossenen Augen gegenübergestanden, seine Nähe gespürt hatte und daran, wie er den Augenblick hatte verstreichen lassen.

Nein, sie konnte das gerade nicht. Es ging nicht.

Noras Finger flogen über das Display, bis sie schließlich auf *Senden* tippte.

Dann hielt das Taxi vor der Galerie.

Ryan bezahlte, noch bevor Nora etwas sagen konnte, stieg aus und öffnete den Schirm.

Es regnete mittlerweile so stark, dass man kaum sah, wo man hintrat. Ein regelrechter Strom aus Wasser überflutete die Straßen und durchnässte alles und jeden, der nicht rechtzeitig Schutz gefunden hatte.

Mit zusammengekniffenen Augen sprang Nora aus dem Taxi, hakte sich bei Ryan ein, und gemeinsam eilten sie über den Gehweg zur Galerie.

Während Nora sich bückte, um das Rollgitter aufzuschließen, peitschte eine Böe gegen die Fassade und mit ihr ein Schwall warmen Regens. Nora hielt in der Bewegung inne und sah Ryan mit großen Augen an. Sie waren beide pitschnass geworden.

Ryan grinste Nora an. Dann lachten sie lauthals los.

Mit einigen schnellen Handgriffen ließ Nora das Rollgitter nach oben rattern. Anschließend schloss sie die Glastür auf und sprang glucksend und dicht gefolgt von Ryan ins Trockene. Als sie vor Feuchtigkeit triefend die Tür hinter sich schloss, hob sie wie in Zeitlupe den Kopf. War das …? Nora meinte, im Augenwinkel etwas gesehen zu haben. *Jemanden* gesehen zu haben. Der warme Regen fühlte sich plötzlich kalt und ungemütlich an. Das konnte nicht sein.

Als Nora die Tropfen von ihren Wimpern blinzelte und noch einmal durch die Scheibe sah, war die Straße leer.

Sie brauchte dringend Schlaf, dachte sie kopfschüttelnd. Ganz dringend.

KAPITEL 36

Der Regen nahm Bartolomé die Sicht, während er schnellen Schrittes durch die Seitenstraße stapfte und sich immer wieder mit den Händen durch die nassen Haare fuhr.

Was für ein Esel er doch war. Direkt nach der Beerdigung ihres Vermieters hier aufzukreuzen und darauf zu hoffen, Nora allein anzutreffen. Dämlich. Natürlich war Ryan dabei, und wenn nicht er, dann wäre sicher eine Freundin, ein Freund oder sonst jemand bei Nora gewesen.

Unter dem Vordach eines Ladens machte Bartolomé kurz halt, um seine Gedanken zu ordnen. Nachdem seine Mitarbeiter ihm berichtet hatten, was beim Brunch passiert war, und Valentina ihm am nächsten Tag erzählt hatte, Nora und Ryan hätten sich getrennt, hatte sich Bartolomé, ohne nachzudenken, auf den Weg zum Flughafen gemacht und war in den nächsten Flieger nach New York gestiegen. Alles andere war ihm in dem Moment egal gewesen. Er hatte Nora sehen wollen und sei es auch nur für eine Stunde zum Kaffeetrinken, bevor er wieder nach Andalusien flog.

Und jetzt hatte er sie gesehen und festgestellt, wie blöd sein Vorhaben gewesen war. Selbst wenn sie nicht mehr mit Ryan zusammen war, war er doch in dieser schweren Zeit an ihrer Seite und schaffte es sogar, sie zum Lachen zu bringen.

Bartolomé sah hinauf in den Himmel und ihm wurde klar, dass sich das Wetter vorerst nicht ändern würde. Heute würde er nicht mehr viel ausrichten können, also bräuchte er eine Unterkunft und ein paar trockene Klamotten. Ersteres könnte er bequem über sein Handy buchen und sich anschließend etwas zum Anziehen auf dem Weg zum Hotel besorgen. Und morgen würde er möglicherweise herausfinden, ob er richtig gehandelt oder sich ein letztes Mal der Illusion hingegeben hatte, sein Herz könnte ihm dieses eine Mal den richtigen Weg weisen.

Eine Straße weiter entdeckte Bartolomé ein kleines Café. Eine Böe abwartend, kniff er die Augen zusammen, dann steuerte er auf das Café zu und belegte den Platz direkt am Fenster. Die junge Bedienung, die einen beachtlichen Nasenring und jede Menge Tattoos trug, sah ihn mitleidig an und deutete fragend auf die Kaffeekanne, die sie in der Hand trug.

Bartolomé nickte dankbar, zog sein Handy heraus und wischte es mit einer Serviette aus dem auf dem Tisch stehenden Spender trocken.

Als er gerade darüber nachdachte, auf welcher Buchungswebsite er sein Glück versuchen sollte, entdeckte er eine eingegangene Nachricht auf dem aufleuchtenden Display. Noras Name blitzte auf und Bartolomé leckte sich nervös die Lippen.

»Ein Kaffee für den durchnässten Herrn«, unterbrach ihn die Bedienung freundlich, stellte einen Becher auf den Tisch und schenkte dampfenden Kaffee ein. »Darf es sonst noch etwas sein?«

Bartolomé schüttelte hektisch den Kopf. »Nein, danke. Momentan nicht.«

Die junge Frau nickte und verschwand wieder hinter der Theke. Offenbar kannte sie sich mit Gästen aus, die zur Genüge mit sich selbst beschäftigt waren.

Bartolomé wog nachdenklich das Smartphone in seinen Händen, zögerte jedoch, die Nachricht zu öffnen. Hatte Nora ihn möglicherweise draußen vor ihrer Galerie gesehen? Ein mulmiges Gefühl breitete sich in seiner Magengegend aus. Verdammt, dachte er dann, entsperrte hektisch das Telefon und öffnete die Nachricht. Mit klopfendem Herzen flog er über die wenigen Worte und sackte anschließend kraftlos auf dem harten Stuhl zusammen. Alles schien sich um ihn herum zu drehen. Seine Gedanken, die Müdigkeit, der dampfende Kaffee vor seiner Nase.

Eine Weile blieb Bartolomé reglos sitzen, starrte hinaus auf die nass glänzende Straße, auf der sich unzählige leuchtende Tropfen niederschlugen und immer wieder von vorbeifahrenden Autos umhergespritzt wurden. Bartolomés Brustkorb hob und senkte sich. Er wusste nicht weiter. Sollte es das gewesen sein? Jetzt, wo er hier in New York saß, nur wenige Hundert Meter von Nora entfernt?

Dann bezahlte er den Kaffee und ging.

KAPITEL 37

Drei Wochen später

»Nicht so viel«, sagte Juanito, als Nora Milch in die Cornflakes-Schüssel des Jungen schüttete.

»Okay, okay«, erwiderte sie und wuschelte ihm grinsend durch die dunklen Locken. »Dann lass es dir schmecken.«

Der Kleine wand sich unter Noras Händen und begann gierig zu essen. »Danke, Nora«, sagte er kauend und zeigte grinsend die Lücke zwischen seinen Vorderzähnen.

Nora zwinkerte ihm zu. »Dalila, ich bin dann mal weg, okay?«

Dalila streckte den Oberkörper aus ihrer Tür und flocht weiter an ihren langen schwarzen Haaren. »Okay, Süße«, rief sie und verschwand wieder. »Aber ich muss pünktlich los, okay? Meine Schicht beginnt um acht«, rief sie und schien irgendetwas herumzukramen. Dann tauchte sie wieder in der geöffneten Tür auf, dieses Mal in einem anderen Oberteil.

»Das erste ist besser«, rief Nora im Gehen. »Und ich werde rechtzeitig wieder zurück sein. Stimmt's Juanito?«, sie wuschelte dem Jungen zum Abschied erneut durch die Haare, der kicherte und Nora nachwinkte, bis sie aus der Wohnungstür verschwunden war. Sie nahm die vierundachtzig Stufen nach unten ins Erdgeschoss des sechsstöckigen Wohnhauses, die Nora in ihrer ersten Woche jeden Tag aufs Neue beim Heraufgehen gezählt hatte, und verließ es durch die alte Flügeltür, die krachend hinter ihr ins Schloss fiel.

Der Morgen war warm und stickig, doch Nora genoss den kurzen Weg zur Arbeit, der an dem kubanischen Restaurant vorbeiführte, in dem ihre Vermieterin arbeitete und bei dem man ausgesprochen leckere Reisgerichte bekam.

Seit knapp drei Wochen wohnte sie nun als Untermieterin in einem schuhkartongroßen Zimmer bei Dalila, einer hübschen und temperamentvollen Kubanerin, die genau zu wissen schien, was sie wollte.

Obwohl Ryan Nora angeboten hatte, weiterhin mit ihm in seinem Apartment zu wohnen, bis sie eine bezahlbare eigene Wohnung gefunden hatte, wollte sie ihm nicht länger zur Last fallen. Er hatte ihr anfangs das Bett überlassen, während er sich die lange Couch zurechtgemacht hatte. Ein Zustand, den Nora nicht länger als zwei Tage hatte akzeptieren können. Schon am Tag nach Mister Kaulewskis Beerdigung hatte sie also den gesamten New Yorker Wohnungsmarkt abgegrast und war auf genau eine Ausschreibung gestoßen, die bezahlbar, verfügbar und auch noch in Laufweite zu ihrer Galerie gelegen war.

Schon bei ihrem Anruf bei Dalila hatte Nora festgestellt, dass diese nicht nur gebürtige Kubanerin und somit spanischsprachig, sondern ihr darüber hinaus auch noch sehr sympathisch gewesen war. Das Kennenlernen in Dalilas Wohnung hatte den Eindruck bestätigt, und Nora hatte schon nach vier Minuten die Zusage für das Zimmer, sofern sie es wollte. Der geringe Mietpreis für diese Lage war allerdings damit verbunden, dass Nora hin und wieder auf Dalilas Sohn Juanito aufpassen musste, während sie die Nachtschicht im Restaurant hatte. Da der schüchterne kleine Mann jedoch zuckersüß war und

Nora sich umgehend mit ihm angefreundet hatte, war dieser Teil der Mietvereinbarung kein Problem.

Auch an das winzige Zimmer, die Tatsache, dass es manchmal kein warmes Wasser gab, oder daran, dass nachts hin und wieder seltsame Geräusche aus den Nachbarwohnungen drangen, hatte sich Nora mittlerweile gewöhnt. Am wichtigsten war es ihr, eine eigene Bleibe zu haben, und dieser Punkt war nicht nur erfüllt, sondern auch mit einer netten Bekanntschaft verbunden. Darüber hinaus bot der Trubel in ihrem neuen Zuhause eine dankbare Ablenkung, die Nora nach den Ereignissen der letzten Wochen guttat. Die Trennung von Ryan war zwar irgendwie freundschaftlich abgelaufen, dennoch hatte es sie emotional aufgewühlt, ihre Ziele und ihre Gefühlswelt infrage gestellt und viele Gedanken in Gang gesetzt. So kam es, dass sie selbst an manchen schönen und erfolgreichen Tagen unvermittelt Tränen in den Augenwinkeln hatte. Es reichte eine Erinnerung an ihre Familie, das Beobachten eines liebevollen Moments zwischen einem alten Ehepaar auf der Straße oder ein gefühlvoller Song, der ihre Emotionen ins Wanken brachte. Oder es war das Aufblitzen von Erinnerungen an Bartolomé, der sich nach ihrer letzten Nachricht verständlicherweise nicht mehr gemeldet hatte.

Oft hatte Nora ihr Handy in der Hand gehabt, sein Profilbild angeschaut und sogar angefangen, eine Nachricht zu tippen. Doch jedes Mal hatte sie die Nachricht wieder gelöscht und ihr Handy unter einem Stapel Blätter oder ihrem Kopfkissen vergraben, um nicht weiter daran zu denken, wie es ihm wohl gerade ging.

Sie musste erst einmal mit sich und der Situation klarkommen, bevor sie sich darauf einlassen konnte, ihre Gefühle zu erforschen. Sie musste vernünftig sein, sich auf ihre Ausstellung konzentrieren und einen Plan B für den Fall entwickeln, dass sie möglicherweise die Galerie verlor. Aber es wurde von Tag zu

Tag etwas besser. Zwar machte Nora kleine Schritte, doch diese waren wertvoll und gingen in die richtige Richtung.

Auf dem Weg in die Galerie besorgte sie sich einen belegten Frühstücksbagel und hörte einige Sprachnachrichten ab. Bei der Vorstellung ihres neuen Künstlers Malcolm Schwarz hatte sich die Möglichkeit einer Kooperation ergeben, bei der Nora eine für den Herbst geplante Sonderausstellung kuratieren und gleichzeitig Malcolm platzieren konnte. Eine gute Gelegenheit, sich als Art Consultant vorzustellen und damit eine der Optionen, sollte Nora ihre Räumlichkeiten verlieren.

Doch erst einmal blieb alles beim Alten, und die für die nächste Woche geplante Ausstellung musste ein Erfolg werden, an den sie mit der Sonderausstellung anknüpfen könnte.

In der Galerie angekommen, ließ Nora das ratternde Rolltor nach oben, leerte den Briefkasten und legte den Stapel Briefe auf den Tresen. Dann machte sie eine fröhliche Playlist an, wärmte die Kaffeemaschine auf, biss in ihren Bagel und sondierte ihre E-Mails. Die Vorbereitungen für die Ausstellungen liefen vielversprechend.

Der DJ hatte zugesagt, Dalila, die auf der Veranstaltung bedienen würde, organisierte ebenfalls Häppchen aus dem Restaurant und Nora hatte einige zusätzliche Lichtelemente für eine optimale Ausleuchtung der Bilder besorgt. Alles musste perfekt sein, nicht zuletzt die Gästeliste, an der Nora eine ganze Weile gefeilt und für die sie viel telefoniert hatte. Mit dem Ergebnis, dass einige wichtige Namen der New Yorker Kunstszene Interesse bekundet oder gar zugesagt hatten.

Nora war zufrieden, lehnte sich irgendwann in ihrem Stuhl zurück und widmete sich bei einem Kaffee dem Stapel Briefe. Es waren Rechnungen, Einladungen zu Veranstaltungen, einige Werbebriefe und mittendrin ein relativ schwerer Umschlag aus Andalusien.

Sofort erkannte Nora die Handschrift ihrer Schwester, riss voller Aufregung den Umschlag auf und zog den Inhalt heraus. Obenauf lag eine Dankeskarte aus festem Karton und mit filigranem Kupferschnitt in Form eines Olivenbaums, darunter Valentinas und Tonios Namen. Nora strich mit dem Finger über das liebevoll gestaltete Motiv. Auf der Rückseite befand sich ein kurzer Dankestext, der von Valentina handschriftlich ergänzt worden war.

> Danke, dass du an diesem Tag für mich da warst, so wie du in den letzten dreiunddreißig Jahren für mich da gewesen bist. Ich liebe dich, Schwesterherz, und hoffe, dass du dein Glück findest. Möglicherweise ist es weiter entfernt, als du glaubst, und doch greifbar nahe. Deine Valentina

Noras Herz klopfte drängend und erwartungsvoll, als sie die Zeilen ihrer Schwester las. Was meinte Valentina mit dieser beinahe kryptischen Formulierung? Meinte sie etwa … Bartolomé? Doch was sollte das bedeuten? Wieso sollte er greifbar nahe sein? Nein, das machte keinen Sinn.

Laut ausatmend legte sie die Karte zur Seite. Schon dieses kleine Gedankenspiel sorgte bei Nora dafür, dass es ihr schwerfiel, sich zu konzentrieren. Unter der Karte befand sich ein fingerdicker Stapel gedruckter Fotos auf festem Fotopapier. Nora lächelte wehmütig, während sie durch die wunderschönen Bilder blätterte. Valentina, Nora und ihre Mutter beim Schminken, Valentina und Vater Pedro beim Gang zum Traubogen, Valentina und Tonio bei ihrem ersten Kuss als verheiratetes Paar, Fotos von der Familie, von den anderen Gästen, von der Bodega, dem ersten Tanz bis hin zur anschließenden Party. Valentina hatte sogar ein Foto von Ryan dazugelegt, wie er die Sherry-Flasche schwenkend beinahe von dem Gitarrenverstärker gefallen war. Sie hatte ein Post-it darauf geklebt: »Ich hoffe, du verzeihst mir das, aber ich finde, es gehört irgendwie dazu. (Liebe Grüße an Ryan!)«

Nora lachte kurz auf und rieb sich die feuchten Augen. Natürlich hatte sie ihrer Schwester regelmäßig am Telefon erzählt, wie liebevoll sich Ryan seit ihrer Ankunft in New York um sie gekümmert hatte und dass sie immer noch eine gewisse Freundschaft verband. Daher war sie Valentina nicht böse über diese kleine Erinnerung, sondern fotografierte das Bild sofort mit ihrem Handy ab und schickte es Ryan mit einem Zwinkersmiley.

Als Nora weiter durch die Fotos blätterte, waren einige schöne Schnappschüsse diverser Tanzeinlagen dabei, die Nora teilweise gar nicht mitbekommen hatte, und sogar ihr erstes aus der Fotobox, auf dem sie den lächerlichen Versuch einer unterhaltsamen Grimasse gewagt hatte. Nora blätterte weiter und hielt schließlich das letzte Bild des Stapels in den Händen. Ein großer gelber Post-it klebte darauf und verdeckte das gesamte Motiv. Und dennoch ließ die handgeschriebene Zeile darauf Noras Herz umgehend rasen.

»Er hat das etwas besser gemacht ...« stand auf dem Zettel. Vorsichtig, als könnte sie das Bild und somit den damit verbundenen Moment für immer zerstören, zog Nora den gelben Zettel ab und musste unvermittelt lächeln. Es war ein liebevolles Lächeln. Ein Lächeln, das Noras Herz mit Dankbarkeit und Zuneigung erfüllte.

Das Foto zeigte Bartolomé vor der Fotobox. Es war das allererste Foto des Tages. So wie er es gesagt hatte. Doch er sah nicht einfach bloß in die Kamera, sondern schnitt die bescheuertste Grimasse, die Nora je gesehen hatte. Seine Lippen waren umgeklappt und wirkten dadurch riesig, seine Augen schielten und waren weit aufgerissen und seine Hände schoben seine Gesichtshaut auf eine Art durcheinander, die ihn völlig verunstaltet wirken ließ.

Nora lachte auf, als sie ihres und Bartolomés Foto nebeneinanderhielt.

»Okay, du hast gewonnen«, flüsterte sie ergriffen, als sie etwas auf der Bildrückseite von Bartolomés Foto ertastete. Nora wendete das Bild und fand einen weiteren Post-it. Angespannt flog sie über die Zeilen und spürte, wie sich in ihrem Magen ein immer schneller werdender Wirbelsturm aus Gefühlen bildete. Seufzend sank sie weiter in ihren Stuhl, bis ihr Kopf beinahe auf der Rückenlehne auflag.

> Ich habe Bartolomé übrigens am Tag deiner Abreise im Ort getroffen und er hat nach dir gefragt. Er dachte, du seist noch mit Ryan zusammen … Ich habe das richtiggestellt …
> Kuss, Valentina

»Verdammt«, flüsterte Nora, legte den Zettel auf den Tresen und verschränkte die Hände über dem Kopf. Wieso hatte sie ihr davon nichts erzählt? Tausend Gedanken schossen durch ihren Kopf. Hatte Bartolomé ihr deswegen nach der Beerdigung diese Nachricht geschrieben?

»Möglicherweise ist es weiter entfernt, als du glaubst, und doch greifbar nahe«, hatte ihre Schwester auf der Dankeskarte geschrieben. Und nun, mit Bartolomés Foto in der Hand, wusste Nora, was oder besser gesagt wen sie damit meinte. »Verdammt«, flüsterte sie erneut.

KAPITEL 38

Nora hielt in der Bewegung inne, als sie hörte, wie sich die Eingangstür der Galerie öffnete. Sie stellte das Bild zurück an die Wand des Lagers, in dem sie die Neuzugänge begutachtete und die finale Auswahl für die Ausstellung traf.

Kleine Schritte hallten in hoher Frequenz durch die Galerie. »Nora? Wo bist du?«, fragte eine verunsicherte Kinderstimme.

Nora lächelte und streckte den Kopf aus dem Lager. »Juanito?«

»Was machst du denn dahinten?«, fragte der kleine Lockenschopf und biss nachdenklich auf seinen Zeigefinger.

Als Nora ihm zu verstehen gab, es sei in Ordnung, wenn er sich umsah, kam er zu ihr gelaufen und klammerte sich mit einer Umarmung an ihr Bein.

»Hey Business-Woman«, sagte Dalila, die kurz darauf ebenfalls um die Ecke kam, eine große Plastiktüte in der Hand und einen Rucksack auf dem Rücken.

»Hey. Na, was macht ihr beide denn hier?«

»Wir verordnen dir eine Zwangspause.« Dalila grinste. »Du hast zwei Minuten, dann geht's los«, sagte sie und bedachte Juanito mit einem ermahnenden und dennoch liebevollen

Blick, als er einem der Kunstwerke an der Wand etwas zu nahe kam.

Der Junge zog sich kichernd zurück.

»Ich … Also … Okay«, sagte Nora überrascht und sah sich zwischen den Unterlagen um, die sie auf dem Tresen ausgebreitet hatte. »Ich denke, ich wäre so weit.«

Dalila lachte. »Sieht zwar nicht so aus, aber perfekt.«

Zehn Minuten später breitete Dalila eine Picknickdecke auf einer winzigen Grünfläche nahe des Rebling Playgrounds aus, auf der sie es sich zu dritt gemütlich machten.

»Ich weiß zwar nicht, womit ich das verdient habe, aber du siehst mich freudig überrascht«, sagte Nora, als Dalila mehrere versiegelte Schälchen mit köstlich duftender Meeresfrüchte-Paella, die in Kuba ebenso zum Speiseplan gehörte wie frittierte Kochbananen und Pastelitos, eine kubanische Nachspeise aus Blätterteig, Guavenpaste und Frischkäse, hervorzauberte.

»Camilo aus dem Restaurant, du weißt schon, der Hübsche …« Dalila zwinkerte Nora grinsend zu. »Er hat mir etwas zum Essen vorbeigebracht. Und ich dachte, du kannst sicher eine kleine Pause gebrauchen.«

»Camilo also, hm?«, fragte Nora und sah Dalila amüsiert an.

»Jaaaa, Camilo«, antwortete Dalila. »Ich werde bald seine Salsa-Qualitäten erforschen. Wir haben sozusagen ein Date.«

Nora freute sich aufrichtig für Dalila, denn nachdem Juanitos Vater die beiden kurz nach der Geburt verlassen hatte, hatten sie sich durch eine schwere Zeit kämpfen müssen, um dort zu landen, wo sie nun waren. Und obwohl Dalila eine toughe Frau war, hatte es einige Jahre gedauert, ehe sie sich bereit gefühlt hatte, sich wieder auf jemanden einzulassen. Camilo, der Koch aus dem Restaurant, hatte offenbar ihr

Interesse geweckt und etwas bei Dalila ausgelöst, nicht zuletzt wegen seiner ausgezeichneten Meeresfrüchte-Paella, die Nora gerade aß.

»Einfach köstlich«, sagte sie. »Fast wie zu Hause. Und doch ganz anders.«

Dalila nickte. »Der Mann kann kochen. Wie läuft es mit den Vorbereitungen?«

»Ich bin mir mittlerweile ziemlich sicher, dass die Ausstellung einen bleibenden Eindruck hinterlassen hat und möglicherweise auch den ein oder anderen Verkauf auslösen wird.«

Dalila nickte zufrieden und trennte gekonnt eine Garnele aus der rosafarbenen Schale. »Ich habe mir übrigens überlegt, auch mit dem Malen anzufangen«, sagte sie und steckte sich die Garnele in den Mund. »Und Juanito auch, stimmt's, Kleiner?«, fügte sie kauend hinzu.

Juanito, der überall Reis an den Wangen kleben hatte, nickte eifrig.

»Hast du schon mal gemalt?«, fragte Nora interessiert.

Dalila schüttelte den Kopf. »Aber das kann doch nicht so schwer sein. Und wenn jemand zehn Riesen dafür hinblättert, lade ich ihn auch noch zu meiner Mutter nach Kuba ein«, sagte sie und lachte ihr herzliches und aufrichtiges Lachen.

Nora musste kichern.

»Schließlich habe ich jetzt beste Kontakte in die Kunstszene, oder nicht?«, fragte Dalila augenzwinkernd.

»Die hast du«, erwiderte Nora amüsiert. »Ich habe noch nie versucht, Kunst in Kombination mit einer Reise inklusive Begleitung anzubieten«, überlegte sie scherzhaft. »Das könnte funktionieren.«

»Bei solchen dicken Geldgeiern auf jeden Fall«, sagte Dalila und verzog den Mund. »Aber da bleibe ich lieber im Restaurant bei Camilo.«

Juanito wischte sich mit dem Ärmel den Mund ab und stand hastig auf. »Ich bin fertig, Mama«, sagte er, auf die große Schaukel schielend, in der ein anderer Junge beinahe bis oben an den Querbalken schaukelte. »Darf ich spielen gehen?«

Dalila sah ihren Sohn skeptisch an. »Wie siehst du denn schon wieder aus, Juanito?«, fragte sie liebevoll. »Na ja, wir müssen nachher sowieso noch waschen.« Sie strich ihm sanft über die Wange, an der ein Reiskorn klebte. »Na, lauf.«

Der Kleine flitzte davon, setzte sich, ohne zu zögern, auf die zweite Schaukel und eiferte dem anderen Jungen nach.

»Du hast einen tollen Sohn«, sagte Nora sanft.

Dalila nickte. Dann richtete sie sich etwas auf. »Und jetzt sag mal … Was hat es mit diesem Kerl auf sich, dessen Foto du ganz unauffällig am Tresen liegen hast?«, fragte sie grinsend und sah Nora vielsagend an. »Sieht der immer so aus? Dann würde ich dir davon abraten …«

Nora verschluckte sich beinahe vor Lachen. Sie hustete und es dauerte einen Moment, bis sie sich wieder fing. »Nein, tut er nicht.«

Dalila nickte. »Das beruhigt mich schon mal«, sagte sie und aß krachend eine Scheibe frittierte Banane. »Hattest du was mit ihm? Ich dachte, Ryan wäre dein Ex-Freund?«

Nora spürte, wie sie leicht errötete. Sie kratzte die letzten Reste ihrer Paella zusammen und ließ sich Zeit dafür. »Ich habe ihn vor vier Wochen in Andalusien kennengelernt«, erklärte sie mit auf die Schüssel gerichtetem Blick. »Also eigentlich in Madrid«, korrigierte sie sich sofort. »Ich habe Kaffee auf seinen Laptop geschüttet.«

»Ouch«, machte Dalila mit verzogenem Gesicht.

»Und dann …«, fuhr Nora fort, »dann hat sich herausgestellt, dass er der Besitzer der Bodega war, auf der meine Schwester geheiratet hat. Mitten im Nirgendwo. Fünfhundert

Kilometer von Madrid, aber nur wenige Kilometer von meinem Heimatort entfernt.«

Dalila machte große Augen und Nora konnte es selbst kaum glauben, als sie die Situation noch einmal so zusammenfasste.

»Schätzchen«, sagte Dalila kopfschüttelnd. »Also wenn du mich fragst, das kann doch kein Zufall sein.«

Nora aß ebenfalls ein Stück frittierte Kochbanane und hob ahnungslos die Schultern.

»Und … Ich meine … Ist was mit ihm gelaufen?«

Nora seufzte. »Ja, nein … also, wir hätten uns beinahe geküsst. Aber ich war noch mit Ryan zusammen … Es ist gut so, wie es gekommen ist.«

Dalila grinste. »Genau«, sagte sie und lachte beinahe auf. »So siehst du mir gerade aus. Als wäre alles gut so, wie es gekommen ist.«

Nora lächelte verlegen. Sie sah zu Juanito, der mittlerweile gemeinsam mit dem anderen Jungen auf dem Klettergerüst herumtobte. »Er hat mir geschrieben«, sagte Nora. »Zwei Tage bevor ich zu dir gezogen bin. Am Tag der Beerdigung meines Vermieters.«

Dalila sah sie fragend an, sagte jedoch nichts, sondern gab Nora etwas Zeit.

»Er wollte mit mir reden. Mir irgendetwas sagen«, erklärte Nora.

»Ja und dann? Muss man dir alles aus der Nase ziehen?«

Nora stützte sich nach hinten auf ihre Handflächen ab. »Ich habe ihm gesagt, es mache momentan keinen Sinn.«

Dalila ließ sich rücklings fallen und wand sich auf der Picknickdecke. »Nora, Nora …«, sagte sie und hielt sich beide Hände vor ihr Gesicht. »Wenn ich irgendjemanden hier frage, *irgendjemanden*! Er wird mir bestätigen, dass du verdammt noch mal so aussiehst, als wärst du in diesen andalusischen Prinzen verknallt.« Sie richtete sich auf und sah über die niedrige Abtrennung zum Gehweg, auf dem ein älterer Herr entlangspazierte. »Hey Sir«, rief sie und zog seine Aufmerksamkeit auf sich. »Sieht sie nicht aus, als wäre sie verknallt?«

Der Mann musterte erst Dalila, dann Nora. Anschließend lief er irritiert weiter, ohne die Frage zu beantworten.

»Dalilaaaa«, machte Nora peinlich berührt und ließ sich ebenfalls nach hinten ins Gras fallen.

»Er hat es auch gesehen, glaub mir!«

Nora steckte sich eine Handvoll Bananenscheiben in den Mund und kaute sie krachend.

Dalila krabbelte zu Nora und setzte sich im Schneidersitz neben ihr ins Gras. Ihr Grinsen verriet, dass sie etwas im Schilde führte. »Okay, wir machen einen Deal«, sagte Dalila und schien die kurze Pause sichtlich zu genießen. »Ich stelle dir eine Frage und wenn du sie mit Ja beantwortest, schreibst du ihm. Beantwortest du sie mit Nein, dann mache ich dir zwei Wochen lang jeden Morgen einen Frühstücksbagel.«

Sie grinsten sich beide an, doch Nora war mehr als unschlüssig. Schon wenn sie daran dachte, Bartolomé zu schreiben, stieg eine unbeschreibliche Aufregung in ihr auf.

»Komm schon«, bettelte Dalila und trommelte mit den Händen auf Noras Schienbein wie ein kleines Mädchen.

Nora verschränkte die Hände über dem Kopf. »Okay, okay«, willigte sie schließlich ein. »Ist ja gut. Aber nicht so was wie: Magst du Eis mit Cookies *und Schokoladensoße*?«

»Ja, ja. Aaaalso«, begann Dalila lang gezogen und schien sich diebisch über die kleine Wette zu freuen. »Hast du, Nora Navarro, mehrfach in den letzten drei Wochen Textnachrichten an Mister Bodega angefangen und sie wieder gelöscht, weil dein Kopf gesagt hat, es macht keinen Sinn?«

Nora biss sich schmerzhaft auf die Unterlippe und errötete abermals.

»Ich *wusste* es!«, kreischte Dalila triumphierend, sprang auf und führte einen Freudentanz auf. »Wo ist dein Handy?«

Noras Herz klopfte immer schneller, bis das Blut in ihren Adern rauschte. »Hier«, sagte sie kleinlaut und zog es unter ihrer Hüfte hervor.

Dalila nickte grinsend. »Okay, Süße. Wir machen Folgendes: Ich gehe jetzt rüber auf den Spielplatz und erklimme gemeinsam mit meinem Sohn diese Ritterburg, oder was das auch immer darstellen soll, und wenn ich wiederkomme, hast du eine Nachricht an den andalusischen Prinzen verschickt. Abgemacht?«

»Dalila, wirklich?«, presste Nora hervor und spürte, wie ihr Gesicht blasser wurde.

»Wettschulden sind Ehrenschulden«, erwiderte Dalila ernst. »Und wenn du Glück hast, mache ich dir auch so mal einen Bagel.«

Nora starrte auf ihr Handy.

»Bis gleich. Und schöne Grüße«, rief Dalila und spazierte beschwingt zu dem Klettergerüst, an dessen Sprossen Juanito kniete und etwas in den Sand zeichnete.

Nora rollte sich auf den Bauch, legte ihre Stirn ins Gras und versuchte, ihren Atem unter Kontrolle zu bekommen. Dann stützte sie sich auf ihren Ellbogen ab und öffnete den Nachrichtenverlauf mit Bartolomé.

Ihre letzte Nachricht leuchtete auf, stand dort im digitalen Nirgendwo zwischen ihnen und ließ wenig Spielraum für Fehlinterpretationen.

Es tut mir leid, Bartolomé. Aber ich denke, das macht momentan keinen Sinn. Nora

Noras Magen verkrampfte sich, während sie die Nachricht wieder und wieder las. Sie hatte ihm klipp und klar gesagt, dass sie nicht mit ihm sprechen wollte. Natürlich hatte er sich daraufhin nicht mehr bei ihr gemeldet. Niemand hätte das getan.

Sie seufzte. Ihre Finger schwebten über der Tastatur, ohne einen Buchstaben zu berühren. Ihre Gedanken rasten, doch ihr fiel nichts ein, was sie hätte schreiben können. Sie wusste nicht einmal, ob sie tatsächlich etwas schreiben sollte.

»Tu es!«, rief Dalila amüsiert vom Klettergerüst herüber, als könnte sie Noras Gedanken lesen.

Nora schloss für einen Moment die Augen, spürte das weiche Gras unter sich und hörte das Zwitschern der Vögel zwischen dem New Yorker Verkehr.

Als sie die Augen wieder öffnete, tippte sie etwas und drückte auf *Absenden*, noch ehe sie es sich hätte anders überlegen können.

Die beiden Häkchen zeigten sofort an, dass die Nachricht zugestellt worden war.

Hey, stand nun unter der letzten Nachricht. Mehr nicht.

Nora starrte das Display an und das Klopfen ihres Herzens wurde immer stärker, bis sie alles um sich herum vergaß. Als sich die beiden Häkchen plötzlich blau färbten, hielt Nora vor Schreck die Luft an. Es fühlte sich an, als würde ihr Brustkorb auf dem weichen Boden auf und ab hüpfen. Im selben Moment wechselte Bartolomés Status zu *online*. Nora war kurz davor, die App zu schließen und ihr Handy auf dem Spielplatz zu vergraben, als sich sein Status erneut änderte:

Bartolomé schreibt …

KAPITEL 39

»Danke, dass du da warst, Gregory. Komm gut nach Hause, und wir telefonieren die Tage«, sagte Nora und verabschiedete den befreundeten Kurator mit einem Küsschen auf die Wange.

»Das war mal wieder eine richtig erfrischende Ausstellung«, erwiderte der schlanke und hochgewachsene Kunstkenner. »Ich bin mir sicher, du wirst mit deiner neuen Entdeckung noch viel Aufsehen erregen.«

Nora lächelte ihm dankbar hinterher. Dann schloss sie die Eingangstür der Galerie hinter ihm und fuhr sich erleichtert durch die Haare. »Geschafft«, flüsterte sie zufrieden und sah sich in dem Chaos um.

In den letzten Stunden hatte sich die Ausstellung zu einer regelrechten Party entwickelt und Malcolms Kunst mit jeder Menge positiver Emotionen aufgeladen. Essen und Getränke waren gut angekommen, der DJ hatte ein Gespür dafür bewiesen, die Stimmung immer weiter aufzuheizen, bis sogar getanzt und mitgesungen wurde, und anders als bei vielen klassischen Ausstellungen war die Mehrheit der Gäste erst weit nach Mitternacht mit dem Taxi nach Hause gefahren. Bei den Interessenten, Kunstkritikern, befreundeten Kuratoren und Entscheidern würde das hoffentlich für einen bleibenden Eindruck sorgen und in Verkäufen und positiver Berichterstattung resultieren. Mindestens hatte Nora es geschafft, ihr frisches Image, das sie im Gegensatz zu gesetzteren Galerien in der Umgebung genoss, aufs Neue zu beweisen und zu zeigen, dass ihr Ziel es war, einen bunten Fußabdruck im New Yorker Kunstmarkt zu hinterlassen. Zwei der großformatigen Werke hatte Nora bereits verkaufen können und die Kosten der Veranstaltung damit wieder reingeholt. Mehr als das. Und jeder weitere Verkauf würde sie entweder über die nächsten Monate tragen oder ihr die Möglichkeit weiterer Werbemaßnahmen bieten, die Malcolms Kunst wiederum begehrter machten. Nora konnte stolz und zufrieden sein, und sie spürte regelrecht die große Last von sich abfallen, die sie sich für den heutigen Abend aufgeladen hatte.

»Das war eine verdammt coole Party«, sagte Dalila und strich Nora über die Schulter. Sie trug ein Tablett vor sich und war dabei, einen Teil der vielen Gläser zusammenzuräumen, die auf den Stehtischen, den Fenstersimsen, der Theke und überall sonst standen, wo sich eine Abstellfläche bot.

Dalila hatte einen herausragenden Job gemacht und nicht bloß Getränke und Häppchen serviert, sondern mit ihrer positiven Art und der Fähigkeit, Menschen innerhalb eines kurzen Gesprächs ein Lächeln auf die Lippen zu zaubern, den Abend mitgestaltet.

»Lass alles stehen und liegen«, sagte Nora und deutete auf das Tablett. »Ich räume das morgen auf. Sag mal, haben wir eigentlich noch irgendetwas zu essen übrig?«

Dalila schüttelte lachend den Kopf. »Ich dachte, auf solchen Veranstaltungen tun immer bloß alle, als würden sie essen, aber es ist tatsächlich alles weggegangen. Wir haben nicht mal mehr ein Stückchen Brot übrig.«

Nora schürzte enttäuscht die Lippen. »Ich war die ganze Zeit umringt von Häppchen und habe es nicht geschafft, ein einziges zu essen«, stellte sie mit knurrendem Magen fest.

»Wir können auf dem Heimweg noch ein Sandwich besorgen.«

Nora nickte. Sie war ohnehin so aufgedreht, dass sie die ganze Nacht nicht würde schlafen können. Sie schloss nicht mal die Möglichkeit aus, zu Hause noch Nudeln zu kochen und einen Film zu schauen, bis sie irgendwann satt und zufrieden einschlafen würde, um morgen voller Tatendrang und Vorfreude auf alles, was kommen würde, wieder aufzustehen.

»Aber erst stoßen wir noch zusammen an«, sagte Nora, kramte unter der Theke zwei unbenutzte Wassergläser hervor, öffnete eine frische Flasche Sekt und schenkte etwas in die Gläser. Eines davon reichte sie Dalila, die das voll beladene Tablett achselzuckend abstellte und stattdessen das Glas annahm. Dann zog Nora ihr Handy hervor, stellte sich dicht neben Dalila und machte während des Anstoßens ein Selfie der beiden.

»Auf dich«, sagte Dalila grinsend.

»Und auf dich«, erwiderte Nora, bevor sie einen Schluck trank. Anschließend schickte sie Valentina das Foto zusammen mit einem Herz-Emoji. Sie und ihre Eltern hatten Nora die Daumen gedrückt, und Valentina hatte sogar angeboten, als Unterstützung nach New York zu reisen, sollte es an helfenden Händen fehlen. Doch Nora hatte dankend abgelehnt und gemeint, sie solle einmal zu Besuch kommen, wenn sie gemeinsam eine volle Woche lang die Stadt genießen könnten, ohne auch nur an Arbeit denken zu müssen.

Dann öffnete Nora den Nachrichtenverlauf mit Bartolomé und überlegte, ihm ebenfalls das Foto zu senden. Doch sie würde sich morgen Zeit für die Nachricht nehmen und ihm einen kurzen Abriss der Veranstaltung schreiben. Mit einem Lächeln auf den Lippen steckte Nora das Handy wieder weg.

»Naaa, hat er dir schon wieder geschrieben?«, fragte Dalila neckisch und pikste Nora mit ausgestrecktem Zeigefinger in die Seite.

Nora erwiderte das Grinsen, schüttelte aber gleichzeitig den Kopf.

»Ihr textet euch aber ganz schön viel, dafür, dass du ihn eigentlich abgeschrieben hattest«, kommentierte Dalila mit schiefgelegtem Kopf.

»Jaja«, machte Nora und trank noch einen Schluck Sekt. »Und ich werde für immer in deiner Schuld stehen«, ergänzte sie übertrieben. »Auch wenn ich immer noch nicht weiß, ob ich dir wirklich dankbar sein oder dich dafür hassen soll.«

Dalila lachte. »Verdammt richtig, Baby. Du stehst in meiner Schuld. Und du wirst mir dankbar sein. Ganz sicher wirst du mir dankbar sein!«

Nora biss sich nachdenklich auf die Lippen, ihre Gedanken schweiften ab. Tatsächlich war mit dem *Hey* nach der verlorenen Wette im Park einiges in Sachen Bartolomé passiert. Nachdem sie mit ihm den halben Tag hin und her getextet hatte, hatte Bartolomé Nora spät am Abend angerufen und sie hatten bis tief in der Nacht telefoniert. Noch Minuten nach dem Gespräch hatte Nora mit einem vermutlich ziemlich dämlich aussehenden Grinsen auf dem Bett gelegen und die Aufregung nachgespürt, die den ganzen Tag über in ihrem Bauch rumort hatte. Ja, man konnte sagen, sie hatten geflirtet. Bei so gut wie jeder sich ergebenden Möglichkeit. Und ja, es war ein Flirten gewesen, das Nora ein Kribbeln im Bauch beschert hatte. Wie ein Teenager hatte sie sich in der folgenden Woche immer wieder dabei erwischt, wie ihre Gedanken abgeschweift waren, sodass es ihr schwergefallen war, sich auf die bevorstehenden Aufgaben zu konzentrieren. Doch auch das hatte sie geschafft.

Wie sich die Sache mit Bartolomé weiterentwickeln würde, war unklar. Doch eines wusste Nora mit an Sicherheit grenzender Wahrscheinlichkeit: Es fühlte sich verdammt gut an, mit diesem Mann zu texten, mit ihm zu sprechen, an ihn zu denken und zu wissen, dass er in Andalusien sein würde, wenn Nora das nächste Mal zu Besuch in ihre Heimat flog.

»So, meine aufstrebende Galeristin. Ich denke, wir müssen langsam nach Hause«, sagte Dalila und stellte ihr leeres Glas auf der Theke ab.

Nora nickte. Jennifer, eine Freundin von Dalila, hatte freundlicherweise auf Juanito aufgepasst, doch so langsam sollten sie Jennifer erlösen.

»Dalila«, sagte Nora, als die beiden die hintere Beleuchtung ausgeknipst hatten und in den Eingangsbereich der Galerie gingen. »Danke.« Nora umarmte ihre neue Freundin, der die Überraschung förmlich ins Gesicht geschrieben stand. »Ich meine, für alles.«

Dalila erwiderte Noras Blick und lächelte sanft. »So, und bevor du noch anfängst zu heulen, machen wir lieber einen Abflug.«

Nora lachte. »Einverstanden.«

»Ich mag dich echt gern, Süße. Aber ich muss aufpassen, dass du nicht meinen wohlgehüteten Schutzpanzer kaputt machst, den ich mir über die Jahre aufgebaut habe«, sagte Dalila kichernd. »Ich merke jetzt schon, wie er bröckelt.«

Sie löschten das Licht im Eingangsbereich und traten nach draußen in die angenehm kühle Nachtluft.

»Hältst du das bitte kurz?«, fragte Nora und reichte Dalila ihr Handy und die kleine Handtasche. Dann zog sie das Rollgitter herunter und schloss es auf Höhe des Bodens ab.

»Du siehst wirklich wunderschön aus heute Abend«, sagte Dalila, als Nora sich wieder aufrichtete.

»Äh, danke«, erwiderte sie verwirrt.

»Also, ich finde das auch«, erklärte Dalila. »Aber das hat Bartolomé gerade geschrieben.« Sie deutete mit dem Kopf auf das leuchtende Display in ihrer Hand.

Ein Ruck durchfuhr Nora, als sie nach dem Handy griff und auf das Display starrte.

»Woher …?«, flüsterte sie und öffnete den Nachrichtenverlauf. Hatte sie aus Versehen ihm das Foto geschickt und nicht Valentina?

Nein, hatte sie nicht.

Nora hielt die Luft an und sah sich hektisch und unter irritierten Blicken von Dalila um. Und dann sah sie ihn. Ein Wirbelsturm der Gefühle rauschte durch Noras Körper, als sie begriff, was hier gerade passierte. Bartolomé war hier. Er war nach New York gekommen, stand auf der gegenüberliegenden Straßenseite im Schein einer Straßenlaterne und hatte auf Nora gewartet.

Mit einem Mal wurde Noras Mund staubtrocken und ihre Beine fühlten sich an, als wären sie fest mit dem Boden verschraubt. Sie spürte Dalilas Blick auf sich, der zwischen ihr und Bartolomé hin und her wechselte.

»O mein Gott«, flüsterte Dalila dann und hielt sich vor Aufregung beide Hände vor den Mund. »Das ist er! Der andalusische Prinz!«, stieß sie fassungslos aus.

Nora war nicht imstande, etwas darauf zu erwidern.

»Dann …«, stammelte Dalila unentschlossen, »dann bin ich wohl mal weg.« Kichernd gab sie Nora einen flüchtigen Kuss auf die Wange, bevor sie aufgeregt mit dem Kopf wackelte und sich vor Grinsen nicht mehr einkriegte. »Hol ihn dir.«

Nora versuchte, den Kloß in ihrem Hals herunterzuschlucken, während Dalila sich beinahe hüpfend entfernte und schließlich in der Dunkelheit verschwand. Als sie wieder auf die andere Straßenseite sah, hatte Bartolomé sich in Bewegung gesetzt. Noras Herz beschleunigte sich bei jedem seiner Schritte, bis er plötzlich vor ihr stand, den Glanz der Nacht in seinen dunklen Augen und ein zartes Lächeln auf den geschwungenen Lippen.

»Hey«, sagte er leise.

»Hey«, erwiderte Nora und konnte nicht anders, als Bartolomé unentwegt anzugrinsen.

Einige Momente verstrichen, in denen sie sich einfach nur ansahen, die Nähe des jeweils anderen spürten und versuchten, diese Begegnung einzuordnen.

»Ich war zufällig in der Gegend«, sagte Bartolomé irgendwann.

Noras Atem ging schneller.

Ihre Gedanken rasten.

Sollte sie ihn zur Begrüßung umarmen?

All die Unbefangenheit, die sie beide während der letzten Telefonate aufgebaut hatten, war wie von der Nacht verschluckt. Plötzlich war eine Spannung entstanden, die Noras Sinne in völlige Alarmstellung beförderte. Ihr Herz schlug laut und kräftig. Blut rauschte durch ihre Ohren, ihre Augen nahmen jede von Bartolomés Bewegungen wahr und ihre Haut schien für jede Art der Berührung sensibilisiert zu sein.

»Zufällig?«, brachte sie irgendwann heraus.

Bartolomé nickte augenzwinkernd.

Nora seufzte vor Anspannung.

»Ich weiß, es ist schon spät«, sagte er schließlich. »Und du bist vermutlich erschöpft von der Ausstellung. Aber ...« Er zögerte. »Aber ich wollte dich sehen. Schließlich schuldest du mir noch einen Laptop.«

Nora biss sich grinsend auf die Unterlippe, wusste nicht, was sie sagen sollte. Es war, als hätte sich jedes ihr bekannte Wort in eine trübe Wolke zurückgezogen, auf die Nora nicht zugreifen konnte.

»Ich …«, begann sie stammelnd und fuhr sich nervös durch die Haare. »Ich kann nicht fassen, dass du hier bist«, hörte sie sich schließlich sagen.

Bartolomé nickte vielsagend. Beinahe, als könnte er es selbst nicht fassen.

Irgendwann fing Nora unvermittelt an zu lachen und legte ihr Gesicht in beide Hände. Kopfschüttelnd zog sie die Hände wieder weg und sah Bartolomé fassungslos an. »Was machst du mit mir …?«, flüsterte sie und ließ einige Momente verstreichen, um sich zu sammeln.

»Wollen wir …«, begann sie nachdenklich. »Hast du Lust auf einen Spaziergang? Und hast du vielleicht Hunger? Ich hatte die ganze Galerie voller Essen, aber habe kein einziges Häppchen angerührt …«, plapperte sie plötzlich los, ehe sie innehielt und erneut den Kopf schüttelte.

Bartolomé bedachte Nora mit einem langen und intensiven Blick. Dann sah er auf die Uhr, die vermutlich irgendetwas zwischen zwei und drei Uhr nachts anzeigte. »Ich habe aktuell nichts anderes vor«, sagte er ruhig. »Und Hunger habe ich auch. Ich bin direkt vom Flughafen hergefahren …«

Nora atmete hörbar durch die Nase aus.

Bartolomé hier vor sich stehen zu sehen, war für sie so fern und wenig greifbar, dass sie es immer noch nicht glauben konnte. Und gleichzeitig jagte es ein unfassbar durchdringendes Gefühl durch ihren gesamten Körper, das sich anfühlte, als würde sie jeden Moment davonfliegen.

Sie legte schwer atmend den Kopf in den Nacken, sah Bartolomé an und nickte. »Okay«, sagte sie und deutete mit dem Kopf in Richtung Hauptstraße.

Dann gingen sie los.

Einige Schritte später griff Bartolomé nach Noras Hand. Tausend kleine Blitze schossen durch ihren Körper und steigerten ihre Aufregung ins Unendliche.

»Warte«, sagte sie plötzlich, hielt an und wandte sich ihm zu.

Er sah sie geduldig und abwartend an.

»Bevor wir weitergehen, muss ich noch etwas wissen.«

Nora schloss die Augen und wollte sich Bartolomé gerade nähern, als sie seine Hand in ihren Haaren spürte, die sie langsam zu ihm zog. Als sich ihre Lippen trafen, rauschte ein angenehmes Ziehen durch Noras Körper, verbunden mit einer lieblichen Wärme, die von jeder seiner Berührungen ausging. Nora spürte seine Hüfte an ihrer, ehe sich ihre Zungen liebkosten und der Kuss an Leidenschaft gewann. Als Nora sich an ihn schmiegte und ihre Körper zu einer Einheit verschmolzen, spürte sie es schließlich. Das starke Klopfen in ihrer Brust, das sich zu einem regelrechten Galoppieren aufbaute. Die Wildpferde, die ihr Herz zum Rasen brachten, und das Gefühl, als Nora ihre Augen öffnete und schnell atmend Bartolomés Anblick genoss.

»Ja«, sagte sie, als sie sich lachend aus seiner Berührung löste und an Mister Kaulewskis Worte dachte. Dann sah sie Bartolomé an und war sicher, dass er es auch gespürt hatte.

Einige wundervolle Augenblicke lang verloren sie sich in ihren Blicken, sagten nichts. Dann griff Nora nach Bartolomés Hand und zog ihn mit in die Straßen ihrer Stadt.

EPILOG

Der eisige Wind pfiff um Noras Körper und sie zog den Mantel etwas enger. Der New Yorker Dezember zeigte sich von seiner kältesten und gleichzeitig schönsten Seite. Es waren nur noch wenige Tage bis Weihnachten und ein kalter weißer Teppich hatte sich über Straßen, Dächer und Parks gelegt. Bei jedem Schritt knackte der eisige Schnee unter Noras Füßen. Weihnachtsdekoration schmückte Schaufenster, ganze Straßenzüge und selbst Taxis und Foodtrucks. Nora liebte diese Stimmung der Stadt, in der Millionen von Menschen hübsch eingepackte Geschenke besorgten, fröhlich die Häuser verließen und sich auf geruhsame Tage mit der Familie freuten.

Auch Nora lief trotz der Kälte und eisiger Wangen mit einem zufriedenen Gesichtsausdruck durch die Straßen, denn mit Bartolomé hatte sich ein neues Kapitel in ihrem Leben geöffnet. Drei Monate waren seit seinem überraschenden Besuch verstrichen und Nora war sich nie sicherer gewesen, verliebt zu sein. Ganze zwei Wochen hatte er bei Nora in New York verbracht und es war ihr vorgekommen, als wären sie beide Teil eines romantischen Filmes gewesen, dessen Ende zwar noch nicht geschrieben war, doch es bestand die Zuversicht, dass alles gut werden würde. Sie hatten lange

Spaziergänge unternommen, den Spätsommer in vollen Zügen genossen und gemeinsam Ecken von New York erkundet, in denen Nora noch nie gewesen war. Sie waren im Kino gewesen, hatten Ausstellungen besucht, mit Dalila gekocht und sich Clubsandwiches auf Bartolomés Hotelzimmer bestellt. Sie hatten sich geküsst und ihre Körper erforscht, bis sie erschöpft und umschlungen nebeneinander eingeschlafen waren. Es hatte sich angefühlt wie eine Beziehung im Schnelldurchlauf. Bis der Tag von Bartolomés Abreise gekommen war und sie beide vor einer Leere gestanden hatten, die sie nicht zu überbrücken wussten. Doch sie hatten sich darauf eingelassen, und es war gut und richtig gewesen.

In den folgenden Tagen und Wochen hatten sie sich weiterhin Nachrichten geschrieben, über den Atlantik hinweg geflirtet und Liebkosungen getauscht, miteinander telefoniert und am Leben des anderen teilgenommen. Und nun würde es nur noch einige wenige Tage dauern, bis Nora ihn in Andalusien wiedersah und sie an das anknüpfen konnten, was ihre galoppierenden Herzen geschaffen hatten. Es war Liebe. Wahre Liebe. Leibhaftige Liebe. Es war eine Liebe, die neu für Nora war, so intensiv und ehrlich, dass sie darauf vertraute, dass sie und Bartolomé einen Weg finden würden, um sich irgendwann auch räumlich näher zu kommen. Und Nora würde auf diesen Tag warten.

Beruflich gesehen war sie ebenfalls in einer Art Wartestellung, doch mit einer ähnlichen Zuversicht, dass sich alles zum Guten wenden würde. Die Sonderausstellung mit Malcolms Bildern war nach ihrer eigenen Ausstellung der zweite große Erfolg gewesen, bei dem Nora alle Bilder zu attraktiven Preisen verkaufen konnte. Nun wartete sie bereits unruhig auf eine neue Lieferung, die nach den Feiertagen, möglicherweise auch erst im neuen Jahr, eintreffen würde. Zudem hatte sie zwei neue vielversprechende Künstlerinnen unter Vertrag genommen, deren großformatige Arbeiten collagenartig und expressiv waren und Noras Einschätzung nach den Zeitgeist der aktuellen New Yorker Kunstszene perfekt widerspiegelten. Die Reise ihrer Galerie ging also weiter, wenn auch stets mit der Sorge im Hinterkopf, möglicherweise bald eine neue Räumlichkeit organisieren zu müssen.

Aus diesem Grund war Nora heute im nördlichen Manhattan unterwegs, denn es gab offenbar Neuigkeiten um den Fortbestand des Galerie-Gebäudes, Mister Kaulewskis Gebäude. Ein Herr Swiatek hatte sich bei Nora gemeldet, als treuhänderischer Verwalter in der Angelegenheit vorgestellt und Nora um einen Termin gebeten. Worum es bei dem Treffen gehen sollte, hatte Mister Swiatek nicht aus sich herauslocken lassen, lediglich, dass es von hoher Dringlichkeit war. Ryan, der mittlerweile auch über alle Details des Kennenlernens zwischen Nora und Bartolomé im Bilde war, hatte gemutmaßt, dass es konkreter wurde, was die Versteigerung des Gebäudes und Noras Mietvertrag betraf. Er hatte sie zu dem Treffen begleiten wollen, doch Nora hatte das Gefühl, die Situation allein bewältigen zu müssen. Trotz der Magenschmerzen, die ihr die Ungewissheit nun bereitete, einige Meter von dem heruntergekommenen Bürokomplex entfernt, in dem sich Mister Swiateks Büro befand.

»Carl J. Swiatek, Treuhänder, Notare und Anwälte« stand auf einem der windschiefen Schilder am Eingang des Gebäudes. Nora atmete noch einige Male tief durch, bevor sie die schwere Tür aufdrückte und sich ein weiteres Mal ihrem Schicksal stellte.

***

Nora trat aus dem Sicherheitsbereich, griff in ihre Handtasche und setzte sich ihre Sonnenbrille auf. Mit einem zufriedenen Lächeln sah sie sich in der Ankunftshalle um. Ihr Herz pochte vor Aufregung und das Kribbeln auf ihrer Haut nahm zu, seit das Flugzeug andalusischen Boden berührt hatte.

Mit schwitzigen Fingern hob sie ihre Reisetasche an und schob sich an einigen wartenden Menschen vorbei, die vor lauter Aufregung alles um sich herum zu vergessen schienen. Ihre lachenden Gesichter, das hektische Suchen nach Willkommensschildern oder das Kramen nach einem Taschentuch zauberte Nora ein breites Lächeln in ihr Gesicht.

Sie dachte daran, wie viele Male sie nun schon hier am Flughafen in Almería angekommen war. Wie viele Male ihre Eltern vorne am Parkplatz gestanden und sie freudig begrüßt hatten. Doch seit ihrem letzten Besuch hatte sich einiges verändert und Nora spürte, dass dieser Heimatbesuch anders werden würde als alle zuvor. Seit Valentinas Hochzeit war Noras Leben durcheinandergewirbelt worden. Die Einzelteile hatten sich neu zusammengesetzt, waren stärkere Verbindungen eingegangen, die auf Tränen, Fleiß, Mut und Liebe fußten.

Nie zuvor hatte Nora das Flughafengebäude mit einem Gefühl wie diesem verlassen. Es fühlte sich an wie ein weiterer Schritt in ein glückliches, selbstbestimmtes Leben, das in seinen Einzelteilen nicht unbedingt perfekt war, Nora in seiner Zusammensetzung jedoch glücklich und zuversichtlich machte.

Nora dachte an Mister Kaulewski. Er war eine auf den ersten Blick unscheinbare Begegnung in ihrem Leben gewesen. Eine zarte Freundschaft, die viel zu kurz gewesen war, um wirklich eine Veränderung in Nora hervorzurufen. So dachte sie jedenfalls. Doch nun, mit all dem Wissen und den Empfindungen der letzten Monate wusste sie, dass er der Mensch in Noras Leben gewesen war, der sie, abgesehen von ihrer Familie, am stärksten geprägt hatte – ihr Leben am stärksten geprägt hatte. Mister Kaulewski war so etwas wie eine Weiche gewesen, die Noras Lebensweg in eine andere Richtung geleitet hatte.

Scheinbar unbewusst und dennoch mit einem Plan, den Nora erst vor einigen Tagen im nördlichen Manhattan erfahren hatte.

Kopfschüttelnd setzte sie einen Fuß vor den anderen, bis sie die Schiebetür erreichte, die nach draußen in die milde Mittagssonne dieses wunderbaren Dezembers führte, der gegensätzlicher zu New York nicht sein konnte.

Als sie nach draußen an die frische Luft trat, spürte sie den Duft ihrer Heimat in der Nase. Dann ließ Nora den Blick langsam nach rechts und links streifen und lächelte, als sie Bartolomé auf dem Parkplatz stehen sah. Er trug einen kleinen bunten Blumenstrauß in der Hand und sah sich ebenfalls suchend um.

Noras Herz machte einen Satz, als sich ihre Blicke schließlich trafen. Ohne nachzudenken, ließ sie all ihre Sachen zu Boden fallen und lief los, immer schneller werdend, bis sie kurz vor ihm abbremste und sich in seine Arme warf.

Nora vergrub sich in Bartolomés Halsbeuge, schlang ihre Arme um ihn und nahm den Kopf hoch, um in seine dunklen Augen zu sehen. Sie spürte seine Hände, die sanft durch ihre Haare strichen und Nora dann zu sich heranzogen, um sie zu küssen.

Tausend Blitze zuckten durch ihren Körper. Egal wo sie auf der Welt sein würde, sie wusste, bei diesem Menschen würde sie immer das Gefühl des Ankommens haben, des Zuhauseseins, der Liebe und Geborgenheit. Sie küssten sich, als hätten sie nie etwas anderes gemacht. Nora umschlang ihn ein ums andere Mal, genoss seine Berührung, seine Nähe, seinen Duft.

Dann ließ er kurzatmig von ihr ab und musterte ihr Gesicht. »Hey«, sagte er sanft lächelnd.

»Hey«, erwiderte sie kichernd.

Bartolomé hielt ihr die Blumen hin, deren Duft Nora in sich aufsog, sie grinste ihn verliebt an. Dann deutete er mit einer Kopfbewegung hinter sich. »Ich habe da noch jemanden mitgebracht«, sagte er.

Nora sah an ihm vorbei in Richtung Parkplatz. Vier wild winkende Gestalten standen vor einem alten blauen Kombi, jeder von ihnen ein noch breiteres Grinsen im Gesicht als der andere.

Eine Woge der Glücksgefühle drang durch Noras Brust. Sie sah Bartolomé verliebt an, wandte sich dann ihrer Familie zu und winkte sie zu sich. Während Bartolomé unaufgefordert Noras Sachen vom Flughafeneingang holte, begrüßte Nora ihre Familie – Valentina und Tonio sowie ihre Eltern, die sie freudestrahlend drückten und umgehend losplapperten. Es fühlte sich wunderschön an und würde das verrückteste und schönste Weihnachten werden, das die Familie je gehabt hatte, dessen war Nora sich sicher.

Auf dem Weg zum Auto stellten die vier Fragen zu New York, erzählten von den neuesten Erkenntnissen über Blumenerde, neuen Absatzmärkten für Mutter Käthes Gewürze, den Plänen für den Weihnachtsabend, dass Tonio darüber nachdachte, ebenfalls in die Melonenzucht einzusteigen, um irgendwann den Titel als Melonenkönig zu verteidigen, und davon, dass Lina offenbar einen netten jungen Mann an der Playa de Mojácar kennengelernt hatte, mit dem sie auch jetzt noch in Kontakt war.

Grinsend verfolgte Nora alle Erzählungen, legte währenddessen ihre Hand in Bartolomés und spürte die vielsagenden Blicke, mit denen Mama Käthe und Valentina sie ständig versahen.

Als das Gepäck längst im Kofferraum verstaut war und die erste Aufregung über das Wiedersehen langsam abflachte, sah Nora fröhlich in die Runde.

»Ich … Also, ich muss euch auch noch etwas erzählen«, sagte sie zögerlich.

Die Gespräche verstummten und Nora spürte fünf fragende Augenpaare auf sich. Sie platzte beinahe vor Anspannung, denn sie hatte die Neuigkeit nun mehrere Tage für sich behalten und es selbst kaum glauben können. Doch sie hatte hier bei ihrer Familie sein wollen, wenn sie das Unglaubliche verkündete.

Nora griff in ihre Handtasche und zog einen gefalteten Zettel heraus. Mit zitternden Fingern reichte sie ihn Valentina, die ihn mit fragendem Blick entgegennahm. Langsam entfaltete sie das Papier, während sich ihre Eltern, Tonio und auch Bartolomé um sie herum versammelten, um ebenfalls einen Blick darauf werfen zu können.

Mit jeder Zeile, die sie lasen, klappten ihre Münder etwas weiter nach unten, bis sie Nora schließlich allesamt entgeistert ansahen.

Nora hob grinsend die Schultern und machte eine Geste der Fassungslosigkeit.

Dann fiel Valentina ihr überglücklich in die Arme. Im nächsten Moment schlossen sich ihre Eltern an und bildeten zusammen eine Traube des Glückes, die von Tonio und Bartolomé fassungslos beäugt wurde.

Nora legte um Luft ringend den Kopf in den Nacken und sah hinauf in den andalusischen Himmel.

»Danke«, flüsterte sie Mister Kaulewski in Gedanken zu, der Noras weiteren Lebensweg ganz sicher von irgendwo dort oben mitverfolgen würde. Dann sah sie zu Bartolomé, dessen aufrichtige Freude in jedem seiner liebevollen Blicke lag. Eine tonnenschwere Last fiel von Noras Schultern. Nicht wegen der Galerie. Sondern wegen der Wildpferde in ihrem Herzen, die nach all den Jahren der Suche endlich losgaloppiert waren.

Sie war glücklich.

Dankbar und glücklich.

MISTER KAULEWSKIS BRIEF

Liebe Nora,

dieser Brief mag dich in einem Moment der Trauer erreichen oder in einem Moment des Glückes, mit Sicherheit jedoch in einem Moment der Überraschung. Es gibt wenige Menschen im Leben, die in der Lage sind, des anderen Seele zu berühren. Du warst einer dieser Menschen für mich. Du hast mein Leben auf nach außen hin unscheinbar wirkende Weise bereichert und dafür möchte ich mich bedanken. Du sollst wissen, dass ich deinen Tatendrang und deine Leidenschaft vom ersten Tag an bewundert habe. Beides hat mich daran erinnert, wie stolz ich damals über mein erstes Taxi war, als ich in dieses Land gekommen bin. Und an die Werkstatt, die ich einst in den Räumen deiner Galerie aufgebaut hatte. Viele Jahre sind vergangen, und nun spüre ich plötzlich in den Tiefen meines Herzens, dass es an der Zeit ist, diese Welt zu verlassen.

Ich hoffe, du wirst dein Glück finden, liebe Nora. Wo auch immer es sein mag und wer auch immer es in dir zum Vorschein bringen mag. Die Wildpferde sind in deinem Herzen. Denke daran, was immer das Leben für dich bereithält, sie sind da.

Ergänzung zu meinem Testament (Bitte an Herrn Swiatek weiterleiten, der das Anliegen auf Herz und Nieren prüfen wird, nur um hinterher festzustellen, dass alles seine Richtigkeit hat):

Hiermit veranlasse ich, Walter Kaulewski, dass mein Wohn- und Geschäftsgebäude in der 246 Keap Street, Brooklyn, nach meinem Tod in das Eigentum von Frau Nora Navarro übergeht. Mit anderen Worten, ich veranlasse, dass Frau Nora Navarro, aktuelle Mieterin der unteren Etage des betreffenden Gebäudes, als Erbin des Gebäudes eingesetzt werden soll.

Dein Walter Kaulewski

Folge der Autorin auf Amazon

Wenn dir dieses Buch gefallen hat, folge Rosie M. Clark auf Amazon. Dann erhältst du eine Benachrichtigung, wenn die Autorin ihr nächstes Buch veröffentlicht. Um der Autorin zu folgen, gehe bitte folgendermaßen vor:

Desktop:

1) Suche auf Amazon.de oder in der Amazon App nach dem Namen der Autorin.

2) Klicke auf den Namen der Autorin, um auf die Autorenseite zu gelangen.

3) Klicke auf den »Folgen«-Button.

Smartphone und Tablet:

1) Suche auf Amazon.de oder in der Amazon App nach dem Namen der Autorin.

2) Klicke auf einen Titel der Autorin.

3) Klicke auf den Namen der Autorin, um auf die Autorenseite zu gelangen.

4) Klicke auf den »Folgen«-Button.

Kindle E-Reader und Kindle App:

Wenn du dieses Buch auf einem Kindle E-Reader oder in der Kindle App liest, wird dir automatisch angeboten, der Autorin zu folgen, nachdem du die letzte Seite des Buches gelesen hast.

Zeitfracht Medien GmbH
Ferdinand-Jühlke-Straße 7
99095 Erfurt, Deutschland
produktsicherheit@kolibri360.de

Druck:
CPI Druckdienstleistungen GmbH
im Auftrag der
Zeitfracht Medien GmbH
Ein Unternehmen der Zeitfracht - Gruppe
Ferdinand-Jühlke-Str. 7
99095 Erfurt